면세구역

면세구역

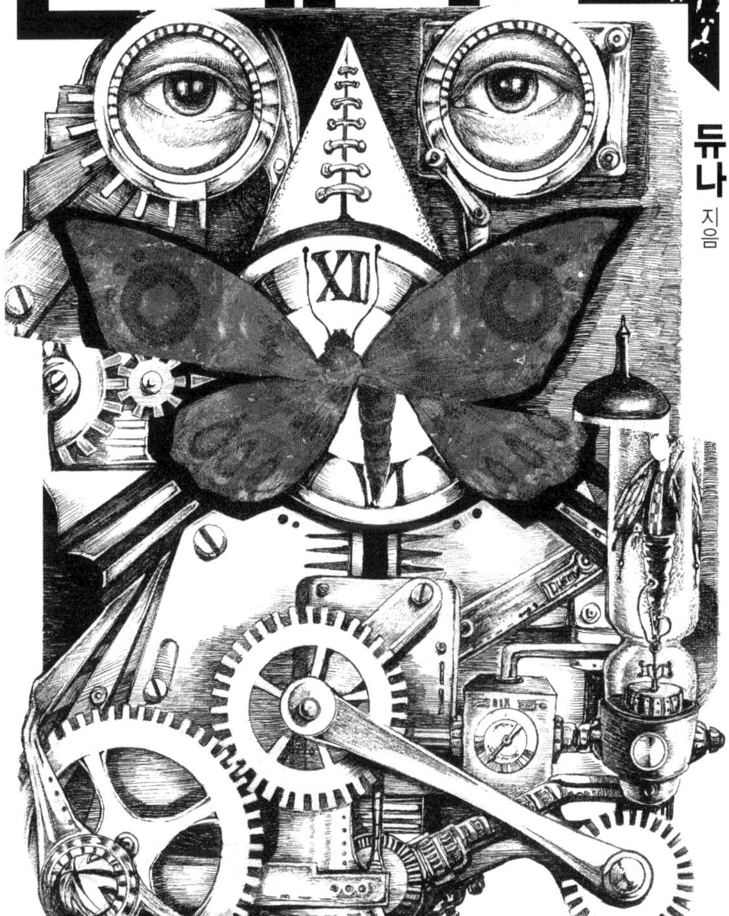

듀나 지음

북스토리

차례

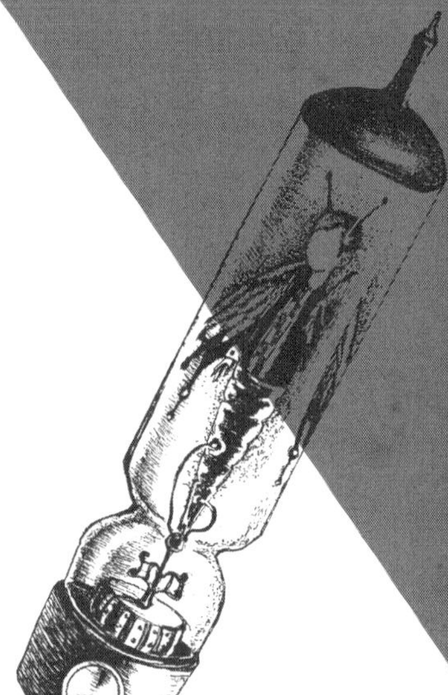

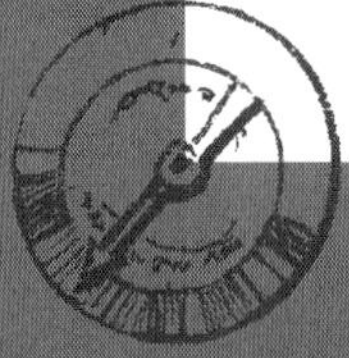

"지금까지 내가 한 말들은 저 코담배와 기계 조각, 그리고 초와 다이아몬드를 그럴듯하게 연결시킬 수 있는 사람은 없을 거라는 말에 내가 생각할 수 있는 여러 경우를 이야기해본 것뿐이라네. 열 종류의 엉터리 철학도 우주를 설명할 수 있듯이 열 가지 그릇된 이론도 글렌가일 성의 수수께끼를 푸는 데 딱 들어맞을 수 있다는 얘기지. 그러나 우리가 원하는 것은 세상에 대해서든 이 성에 대해서든 진실된 하나의 설명뿐이지. 자, 다른 증거품들은 없었습니까?"

—「이즈리얼 가우의 명예」(G.K. 체스터튼, 홍희정 옮김)

면세
구역

1

1990년 4월 1일, 내 동생 형우는 녀석보다 엄지손가락 하나 정도 키가 크고 믿을 수 없을 정도로 섬세하게 도드라진 찬란한 광대뼈를 한 20대 초반의 여자를 발견하고 사랑에 빠졌다. 녀석은 이대 정문 근처를 얼쩡거리며 길 가는 사람들과 상점들을 찍고 있는 중이었고, 그 여자는 캔버스 천으로 만든 낡은 가방을 메고 빌리지(당시까지만 해도 정문 앞에 있었다)의 쇼윈도 앞에 서서 이상하게 직설적인 시선으로 안에 전시된 옷들을 올려다보고 있었다. 복제인간들의 시위 행렬 같은 이대 앞의 북새통 속에서 그 여자는 분명히 눈에 띄는 존재였다. 형우는 그 여자를 따라다니며 사진을 찍기 시작했고 정문 앞을 채 나서기도 전에 필름 한 통을 날려버렸다.

형우는 필름을 계속 허비해가며 그 여자를 따라갔다. 여자에겐 특별한 목적이 있는 것 같지 않았다. 그 여자는 이대 주변을 한가하게 방황하면서 가끔 그다지 값나가지 않은 작은 물건들과 책들을 샀다. 신촌 아트홀 앞에서 잠시 멈추어 서서 상영시간표를 읽고 있길래 영화라도 볼 생각인가 했지만 그것도 잠깐, 그녀는 다시 걸었다.

형우는 조바심이 나기 시작했다. 필름을 벌써 세 통이나 써버렸지만 대부분 옆모습과 뒷모습이었고 정면 사진은 얼마 되지 않았다. 날은 점점 어두워졌고 지나가는 차들은 하나씩 헤드라이트를 켜기 시작했다. 형우는 사진작가로서 어두워지기 직전의 그 짧은 시간을 좋아했다. 그는 어떻게든 그 시간을 이용하고 싶었다. 그러나 녀석은 처음 보는 여자에게 말을 걸어 사진 한 장 찍어도 되겠냐고 물을 정도로 숫기가 있는 애가 아니었다. 결국 형우는 계속 우물쭈물거리면서 위성처럼 그 여자 주변을 빙빙 돌 수밖에 없었다.

날은 점점 어두워지고 형우가 쫓는 그 여자의 모습은 콘트라스트가 두드러져 점점 더 근사해져 갔다(내가 말하지 않았는가, 그 여자는 찬란한 광대뼈의 소유자였다고). 여자는 연대 쪽 골목으로 꺾어져 들어갔고 그 여자의 얼굴이 막 켜진 가로등 아래를 지나칠 때 형우는 셔터를 눌렀다.

여자는 멈추어 서서 형우를 바라보았다. 그제야 형우는 그 골목에 그들 둘밖에 없다는 사실을 깨달았다. 형우의 얼굴은 귀밑까지 새빨갛게 달아올랐지만 여자의 표정은 무표정했다. 여자는 잠시 동안 형우를 바라보다 왼쪽 골목으로 꼬부라져 들어갔다. 그때 그녀의 캔버스 천 가방 안에서 무언가 꿈틀거리는 것 같았지만 확신할 수는 없었다.

형우는 "여보세요"라던가 하여간 뭐 그 비슷한 소리를 우물거리며 그 여자를 따라 달려갔다. 하지만 그 여자의 모습은 보이지 않았다. 보이는 것이라고는 수다를 떨며 지나가는 대여섯 명의 여자 중학생들과 한쪽 벽에 버려진 듯 세워져 있는 자전거뿐이었다.

형우는 머리를 벅벅 긁으며 도대체 어떻게 된 건가 생각했다. 이 골목의 어딘가에 있는 집으로 들어가기엔 시간이 너무 짧았다. 다른 샛길이 있는 것이냐 하면 그것도 아니었다. 그 여자는 그냥 사라져버린 것이다.

형우는 한참 머뭇거리다가 골목을 따라 그냥 걷기 시작했고 곧 길을 잃어버렸다. 큰길로 나가려고 녀석은 한쪽으로만 방향을 잡고 걸었다. 가끔 가게들이 하나씩 보이긴 했지만 대부분 단독주택들이었다. 날이 어두워서 그런지 인기척도 뜸했고 번화가로부터 겨우 몇십 미터밖에 떨어지지 않은 곳치고는 비정상적일 정도로 조용했다.

갑자기 날씬한 얼룩무늬 고양이 한 마리가 그의 앞을 가로질러 지나갔다. 고양이는 플라스틱 쓰레기통 위에 올라가 앉더니 적의가 가득 찬 눈으로 형우를 째려보았다. 태어난 이후로 단 한 번도 고양이와 친한 적이 없었던 형우는 사진기를 움켜쥐고 반 발자국 뒤로 물러섰다.

"야옹아, 야옹아!"

그때 작은 여자아이가 고양이가 튀어나온 쪽에서 달려나왔다. 고양이는 다시 한 번 협박하듯 가르릉거리더니 곧장 아이한테 달려갔다. 형우와 고양이를 안은 아이는 잠시 서로를 바라보았다. 아이와 고양이의 눈 위에서 잠시 은빛 인광이 번뜩거리다 사라졌다. 형우는 헛기침을 하며 시선을 돌렸고 눈싸움에서 이긴 아이는 다시 말없이 왔던 쪽으로 사라졌다.

형우는 주위를 둘러보았다. 콘크리트와 벽돌로 지어진 평범한 가정집들과 흔해빠진 가게들. 형우는 무엇이 그를 이렇게 당혹하게 만드는지 알 수가 없었다. 녀석은 두려워지기 시작했고 정신없이 뛰었다. 한 10분 동안 뛰고 나서야 형우는 간신히 시네마극장 쪽으로 빠져나올 수 있었다.

2

나는 형우가 겪었던 이 짧은 모험을 머리를 쥐어짜지 않고도 아주 상세하게 재현해낼 수 있다. 녀석의 모험은 다섯 통의 필름 안에 시간순으로 차곡차곡 저장되어 있다. '찬란한 광대뼈'라는 묘사는 형우의 표현이 아니라 나 자신의 것이다. 내가 그 정체불명의 여자를 좀 더 자세히 묘사하지 못하는 건, 형우가 내 옆에 없기 때문이 아니라 단지 내 어휘가 짧기 때문이다.

형우의 갑작스러운 로맨스는 일주일도 가지 못했다. 원래부터 녀석은 그렇게 로맨틱한 체질도 아니었고 또 밖에는 다른 할 일도 많았다. 녀석은 졸업을 했고 잡지사에 취직을 했으며 한 6개월 동안 사귄 여자 친구와 결혼까지 하더니 2년 뒤에 암벽에서 떨어져 죽었다. 바닥의 바위가 녀석의 머리를 으깨기 직전까지 형우는 셔터를 누르고 있었다. 형우가 떨어지면서 찍은 마지막 사진들은 그 애에게 15분짜리 앤디 워홀 명성을 안겨다 주었다. 내세가 있다면 녀석도 거기서 그걸 보고 만족했으리라.

형우의 아내는 일 년도 되지 않아 재혼했다. 서운하지는 않았지만 그녀가 신혼여행에서 돌아와 형우의 잡동사니들을 나에게 떠넘겼을 때는 잠시 기분이 묘해졌다.

나는 작업실에 잡동사니들을 늘어놓고 정리하기 시작했고 그 다섯 통의 필름을 발견했다. 나는 다섯 통을 모두 인화해서 순서대로 빨랫줄에 매달았다.

보고 있자니 눈물이 핑 돌았다. 빨랫줄에 매달린 채, 사진들은 그 몇 분 동안 동생이 보고 느꼈던 것들을 그대로 재현하고 있었다. 그것들은 변색된 종이들이 아니라 시간별로 저며낸 동생의 의식 그 자체였다.

며칠 동안 어떤 강박관념이 나를 사로잡았다. 나는 미켈란젤로 안토니오니의 〈블로우 업〉에 나오는 패션 사진작가가 그랬던 것처럼 끊임없이 사진들을 재인화하고 확대했다. 무언가를 찾아낼 생각은 조금도 없었다. 단지 사진 한 장, 한 장과 사진에 찍힌 대상들에 대해 보다 상세하게 알고 싶었다. 그 아름다운 광대뼈를 한 젊은 여자와 고양이처럼 눈에서 인광을 뿜어댔던 작은 소녀, 그 아이의 고양이, 그리고 도심 한가운데에서 그토록 성공적으로 적막함을 지켜낼 수 있었던 그 골목에 대해.

마침내 나는 사진들을 챙겨 코트 주머니에 쑤셔 넣고 이대 앞으로 달려갔다. 이대 정문 앞이란 곳이 워낙 모습이 쉽게 바뀌는 곳이기는 하지만 출발점을 찾아내기는 어렵지 않았다.

나는 몇 년 전까지만 해도 빌리지가 있었던 건물 앞에서부터 시작해서 하나하나씩 길을 더듬어갔다. 이대 전철역, 신촌 아트홀까지는 문제가 없었다. 그러나 연대 골목으로 꺾어진 뒤부터 나는 길을 잃어버렸다. 그 어디선가부터 동생이 헤맸던 골목은 없었다. 근처 문방구에서 마커펜을 사 담 구석마다 조그맣게 표시를 해가며 골목 하나하나를 뒤졌으나 그 골목은 찾을 수가 없었다. 이번에는 시네마극장에서 출발해 역추적해보려 했지만 결과는 마찬가지였다. 동사무소에 가서 내가 뒤졌던 골목들을 다 체크해봐도 그 골목은 없었다. 형우가 헤맸던 골목은 기하학적으로 존재할 수 없었다.

3

2년 전에 나는 어느 영화감독과 함께 뉴욕에 갔었다. 촬영 장소 헌팅 같은 생산적인 일은 아니었다. 그 양반은 새로 생긴 모 문화잡지의 돈으로 공짜 여행을 즐긴 뒤 뉴욕의 영화관에 대한 시시껄렁한 글을 써주기로 했었고, 나는 거기에 끼워 넣을 사진들을 찍어주기로 되어 있었다.

감독 양반의 영어 실력은 'Good Morning'을 간신히 할 수준이었지만 난 그래도 그 동네에서 일 년 반 동안 산 적이 있었으니 당연히 그 양반보다 나았다. 그는 나를 통역 및 가이드 삼아 이틀 동안 정신없이 돌아다니다가 그 다음 날 아침부터 배앓이를 하기 시작했다.

감독 양반에게 의사와 잡지사 사람들이 달라붙었고 나에겐 자유시간이 생겼다. 난 그 시간을 이용해 친구들에게 약속한 비디오테이프들이나 사려고 마음먹었다. 전화번호부를 뒤져 내가 즐겨 찾았던 비디오 가게가 아직도 있다는 사실을 확인하고 나는 호텔에서 나와 그쪽으로 걸어갔다.

맨해튼만큼 길 찾기가 쉬운 곳도 없다고들 하지만 그건 순전히 소호 윗부분에나 해당되는 말이다. 무질서한 다각형의 플레이스 단위로 조각조각 쪼개진 소호는 여행자들을 길을 잃게 하기 위해 음흉하게 계획된 곳이다. 제 딴엔 이곳에 대해 잘 알고 있다고 생각했던 나는 으스대고 걷다가 곧 길을 잃어버리고 말았다.

내가 이곳에 살았던 때라면 그런 것 가지고 별걱정은 하지 않았을 것이다. 아무리 복잡한 곳이라도 자주 드나들면 무의식 속에 정보가 쌓여 그것들이 나침반 역할을 해주기 때문이다. 그러나 이미 그 정보들은 폐기처분된 지 오래였다. 나는 정체불명의 낡은 벽돌건물들과 불법주차된 볼보 차 사이에 서서 911에 구조요청을 해야 할지 아니면 머리핀을 뽑아 콤팩트로 두들겨 임시 나침반을 만들어야 할지를 두고 고민했다.

그때 기적이 일어났다.

고양이였다. 꼬리 끝과 왼쪽 앞발을 제외하면 석탄처럼 새까만 고양이가 의기양양한 모습으로 걷고 있었다. 나는 무의식적으로 그 아름다운 동물의 뒤를 따르기 시작했다. 고양이는 잠시 나를 흘낏 쳐다보다가 겁에 질렸는지 갑자기 달리기 시작했다. 다행히도 나까지 달릴 필요는 없었다. 고양이는 포석 위에 앉아서 무언가 두꺼운 책을 심각한 표정으로 읽고 있던 열두 살쯤 되어보이는 흑인 소녀의 품 안으로 뛰어들었다. 아이는 잠시 나를 올려다보았지만 별로 관심이 없는 듯 다시 그 두꺼운 책으로 시선을 돌렸다.

나는 주위를 둘러보았다. 낡은 비상계단들을 더러운 목걸이처럼 늘어뜨린 초라한 벽돌건물들이 양 옆에 서 있었다. 흔해 빠진 광경이었다. 이상할 정도로 사람이 없다는 점만 제외하면. 아직 오후 4시였다. 이처럼 사람이 없을 수는 없었다. 적어도 자동차 한두 대는 지나가야만 했다.

나는 텅 빈 건물들을 올려다보며 천천히 그 거리를 걸었다. 가끔 상점들이 눈에 띄었고 식당들도 눈에 들어왔다. 안에는 특별히 이상해 보이지 않는 사람들이 물건을 사거나 주문한 음식을 먹고 있었다.

나는 비교적 커 보이는 고서점을 하나 발견하고 안으로 들어갔다. 호랑이 줄무늬가 있는 아기 고양이 한 마리가 따분한 듯 책장 위에 앉아 하품하고 있었고, 머리가 하얗게 센 점원은 구석 안락의자에서 낡은 책에 몰두하고 있었다. 나는 그 안에서 찰스 아담스의 만화가 수록된 꽤 낡은『뉴요커』지 한 권과 클로딘 시리즈의 영어 번역본 두 권을 찾아냈다. 여행자수표로 돈을 지불했지만 점원은 별로 신경 쓰는 것 같지 않았다.

"혹시 가장 가까운 화장실이 어디 있는지 아세요?"

내가 묻자, 점원은 졸린 듯한 표정으로 유리문 너머를 가리켰다. 유리문 너머의 화장실 역시 진짜였다. 아주 더럽지도, 아주 깨끗하지도 않은, 찬물만 나오는 수도와 물비누를 담은 용기가 있는 그냥 보통 화장실. 나는 수도를 틀고 낡은 책을 만져 더러워진 손을 씻었다.

종이 타월로 손을 닦고 나오는데 복도 구석에 '비상구'라고 쓰인

철문이 보였다. 나는 그쪽으로 다가가 문을 밀었다. 올라가는 계단이었다. 서점이 있는 건물은 대충 8층쯤 되었다. 꼭대기까지 올라가면 무엇이 보일까?

나는 올라갔다. 옥상으로 올라가는 문은 잠겨 있었지만 8층 복도의 창문은 열려 있었다. 8층이면 충분히 높았다. 나는 아래를 내려다보았다.

15분 뒤, 나는 필름을 챙겨 주머니에 넣으며 계단으로 내려왔다. 그리고 단 여든일곱 걸음 만에 워싱턴스퀘어로 빠져나왔다. 더 이상 길을 잃을 이유가 없었다.

4

얼마 전에 나는 친구로부터 하얀 암코양이 한 마리를 분양받았다. 이름을 팝콘이라고 지었는데, 지금 그 녀석은 내 가방 안에서 꼬물거리며 내가 나누어준 치킨 조각을 씹고 있다. 가끔 나는 팝콘을 내 지저분한 방 이곳저곳에 놓아두고 어떻게 반응하는지 관찰하곤 한다. 지금까지 별다른 점은 발견하지 못했지만 아마도 그건 팝콘이 나보다 더 교활하기 때문일지도 모른다.

30분 동안이나 나는 이대 앞 웬디스의 바로 이 자리에 앉아서 길가를 바라보고 있었다. 팝콘은 이미 이곳에 익숙해져서 옆 손님들에게 시달림을 당하지 않으려면 가방 안에서 조용히 있는 것이 상책이라는 것을 알고 있다.

"언어가 감각을 설명할 수 없다면 설명이 무슨 소용이리."

당신이 말한다.

나는 당신의 말을 애써 무시하려고 하지만 내 얼굴은 너무 쉽게 읽힌다. 나는 가방에 손을 넣어 팝콘의 얼굴을 만지작거리며 당신의 꿈틀거리는 가방을 바라본다.

"그쪽 고양이 이름이 뭐예요?"

내가 묻는다.

"파프리카요. 8살이에요."

당신은 내가 건네준 책을 휙휙 넘기며 건성으로 대답한다.

4개월 전, 나는 세계의 건축물들을 찍은 사진집을 한 권 냈다. 적어도 그 사진집에 실린 104장의 사진들 중 98장은 평범한 것이었다. 나머지 6장은 일종의 미끼였다. 하지만 그 사진을 보고 나에게 전화를 걸거나 협박 편지를 보낸 사람들은 없었다. 실망했지만 그렇다고 특별한 반응을 기대하지도 않았었다. 면세구역의 주민들은 이미 숨어 사는 방법을 잘 알고 있는 사람들일 테니까.

나는 지금까지 열일곱 군데나 되는 면세구역을 찾아냈다. 인천에 두 군데, 서울에 두 군데, 뉴욕에 세 군데. 런던에는 다섯이나 되었다. 처음 둘은 찾기가 힘들었지만 일단 찾는 방법을 익히고 나자 그 다음은 좀 쉬워졌다. 말로 설명할 수는 없지만 면세구역 주변에는 어떤 독특한 분위기가 감돈다. 복잡하면서도 어딘가 빈 듯한 느낌. 문제는 그 입구를 찾는 단계인데, 유감스럽게도 여기가 가장 어려운 부분이다. 하지만 면세구역의 사람들과 마찬가지로 나도 곧 그 방법을 찾아냈다.

"런던의 어떤 면세구역에서 한 노인을 만났는데, 그 노인은 나름대로 이론을 가지고 있더군요."

내가 다시 입을 열었다.

"그 사람 말에 따르면 복잡성은 자체적으로 증가한대요. 어떤 것이건 그 복잡성이 임계치를 넘어서면 여벌의 복잡성을 생산해내는 거죠. 다른 차원 저편으로 사라진 사람들에 대한 이야기나, 어마 봄베크*Irma Bombeck*를 그토록 당황하게 했던 사라지는 양말들은 다 이것으로 설명 가능하죠. UFO가 순간소멸이 가능한 이유도 외계인들이 이 법칙을 알고 있기 때문이에요. 이 법칙은 너무나도 결정적이어서 심지어 물리학과 수학 법칙도 방해가 되지 않죠. 그러니까……."

나는 갑자기 현기증을 느낀다. 2년 전 서점 건물의 8층 창문 너머로 아래를 내려다보았을 때가 생각났기 때문이다. 그 이후 나는 면세구역에서도 높은 곳은 잘 올라가지 않는다.

"……그러니까 면세구역의 존재는 일정 수준으로 커진 도시에서는 자연발생적이지요. 그곳을 선택받은 사람들이 발견하는 것도 당연한 일이고요. 어떤 사람들이 선택받는지는 몰라요. 하지만 유전적인 요소를 고려할 수도 있을지 모르겠어요. 왜냐하면 내 동생도…… 네?"

당신은 다시 입을 열고 또박또박 아까 한 말을 되풀이한다. 8층 창문에서 느꼈던 공간의 혼란과 같은 수준의 음향 혼란이 일어난다. 그러고 보니 지금까지 나는 당신과 같이 면세구역에서 '태어난' 사람을 만난 적이 없었다. 당신에게 너무나 자연스러운 면세구역의 어휘는 나에게 현기증만 유발한다. 나는 손을 휘저어 당신의 말을 막는다.

"나는 아직 익숙해지지 않았어요."

내가 말한다.

"나를 이해시키려고 하지 말아요. 나는 내가 쓰는 언어 수준에서 이해하는 것으로 만족하겠어요. 감각을 설명할 수 없는 언어는 소용없는 것이겠죠. 하지만 설명할 수 있는 언어를 내 감각이 받아들일 수 없다면 그것 역시 무슨 소용이겠어요?"

당신은 포기한 듯 웃는다. 나는 눈은 그대로 놔두고 입술 끝만 살짝 당기는 당신 특유의 미소를 바라본다. 나는 당신의 미소 속으로 웬디스와 이대 주변의 모든 사물들과 소음들이 꺾어져 들어가는 것을 본다. 이미 이 혼란은 단어의 부조리한 조합으로도 설명할 수 없는 단계까지 올라갔다. 나는 가방 안에 손을 넣어 팝콘의 얼굴을 쓰다듬으며 다시 내 감각을 복구한다. 당신은 다시 일상어로 말하지만 나는 당신의 말을 듣지 않는다. 나는 당신의 입에서 떨어져 나온 단어들이 진동 폭을 불가능의 영역으로 살짝 당기며 위태롭게 발음되는 것을 들으면서 만족스러워한다. 거기까지가 내 한계이며 형우의 한계이다. 우리의 감각은 여전히 지상에 남아 당신과 같은 사람들에게는 너무나 자연스러운 부조리한 자유의 그림자만 맛본다. 그러나 면세구역은 바로 이곳 신촌 어딘가에 있고, 내 앞에는 당신이 당신의 부조리한 미소와 함께 앉아 있다.

스핑크스 아래서

Under the Sphinx

1

내가 〈스핑크스 아래서〉라는 영화에 대해 알게 된 것은 별로 놀랍지도 않은 우연 때문이었다. 로빈 쿡의 소설 『스핑크스』가 영화화된 적이 있었다는 소문을 듣고 IMDb를 뒤지다 그냥 그 제목을 보게 된 것이다. 이건 뭘까 해서 한번 들어가 보았다. 그 영화는 1946년 작품이었고 감독은 헨리 빈스*Henry Vince*였다. 캐스트에는 단 두 사람의 이름만이 올라 있었는데 하나는 해리엇 홀바인*Harriette Holbein*, 다른 하나는 줄리 벤슨*Julie Benson*이었다. 그 사람들의 필모그래피에 따르면 모두 그 영화가 유일한 출연작이었다. 더 이상의 자료는 없었다.

IMDb에 그런 영화들은 흔하다. 종종 나는 그 영화들이 정말 존재하기나 하는지 의심하게 된다. 하지만 의심은 의심으로 끝날 뿐 확인은 불가능하다. 그리고 IMDb의 오류가 그것뿐만은 아니지 않는가.

나는 곧 그 영화에 대해 잊어버렸다. 그리고 일 년 동안을 아무 탈 없이 편하게 보냈다.

일 년 뒤 나는 IMDb 안을 얼쩡거리다가 다시 〈스핑크스 아래서〉와 마주쳤다. 놀랍게도 그동안 그 영화에 관련된 자료들이 상당히 늘어 있었다. 주연 배우 두 명이랑 감독 이름만 달랑 쓰여 있던 하얀 빈 공간에 다른 배우들과 촬영감독(피터 랜든*Peter Landon*이라는 사람이었다), 간단한 시놉시스까지 적혀 있었다. 이 영화에서 사립탐정으로 나온 배우 조나단 머레이*Jonathan Murray*가 알프레드 히치콕의 영화 〈파괴공작원〉에서 '사교계 인사'라는 명목으로도 등장해서 나를 히치콕 항목으로부터 빈스의 영화로 인도했다. 왜 그 사람 이름을 눌렀는지는 생각나지 않는다. 아마 클릭을 잘못했을 것이다.

클로이 베리*Chloe Barry*(chloe@darkhorse.com)란 사람이 작성한 시놉시스를 살펴보니 내용은 다음과 같았다. "미리엄 블레이크는 남편의 부정을 알아차리고 사립탐정을 고용해 남편과 젊은 타이피스트 로잘린드 헌터와의 관계를 밝혀낸다. 그러나 탐정이 살해당하고 경찰은 미리엄과 살해당한 남자의 관계를 의심하게 된다." 미리엄이 해리엇 홀바인이었고, 로잘린드가 줄리 벤슨이었다.

흠, 좋다. 서스펜스 영화군. 그러나 도입부만으로는 어떻게 이야기가 흘러가게 될지 알 수가 없었다. 줄리 벤슨의 이름이 이렇게 높이 올라가 있는 것으로 보아 아마 이 둘의 관계가 스토리의 뼈대를 이룰 것 같았지만 그것도 추정일 뿐이었다. 그런데 왜 제목이 '스핑크스 아래서'일까? 나는 좀 더 알고 싶어서 그 클로이 베리라는 여자의 이름을 눌러 줄거리를 좀 더 자세히 적어주겠냐고 문의 편지를 보냈다.

잠시 뒤, 그 편지는 주소가 잘못되었다는 메시지와 함께 반송되어 왔다.

이 역시 그렇게 놀랄 만한 일은 아니다. 사람들은 종종 서비스와 ID를 바꾸기 마련이니까. 그러나 한 달 뒤, 다시 〈스핑크스 아래서〉를 방문했을 때는 뭔가 잘못되었다는 느낌이 들기 시작했다.

이 영화의 자료들은 그동안 엄청나게 부풀어 있었다. 스태프들과 캐스트들은 이제 웬만한 요새 영화들을 빰칠 만큼 늘어나 있었고 24명의 투표자들까지 있었다. 평점은 8.1이었다. 이 갑작스러운 자료의 증가는 무엇을 의미하는 걸까?

화요일에 가보니 새로운 자료가 또 늘어나 있었다. 이번에는 사진이었다. 홀바인과 벤슨으로 여겨지는 두 여자가 서재처럼 보이는 방에서 마주 보고 있었다. 홀바인(나이가 좀 더 들어 보이고 옷이 더 고급이어서 그렇게 추정했을 뿐이다) 손에는 권총이 들려 있었는데 누군가를 겨냥하고 있지는 않았다.

사진의 URL 주소를 따라 대충 위로 올라가니 올리비아 에번즈 *Olivia Evans*라는 여자의 홈페이지(http://www.o_evans.simplenet.com/movies.html)가 나왔다. 사진은 그 사람의 '내가 좋아하는 영화' 항목의 일부였다. 〈카사블랑카〉와 〈나는 좀비와 함께 걸었다〉를 빼면 내가 아는 영화는 별로 없었다. 이 사람은 1940년대 할리

우드 B급 영화 팬인 모양이었다. 나는 그 페이지의 다른 사진들도 몇 개 다운받고 조용히 빠져나왔다.

모든 진상을 알아차린 건 바로 그날 밤 꿈속에서였다. 옛날 영화들 사이를 오가는 해괴한 꿈을 꾸고 있었는데 〈스핑크스 아래서〉만 없었다. 그래서 마침 지나가는 베티 데이비스에게 혹시 해리엇 홀바인을 못 보았냐고 물어보았다. 그 여자는 한심하다는 듯 내 손을 잡고 툴루즈 로트렉으로 분장한 호세 페러에게 데리고 갔다. 그는 열심히 붓을 놀리며 작은 스핑크스 위에 걸터앉은 홀바인을 그리고 있었다. 그러나 그의 앞에서 포즈를 취하고 있는 여자는 버지니아 울프였다.

나는 그만 정신이 확 들고 말았다. 오전 4시였다. 나는 허둥지둥 컴퓨터 앞으로 달려가 다운받은 〈스핑크스 아래서〉의 스틸을 포토샵으로 불러들여 열었다. 괜찮았다. 하지만 레벨값을 잔뜩 높여서 보니 슬슬 티가 나기 시작했다. 사진은 조작된 것이었다. 아마추어치고는 괜찮은 솜씨였지만 프로 수준은 아니었다.

나는 그 사진을 보다 그럴싸하게 수정한 뒤 올리비아 에번즈의 홈페이지로 들어가서 내 수정본을, 사진은 좋았지만 약간의 문제점이 있었다는 내용의 편지에 붙여서 '클로이 베리'에게 보냈다. 클로이인지 올리비아인지는 몰라도 유달리 페어플레이 정신이 뛰어난 여성이라 추정되었기 때문에(클로이와 올리비아. 자명하지 않은가) 내 첫 번째 편지는 꽤 정중했다고 기억한다.

다음 날 아침에 올리비아 에번즈의 답장이 왔다. 이미 들통났다는 사실을 알았는지 편지는 솔직하고 당당했다.

그 사람 이름은 원래 올리비아 에번즈였고 클로이 베리는 가끔 쓰는 가명이었다. 그리고 물론 〈스핑크스 아래서〉라는 영화는 없었다. 어느 날 심심해서 장난삼아 그 영화를 만들어 IMDb에 보냈더니 어머니나, 정말 그 양반들이 그 영화를 넣어주었던 것이다. 그래서 하나씩 추가하다 보니 재미가 붙었고 결국 가짜 사진까지 만들어 올린 모양이었다. 사진은 1940년대 영화잡지에서 찾아낸 사진들을 포토샵으로 적당히 오려붙여 만든 것이었다. 그녀 역시 자기도 모르게 홀바인과 벤슨 역을 하게 된 그 정체불명의 여성들이 누군지 몰랐다. 그 여자들이 봤어도 몰랐을 것이다. 에번즈가 상당히 대범한 터치로 그 여자들의 얼굴을 일그러뜨려 훨씬 재미있는 얼굴로 만들었기 때문이었다.

그렇다면 링크들은? 그 역시 상당히 솜씨 좋은 트릭이었다. 그녀는 당시 B급 배우들과 스태프들 중 아무도 신경 쓰지 않을 만한 사람들을 골라서 〈스핑크스 아래서〉에 끼워 넣었다. 그녀 말에 따르면 〈스핑크스 아래서〉의 제작사인 모뉴멘탈 픽쳐즈의 당시 영화들 중 상당수가 WB 사와의 법정 싸움 때문에 개봉되지도 않고 사장되었다고 한다. 〈스핑크스 아래서〉가 그런 영화들 중 하나일 수도 있고, 또 스태프들과 배우들도 충분히 그럴 수도 있는 사람들뿐이라는 것이었다.

편지는 충분히 만족스러웠고 가짜 영화를 그렇게 성공적으로 구현해낸 재주도 좋았기 때문에 나는 그녀에게 상당히 호의적인 답장을 보냈다. 단지 그녀가 자기 장난을 실제 이상으로 독창적이라고 생각하고 있는 것 같아서 몇몇 사이트를 참고하라고 가르쳐주었다.

예를 들어 존 프라이스*John Price*의 가상 도서관 홈페이지(http://www.meow.co.uk/~jorgeborges)에서는 다른 사람들의 책 안에서만 존재했던 책들만을 모은 상세한 목록이 있으며 에밀리아 사튼*Emilia Sarton*의 발칸 2(http://www.users.aol.com/emilia/balcan2)는 영국 소설들에 나오는 가상의 발칸 반도 국가들의 지도와 역사책을 제공하고 있다.

2

나 역시 직업이 있고 인터넷에 놀이터가 IMDb밖에 없는 것도 아니다. 어느 정도 궁금증이 해소된 이후 나는 〈스핑크스 아래서〉에 대한 일들은 한동안 거의 잊어버리고 있었다. 마감이 일주일 간격으로 겹쳐 왔기 때문에 그런 걸 생각하기엔 너무 바빴다. 올리비아 에번즈가 나에게 다시 편지를 보내오지 않았다면 그 뒤에 무슨 일이 일어났는지 전혀 모를 뻔했다.

편지는 간단했다. '바쁘지 않으면 http://www.wind.com/~dizzy/movies에 가보세요.'

그래서 가보았더니 디지라는 사람이 만든 무비 사이트가 나왔다. 그 사람은 할리우드 영화들에 나타난 동성애 요소들을 꽤 세심하게 분석하고 있었는데 놀랍게도 그 영화들 중 하나가 〈스핑크스 아래서〉였다!

디지가 만든 〈스핑크스 아래서〉의 섹션은 올리비아가 만든 섹션보다 훨씬 자세했다. 디지는 모뉴멘탈 픽쳐즈의 몰락에 대해 간단하게 기술하고 그 과정에서 묻힌 여러 영화들에 대해 이야기했다. 그리고 그로 인해 압사당한 예술가 중 한 명으로 헨리 빈스를 소개했다. 디지에 따르면 빈스는 '유감스럽게도' 동성애자는 아니었지만(적어도 그런 투가 느껴졌다) 부당하게 잊힌 천재였다.

그는 빈스의 몇몇 영화들을 언급하다가 곧장 〈스핑크스 아래서〉로 넘어갔다. 그 사람 말에 따르면 〈스핑크스 아래서〉는 98분짜리와 119분짜리가 있다고 한다. 98분짜리는 공식적인 판본으로(그래도 개봉되지 못했지만) 미리엄과 로잘린드와의 관계는 설명되지 않은 채로 넘어간다. 그러나 비공식적인 119분짜리 편집에서는 〈크리스티나 여왕〉의 그레타 가르보를 연상시키는 둘의 키스신과 상황을 분명하게 설명하는 대사들이 수록되어 있다는 것이었다. 그는 119분짜리를 개봉할 생각도 없이 그냥 마음 내키는 대로 찍어 편집한 뒤 다시 잘라내 98분짜리로 완성하고는 남은 필름들을 자기가 보관했다고 한다.

그리고 디지는 세 장의 사진을 올려놓았다. 모두 640×480픽셀로 올리비아가 만든 사진들보다 훨씬 컸다. 첫 번째 사진은 해리엇 홀바인과 줄리 벤슨이 사진 밖에 있는 어떤 대상을 내려다보고 있는 장면이었고, 두 번째 사진은 사립탐정과 해리엇의 사진, 세 번째는 해리엇 홀바인의 클로즈업이었다. 세 번째 사진은 비디오 캡처 이미지였다.

나는 그 사진을 몽땅 포토샵에 올려놓고 레벨값을 높이기도 하고 내리기도 하고, 콘트라스트를 높이기도 하고 낮추기도 하는 등 내가 아는 방법은 몽땅 써서 트릭을 찾아보았다. 허사였다. 그 사진은 정말로 진짜 같았다. 그래서 이번에는 비디오 가게에 가서 〈파괴공작원〉을 빌려와 사립탐정의 사진이 정말로 조나단 머레이의 것인지 조사해보았다. 파티 장면에 정말 머레이 같은 사람이 나왔다. 그러니 그것도 정말인 모양이었다.

편지로 이야기할 상황이 아닌지라 나는 영한사전과 관용어 노트들을 책상 주변에 잔뜩 깔아놓고 올리비아를 직접 불러냈다. 그녀는 곧 내 대화방에 나타나더니 인사도 없이 물었다.

-어때요?

-재미있군요. 그 사진은 진짜 같던데요?

-그 디지라는 사람에게 메일을 보냈어요.

-뭐라고 했는데요?

-그냥 그 영화를 어디서 보았느냐 그런 이야기요.

-하하. 그래서요?

-그 사람은 친구가 빌려준 비디오로 보았대요. 그리고 세 번째 비디오 캡처는 자기가 직접 한 것이라고 하더군요. 하지만 테이프는 가지고 있지 않고 지금 그 친구와 연락도 끊어졌다고 했어요. 다른 두 사진은 어떤 잡지에서 오려둔 것인데 어디서 오려냈는지 모르겠대요.

-거짓말이 상당하군요. 그 글도 꽤 재미있던걸요!

-하지만 그 영화는 내 거란 말이에요! 내 거요! 왜 남의 장난에 끼어드느냐 말이에요.

-놀이가 그렇게 부풀어 올랐으니 오히려 기분이 더 좋지 않아요?

-안 좋아요. 혹시 IMDb의 빈스 항목을 보았어요?

-아뇨. 어떻게 되었는데요?

-영화가 4편이 더 늘었어요. 하나는 내가 새로 만든 거지만 다른 두 개는 아마 그 디지라는 사람이 만들었을 거예요. 그 사람, 남의 장난에 왜 끼어드는 거죠? 당장 따지겠어요.

그리고 그녀는 가버렸다. 이틀 뒤 그녀는 '다음과 같은 메일을 받았습니다'라는 코멘트를 붙인 디지의 편지를 나에게 보내왔다.

친애하는 클로이.

무언가 잘못 알고 계시는 것 같습니다. 〈스핑크스 아래서〉가 가공의 영화라니요. 영화를 구하기가 쉽지 않은 것은 사실이나 이미 비디오테이프가 돌고 있으며 자료들도 많습니다. 시간이 나시면 IMDb의 〈스핑크스 아래서〉 항목을 찾아보세요. 올리비아 에번즈의 영화 사이트(http://www.o_evans.simplenet.com/movies.html)나 코일보이의 컬트 영화 사이트(http://www.coilboy.com)를 방문해보시거나요. 온라인 자료를 믿지 못하겠다면 브라이언 스티븐즈의 『잊혀진 벽돌들』을 읽어보시기 바랍니다. 이 책은 모뉴멘탈 픽처즈의 잊혀진 수많은 영화들에 대한 상세한 자료를 제공하고 있습니다.

그럼 이만.

디지.

3

『잊혀진 벽돌들』은 한국에서 구하기 쉬운 책이 아니었지만 올리비아가 일부를 팩스로 나에게 보내주었기 때문에 나는 그 문제의 장을 읽을 수 있었다.

스티븐즈가 그려낸 모뉴멘탈 픽쳐즈의 몰락은 디지가 쓴 글 못지않게 비장했다. 그러나 나의 흥미를 끄는 부분은 그 진실 사이에 삽입된 가짜들이었다. 그러나 점점 의심이 들기 시작했다. 정말 올리비아가 말한 대로 이것들이 가짜들일까? 스티븐즈는 결코 온라인에 올라간 장난에 맞장구를 칠 만큼 한가한 사람처럼 보이지 않았다. 그런데도 그는 심각하게 빈스와 해리엇 홀바인 같은 가짜들에 대해 언급하고 있었던 것이다.

스티븐즈에 따르면 빈스와 홀바인은 1950년까지 애인 사이였다. 홀바인은 마약 중독자가 된 빈스를 걷어찼고, 결국 빈스는 휘청거리다가 1954년에 약물 중독으로 죽었다. 그들은 갈라지기 전에 4편의 영화를 같이 찍었는데 이들 중 어느 하나 제대로 개봉한 게 없었다. 4편이니 4년쯤 끌었을 것 같지만 이 네 편의 영화는 모두 1945년에서 1946년 사이의 아주 짧은 기간 동안 찍혔다.

홀바인에게 영화배우란 직업은 그렇게 진지한 것도 아니었다. 차라리 그녀는 작가라는 직업에 더 흥미를 가진 것 같았다. 스티븐즈는 〈스핑크스 아래서〉를 포함한 빈스 영화들 중 3편의 각본을 그녀가 직접 썼다고 믿고 있었다. 근거에 비해 주장이 너무 강해서 아무래도 나는 이 노인네가 해리엇 홀바인을 짝사랑하고 있는 게 아닌가 의심하지 않을 수 없었다.

-다 가짜, 가짜, 가짜예요!

올리비아는 이제 정말 화가 나 있었다.

-홀바인도 가짜, 그 여자는 존재하지도 않았어요. 그 여자 얼굴은 가구 광고 모델을 내가 조작해 만든 거라고요! 빈스도 가짜. 내 동생 이름과 우리 집 강아지 이름을 조합해서 역시 내가 만들었어요. 벤슨도 가짜. 그건 내 고등학교 때 단짝 이름이에요. 그 여자 얼굴은 지금 이름도 기억 못 하는 옛날 영화의 시시한 단역 얼굴을 늘이고 줄여서 만들었어요. 모두 가짜란 말이에요!

-하지만 스티븐즈는 장난칠 사람이 아니잖아요.

-그렇지만 정말이에요. 제발 믿어줘요!

-사진은요?

올리비아 에번즈에겐 정말 억울하게도 스티븐즈의 책에는 해리엇 홀바인을 찍은 아주 아름다운 초상 사진과 그녀와 헨리 빈스가 같이 웃고 있는 광경을 찍은 스냅 사진이 들어 있었다. 두 장의 〈스핑크스 아래서〉 스틸은 물론이고.

-그것 역시 뭔가 잘못된 거예요. 내가 원본 사진들을 보내줄게요. 직접 만져봐요!

그 즉시 그녀는 정말로 홀바인과 벤슨이었던 여자들의 원본 사진들을 보내주었다. 포토샵으로 대충 늘이고 줄이고 보니 정말 그 여자들의 밋밋하고 개성 없는 얼굴들이 해리엇 홀바인과 줄리 벤슨의 멋진 얼굴과 비슷하게 변할 수도 있다는 사실을 알았다. 그러나 그렇다면『잊혀진 벽돌들』의 사진들은 뭔가.

-나도 몰라요. 하지만 가짜예요, 가짜, 가짜!

그녀는 정말 화가 나 있었다. 얼마나 화가 나 있었는지 나중에 가 보니 자기 사이트의 〈스핑크스 아래서〉 섹션이 싹 지워져 있을 정도였다. 그녀는 대신 알 만한 뉴스 그룹들은 모두 돌아다니면서 〈스핑크스 아래서〉란 영화가 진짜 존재할 리가 없다는 글을 올리고 다녔다.

곧 반박이 가해졌다. 대부분이 그 영화를 직접 보았다는 사람들로부터였다. 그중에는 어떻게 감히 해리엇 홀바인 같은 위대한 배우를 모욕할 수 있느냐 운운의 항의를 집중적으로 보낸 젤리빈이라는 사람이 있었다. 나중에 보니까 그 사람, 홀바인의 열광적인 팬페이지(http://www.sirius.com/~jellybean/Harriette.html)를 만들어 인터넷에 올려놓았다.

젤리빈의 해리엇 홀바인 페이지는 자그마치 34장이나 되는 홀바인의 사진을 수록하고 있었다. 내가 아는 사진들도 있었지만 모르는 사진들이 더 많았다. 그리고 그것들의 대부분은 〈스핑크스 아래서〉가 아닌 다른 영화 스틸들이었다.

나는 젤리빈에게 메일을 보내 멋진 페이지를 만들어주어서 감사하다고 말한 뒤, 어떻게 그 영화들을 보았고 사진은 어떻게 입수했냐고 물었다. 첫 번째에 대한 답은 언제나처럼, 비디오로 보았지만 카피는 가지고 있지 않다는 것이었고, 두 번째에 대한 답변은 인터넷의 여러 사람들이 보내주었고 또 『월드 스크린』이라는 1940년대의 영화 잡지를 발견했는데 거기에 홀바인의 다른 사진들도 있어서 스캔했다는 것이었다. 그래서 커버를 스캔해줄 수 있겠냐고 했더니 정말 보내주었다. 들여다보았지만 역시 별로 가짜 같지는 않았다.

일주일 뒤, 올리비아 에번즈는 또 다른 주소(http://www.fys.uio.no/~jorgen/Sphinx)를 보내왔다. 그 사이트는 처음으로 생긴 〈스핑크스 아래서〉의 단독 페이지였는데 놀랍게도 〈스핑크스 아래서〉의 30초짜리 AVI 파일을 하나 수록하고 있었다. 4.5MB나 되는 것을 끙끙거리며 받아 돌려보았다. 홀바인처럼 생긴 여자가 벤슨처럼 생긴 여자와 나란히 침대에 앉아서 스핑크스가 어떻게 앉아 있느냐 따위의, 영화를 처음부터 보지 않는 사람에게는 암호처럼 들리는 이야기를 하고 있었다. 다른 사람들이 적당히 홀바인과 벤슨으로 분장한 것일 수도 있을 것이다. 그러나 나에겐 그 AVI 파일이 진짜처럼 보였다.

나는 그 사이트를 연 요르겐이라는 사람에게 메일을 보내 어떻게 그 파일을 얻었냐고 물었다. 답변은 예상 밖이었다. 그는 그 테이프를 가지고 있었다. 그렇다면 복사본을 하나 구할 수 있을까? 그는 운송비와 공테이프 값만 부담한다면 보내주겠다고 대답했다.

나는 허겁지겁 시티은행으로 뛰어가 송금 수표를 만들어 노르웨이로 부쳤다. 보름 뒤, 나는 테이프를 하나 받았다. 나는 테이프를

VCR에 넣고 틀었다. 어떻게 그럴 수 있었냐고 물으시는 분들이 계시겠지만 세상에는 PAL 테이프도 무리 없이 읽는 멀티비디오플레이어라는 것도 있다.

테이프의 화질은 한마디로 개 같았다. 아마도 16mm 필름에서 테이프로 뜬 것 같았는데 그 껌뻑이는 화질은 상당히 짜증이 났으며 에디슨 축음기에서나 날 듯한 거지 같은 음질 때문에 가끔가다 대사를 거의 알아들을 수 없었다.

그러나 영화는 재미있었다. 그것도 아주 재미있었다. 놀랄 만큼 현대적이었지만 동시에 진짜 필름 느와르이기도 했다. 홀바인과 벤슨은 잊혀진 것이 이상할 정도로 둘 다 근사했다. 빈스의 거칠게 휘둘러대는 카메라는 어딘지 모르게 사무엘 풀러를 연상시켰지만 나름대로 색다르게 보였다. 하지만 당시 관객들이 만약에 이 영화를 보았다면 얼마나 불편했을까? 〈바운드〉를 1940년대 관객들에게 틀어주었다고 생각해보라. 비슷한 반응이 돌아왔을 것이다.

당연히 나는 요르겐에게 답장을 보내 고맙다고 하고는 그 테이프를 도대체 어디서 구했냐고 물었다. 요르겐의 답변은 간단했다. 호주에 사는 친구가 16밀리 복사본을 가지고 있었는데 테이프로 복사해주었다는 것이다. 그 호주 사람은 이메일 주소가 없었지만 요르겐은 친절하게도 나를 위해 그에게 대신 전화를 걸어주었다.

다음 날 요르겐은 〈스핑크스 아래서〉의 경로를 그린 깜찍한 jpg 파일을 만들어 이메일로 보내왔다.

도표에 따르면 영화의 경로는 다음과 같았다. 요르겐은 그 호주 친구한테서 테이프를 받았다. 그것은 은퇴한 방송국 촬영기사였던 큰아버지의 유품이었다. 그 큰아버지라는 사람은 방송국 소유인 영화 중 상당수를 16밀리로 멋대로 복사해 가지고 있었으므로 〈스핑크스 아래서〉도 그 방송국(여담이지만 그 방송국은 젊은 루퍼트 머독의 것이었다) 소유였을 가능성이 있다. 조금 더 가능성을 추정해보면, 호주 텔레비전 방송 초창기에 그 방송국이 WB의 소유가 된 모뉴멘탈 픽쳐즈의 싸구려 영화들을 떨이로 사들였다고 추정할 수 있다. 그렇다면 원본이 어디 있건 호주 어딘가에 아직도 〈스핑크스 아래서〉의 필름이 있다는 말이다.

그 호주 친구는 방송국에 문의를 했고 놀라울 정도로 빠른 회답을 받았다. 그들은 정말로 그 필름을 아직도 보유하고 있었다! 당연히 요르겐은 그 정보를 자기 사이트에 올렸다.

이 즈음부터 〈스핑크스 아래서〉는 공식적인 영화가 되었다. 브라이언 스티븐즈가 CNN에 나와서 모뉴멘탈 픽쳐즈의 영화에 대해 떠들어댈 때 알아봤어야 했다. 물론 그가 가장 중요하게 여기는 영화는 〈스핑크스 아래서〉였다. 이제 그 영화의 테이프를 돌려보는 것은 시크한 유행이 되었고 시드니의 시사회는 뉴스였다. 빈스와 홀바인, 벤슨의 이야기가 유즈넷에 오르지 않는 날은 단 하루도 없었다. 홀바인과 벤슨의 뒷이야기도 화제가 되었는데, 벤슨이 아일랜드에 살고 있다는 사실이 우연히 밝혀지자 당연히 매스컴은 그녀가 살고 있는 사설 양로원으로 향했다. 벤슨에게 그녀의 영화 경력은 '철없는 젊은 시절에 잠시 즐기던 것' 이상의 것이 아니었다고 하니 그 할머니가 얼마나 당황했었을지 생각해보라.

올리비아 에번즈는 여기서 완전히 풀이 죽었다. 자신이 옳다면 전 세계가 자신을 기만하는 것이리라. 하지만 그게 어떻게 가능한가. 그리고 만약 전 세계가 자기를 속이는 게 아니라면 어떻게 자기가 포토샵으로 만든 사람들이 돌아다니는 걸까?

심지어 그녀는 초자연현상을 도입하기도 했다. 이 가설에 따르면 빈스나 홀바인, 벤슨, 〈스핑크스 아래서〉는 실제로 존재하는 사람들과 영화다. 단지 그녀의 두뇌 어딘가가 초우주 공간에 저장된 그들에 대한 정보를 끌어와 〈스핑크스 아래서〉를 재발견한 것이다. 물론 자기 강아지 이름을 빈스라고 지은 걸 보면 생각보다 오랫동안 그 정보가 무의식 속에 저장되어 있었다고 해야겠지.

그러나 올리비아 에번즈는 이런 동화를 끌어들이기엔 너무나 현실적인 사람이었다. 그녀가 나에게 보낸 마지막 편지는 사뭇 진지하고 비장하기까지 했다. "세상이 나를 속이고 있는 것인지 초자연현상인지 나는 몰라요. 하지만 이 점만은 말할 수 있어요. '〈스핑크스 아래서〉는 내가 만들었어요.' 지구 상의 모든 사람들이 뭐라고 주장해도 이 점만은 바꿀 수 없어요." 당당하고 조금은 감동적이기까지 한 선언이었지만 끝에 쓴 자신 없는 추신이 분위기를 망쳐버렸다. "날 믿나요?"

나는 곧장 답변해주었다.

"믿어요."

4

당신은 아마도 내가 올리비아 에번즈를 위로해주기 위해 생각에도 없는 답변을 했다고 생각할지도 모른다. 하지만 아니다. 나는 정말로 올리비아 에번즈가 〈스핑크스 아래서〉의 첫 번째 창조자라고 믿는다. 그리고 나의 믿음은 그녀보다 훨씬 강하다. 나에게는 그녀가 모르는 정보가 있기 때문이다.

혹시 최민승崔旻承 교수라는 이름을 들어보신 적 있는지 모르겠다. 작년에 사망한 국문학자로 바로 내 큰아버지이다. 바로 그 친척 관계 때문에 내 직업과 전혀 관계가 없는 이 일에 손가락을 담그게 되었던 것이지만.

큰아버지가 말년에 놀았던 놀이터는 조선시대의 전기소설傳奇小說들이었다. 특히 조선시대에 금서로 몰린 서너 편의 국문소설들이 주요 관심사였다. 그중 하나는 『금오전金烏傳』이라는 제목과 간단한 줄거리만 알려졌을 뿐, 세상에서 완전히 사라지고 없었다. 설날이나 추석 같은 때에 가족들이 모일 때마다 큰아버지는 아쉽다는 듯이 그 소설에 대한 이야기를 꺼내곤 했다. 하긴 남아 있는 줄거리만 따진다면 무척이나 흥미진진한 작품이었을 것 같기도 했다.

그런데 큰아버지의 장례식이 끝난 뒤, 큰아버지의 책상 서랍 안에서 『금오전』의 복사본이 발견되었던 것이다. 복사기로 양면 복사해서 철끈으로 거칠게 묶은 것이었는데 원본은 찾을 수가 없었다. 세상은, 적어도 큰아버지가 속해 있던 그 작은 세상은 그 발견으로 뒤집혔다. 두 달 뒤 복사본의 원본이 발견되었고 더 이상 『금오전』의 진위를 의심하는 사람은 없어졌다.

『금오전』의 문학적·역사적 가치가 얼마나 대단한지 나는 모른다. 하지만 내용만 따진다면 그 책은 무척이나 흥미진진한 것이었다.

금까마귀로 환생한 여자 주인공이 저승과 이승을 넘나들며 벌이는 요란한 모험담이었는데, 정말로, 정말로 거침없는 스토리와 지금 봐도 노골적으로 보이는 여러 묘사는 나 같은 문외한의 관심까지도 끌 만했다.

그러나 그것보다 내 관심을 끄는 것은 그 복사본의 상태였다.

그 복사본이 큰아버지의 집에 있는 복사기로 찍어낸 것임은 분명했다. 모든 복사기에는 사람의 지문처럼 독특한 특징이 있다. 예를 들어 복사기 유리나 뚜껑에 긁힌 자국이 있다면 그것들은 당연히 복사본에도 나타난다. 큰아버지의 복사기 왼쪽 구석에는 기역자 모양의 긁힌 자국이 있었는데 『금오전』 복사본 구석에도 그 기역자가 보였다.

복사기에는 보다 일시적인 지문도 있다. 예를 들어 실수로 복사기에 볼펜으로 흔적을 낸다고 치자. 그것들은 유리를 닦을 때까지 남을 것이다. 이런 증거는 복사한 날짜를 아는 데 상당한 도움이 된다.

가끔 장례 준비로 바쁘게 뛰어다니던 사람이 당사자보다 먼저 죽는 경우가 있다. 큰아버지도 바로 그런 경우였는데, 겨우 사흘인가 앓았으니 정말 편한 죽음이었던 셈이다. 언제 돌아가실지 모른다고 난리 법석을 치던 고모할머니는 일 년이 지난 지금도 여전히 끙끙 앓으며 살아계신다.

그때도 정말 고모할머니의 장례식을 치를 줄 알았다. 온 가족은 큰아버지 댁에 모여 장례 걱정을 하고 있었고 나 역시 거기서 가끔 과일도 깎고 차도 나르면서 바쁜 척하고 있었다.

그때 내 호출기에 메시지가 떨어졌고 나는 내가 그날 중요한 일을 하나 빼먹었다는 사실을 기억해냈다. 나는 큰아버지의 허가를 받고 큰아버지의 방으로 들어갔다. 유감스럽게도 큰아버지의 프린터는 고장 나 있었기 때문에 나는 버벅거리며 큰아버지의 전동 타자기로 작업해야 했다. 작업이 끝난 뒤, 나는 큰아버지의 복사기로 사본을 만들고 원본을 회사로 부쳤다. 복사기를 다루는 게 서툴러 종이가 여러 차례 중간에 끼어서 제거해야 했는데 그러는 동안 내 엄지손가락에 토너가 묻었고 그것들은 다시 유리 구석에 묻었다. 물론 그 지문은 내 사본에도 분명하게 나타나 있다.

그런데 『금오전』 복사본의 첫 두 장에도 그 지문이 희미하게 나타나 있었던 것이다.

큰아버지가 쓰러진 건 내가 복사를 끝낸 지 겨우 3시간 뒤였다. 그 뒤에 큰아버지가 복사기를 만질 시간이 없었음은 모두가 알고 있다. 그렇다면 누군가가 그 뒤에 『금오전』을 들고 와 복사해서 큰아버지의 집에 숨겨두었다는 말이 된다.

국문학자의 방에서 그런 복사본이 나오는 것은 그렇게 이상한 일이 아니며, 큰아버지의 방에서 발견된 다른 노트들도 그 복사본과 나중에 발견된 원본을 그럴싸하게 설명해준다. 나의 시시한 실수가 아니었다면 이 모든 일은 매우 당연하게 보였을 것이다.

그렇다면 『금오전』이 조작된 책이라는 나의 믿음은 상당한 설득력을 가지게 된다. 그리고 『금오전』이 가짜라면 그만큼 그럴싸한 배경을 가진 〈스핑크스 아래서〉도 가짜일 수 있다는 말이 된다. 물론 영화와 배우들을 조작하는 것과 책을 조작하는 것을 비교하는 것은 조금 무리이기는 하다. 그러나 이 둘은 여러모로 비슷하지 않은가?

이쯤 되면 가짜 영화와 소설들을 조작해내는 전 세계적인 비밀조직의 음모설을 주장하고 싶은 유혹을 참을 수가 없다. 하지만 그 가상의 비밀조직은 좀 할 일 없는 사람들처럼 보이지 않는가? 〈스핑크스 아래서〉와 같은 걸작을 공장생산품처럼 조작하는 사람들이라면 더 쓸모 있는 일을 할 수도 있을 텐데?

나는 보다 그럴싸한 가설을 꾸며낼 수 없을까 머리를 싸매기 시작했고 그때 당신이 생각났다.

5

나는 한 번 만난 사람의 이메일 주소 따위는 보관해두지도 기억해두지도 않지만 당신의 경우는 예외이다. 당신이 온라인에서 지껄인 황당한 연설이 지금도 내 머릿속에 생생하게 남아 있기 때문이다. 단지 지금까지 당신의 연설을 〈스핑크스 아래서〉와 직접 연결시키지 않았을 뿐이다.

당신의 주장을 요약해볼까? 우선 당신은 '역사란 무엇인가'라고 물었다. 당신의 답변은 '역사란 종이 위에 적힌 글씨들과 깨진 도자기 조각에 불과하다'였다. 역사는 기록을 통해서만 영향력을 행사한다. 만약 사실 프랑스혁명이 일어나지 않았고 역사책은 전 세계적인 음모 집단이 조작한 것이라고 우겨보자. 그게 무슨 상관인가? 우리가 살고 있는 현대 사회는 프랑스혁명이 일어났다는 바탕 위에 존재한다. 기록이, 그러니까 우리의 역사적 기억이 단단하게 뒤를 받치는 한 프랑스혁명은 실제로 일어나지 않았어도 유효하다.

'그렇다면 역사적 진실은 무엇인가'라고 당신은 물었다. 당신의 답변은 '우리가 직접 증명할 수 없는 어떤 것'이라는 것이었다. 증명가능성이라는 면에서 볼 때, 프랑스혁명은 로스웰이나 다를 바가 없다. 그렇다면 그런 것들에 신경 써야 할 이유는 무엇인가.

분명히 나는 반박을 했고, 사실 지금도 당신을 반박하고 싶지만 그때는 어떻게 했었는지 기억나지 않는다. 그러나 내가 어떻게 생각하건 당신과 같은 사람이 있으며 내 미약한 반박으로 생각을 바꾸지 않을 것이라는 점은 분명하다. 그렇다면 그런 사람들이 별 죄의식 없이 과거를 건드릴 가능성도 분명히 있다.

그렇다면 과거의 예술작품을 조작해서 얻을 수 있는 이익은 무엇일까? 우연히 나는 어떤 종교 관련 뉴스 그룹에서 이상한 글을 읽었는데, 그 글을 쓴 사람이 당신이나 당신 친구라고 믿을 만한 몇몇 근거가 있다.

하여간 그 글에 따르면 인간 역사에는 목적이 있다. 그러나 역사는 구식 역사주의자들이 생각하는 것처럼 이상적인 무정부사회에 도달하는 과정 따위가 아니다. 역사는 각 시간 단위마다 무언가를 생산해야만 하는 목적을 가지고 있다. 그러므로 만약에 한 특정시기가 그 시기의 가능성을 충분히 활용하지 않았다면 그 시기는 실패한 셈이 된다. 그리고 만약 한 단계가 충분히 성공적이지 않다면 나중에라도 그것을 보충하는 것이 우리의 임무이다. 멋대로 예를 들어, 만약 1940년대 필름 느와르가 게이 여성의 존재를 이용하는

데에 실패했다고 치자. 그렇다면 나중에라도 보충해주는 것이 우리의, 아니 당신들의 의무라는 말이다.

필연적은 아니라고 해도 이런 주장에는 어딘가 종말론의 분위기가 풍긴다. 당신들은 세상이 끝나기 전에 마저 못 한 일을 허겁지겁 마무리 짓는 사람들 같다.

사실 나는 당신들 때문에 지금 매우 불안하다. 당신이 뻔뻔스럽게 외디푸스나 호루스라는 대화명을 사용하며 당신들의 주장을 나에게 들이밀고, 분명히 올리비아가 어떻게 나올지 알면서도 태연스럽게 그녀의 창작품을 사용하는 데에는 뭔가 더 있다는 생각이 들기 때문이다.

어제, 나는 해리 빈스의 유품 속에서 〈스핑크스 아래서〉의 나머지 부분이 발견되었고, 그 영화의 '감독판'이 곧 복원작업에 들어갈 예정이라는 기사를 읽었다. 이제 나는 빈스와 홀바인의 존재를 믿지 않고 자기가 벤슨이라고 주장하는 할머니의 신원도 미심쩍기 짝이 없지만 그 뉴스를 듣고 잠시 흥분했다는 사실까지 부정할 수는 없다.

그런데 당신들이 올리비아 에번즈에게 무슨 일을 저질렀는지 물어봐도 될까? 왜 최근에 나온 해리엇 홀바인 전기의 공저자 중 한 명이 클로이 베리인지?

나비 전쟁

내 딸아.

나폴레옹이 워털루 전투에서 패하지 않았으면 나는 너의 엄마와 결혼하지 않았을 것이다.

그 이유를 알고 싶니? 좋아. 이야기해주겠다. 워털루 전투에서 웰링턴이 승리를 거두자 나폴레옹의 정치생명은 끝장이 났다. 그런데 정치생명이 끝장 난 사람은 나폴레옹뿐만이 아니었단다. 그를 추종하던 수많은 사람들의 진로 역시 막혔다.

정치가가 되기를 포기하고 낙향한 사람들 중에는 장 자크 파스키에라는 사람이 있었다. 만약 나폴레옹이 제정을 그대로 유지할 수 있었다면 그는 출세를 거듭하여 재무성 장관의 자리까지 오를 수도 있었던 인물이었다. 그 대신 그는 남프랑스로 돌아가 제지산업을 벌였다.

제지공장의 직공 중에는 베리예라는 이름의 남자가 있었다. 성질이 급하고 거칠었던 그는 어느 날 십장과 다투다가 그만 그를 때려 죽이고 말았다. 그는 경찰을 피해 도망 다니다가 용하게도 캐나다의 핼리팩스로 탈출할 수 있었다.

베리예는 그곳에서 결혼해 딸을 하나 두었다. 딸은 인디언 피가 섞인 미국인 모피 장사꾼인 에드워드 '빅' 몬타나라는 남자와 결혼해서 줄줄이 애들을 낳았다. 만약 베리예가 캐나다로 도망치지 않았다면 몬타나의 애들은 없었을 것이다. 몬타나는 다른 여자와 결혼해서 애를 낳을 수도 없었다. 그가 그때 결혼하지 않았다면 6개월 뒤에 로키산맥에서 곰에 물려 죽었을 테니까.

계속 번성하던 몬타나 집안의 아이들 중 한 명이 샘 몬타나라는 사람이었다. 6 · 25 사변이 일어나자, 당시 상병이었던 그는 1950년 겨울에 한국으로 왔다. 그는 1951년 4월 4일, 자기 뒤를 줄줄 쫓아다니는 아이들에게 자기 추잉검을 던져주었다. 그가 한 일은 그것뿐이지만 그는 결과적으로 그 아이의 생명을 구한 셈이 되었다. 그 애가 추잉검을 던져주는 미군을 보고 따라나서지 않았다면 물가로 나가 익사했을 것이 분명했기 때문이다. 그리고 그 소녀가 바로 너의 엄마였다. 몬타나 상병이 없었다면 너의 엄마는 그때 죽었을 거야. 당연히 나를 만나서 결혼하지도 못했을 것이다.

이제 알았겠지? 네가 태어난 건 모두 나폴레옹을 워털루에서 몰아낸 웰링턴 장군 덕분이다. 가끔 그에게 감사하거라.

내 딸아, 나는 전에도 너에게 비슷한 이야기들을 수없이 해주었다. 네가 옛날 이야기를 해달라고 조르면, 나는 자못 심각한 표정을 지으면서 이런 이야기를 해주곤 했다. "네가 논현 국민학교에 다니게 된 건 순전히 트로이 전쟁에서 그리스가 이겼기 때문이란다" 아니면 "산업혁명이 일 년만 늦게 일어났어도 우리 집에서는 고양이를 키우지 않았을 거다" 따위의……. 너도 기억하겠지? 너는 트로이 전쟁과 논현 국민학교 사이에 놓인 거미줄같이 가는 관계의 사슬들에 황홀해하며 언제나 나에게 물었다. "근데 아빠는 그걸 어떻게 알아?" 나는 으스대면서 대답했다. "아빠는 뭐든지 다 알아."

놀라운 이야기를 하나 해줄까? 난 그때 농담하는 게 아니었다. 너에게 해준 이야기 모두가 진짜로 일어났던 일들이었다. 그리고 내가 뭐든지 다 안다고 뻐긴 것도 허풍이 아니었다. 나는 그 모든 일들이 어떻게 일어났는지 다 알고 있었다.

내 딸아, 나는 지금 네 뚱보 아빠가 초능력자라고 고백하는 중이다.

어떻게 설명해야 할까? 지금도 잘 모르겠구나. 내가 분명히 말할 수 있는 것은 내가 이 세상에 일어나는 사건들의 인과를 꿰뚫어 볼 수 있는 능력을 가지고 있다는 것뿐이다. 예를 들어서 내가 지금 이 글을 쓰고 있는 노트북 컴퓨터를 볼 때, 나는 단순히 노트북만이 아니라 이 노트북이 나오기 위해 일어났던 모든 과정과 앞으로 이 노트북을 구성하는 물질들에게 닥칠 미래까지 본다. 만약 내가 충분한 시간을 들여 노력한다면 우주의 시작까지 볼 수 있을지도 모른다. 아직까지는 시도해본 적이 없지만 말이다.

언제부터 이런 능력을 가지게 되었는지 나는 모른다. 아마 태어나면서부터였던 것 같다. 그러나 실제로 이 능력이 있다는 사실을 알게 된 것은 열다섯 살 때였다. 학교에 가는 도중 무심코 길가의 돌을 걷어찼는데, 돌을 차는 바로 그 순간 그 돌이 지금까지 거쳐왔던 일들과 앞으로 닥칠 일들이 영화처럼 차르르 내 머릿속으로 흘러들어 왔던 것이다.

그 이전에도 이와 비슷한 일이 있었다. 그러나 그때처럼 직접적이었던 적은 없었다. 그 돌에 대한 정보들은 낫을 두드리는 망치처럼 머리를 내리치며 내 감각을 확장시켰다. 그 이후로 한동안 눈을 제대로 뜰 수가 없었다. 뜨기만 하면 눈에 들어오는 모든 사물들이 자기들의 역사를 목청껏 외쳐댔기 때문이다.

처음에는 너무나 정신이 없어서, 내가 이 능력을 이용할 수 있을지도 모른다는 생각은 하지도 못했다. 그럴 여유도 없었고. 한창 가난할 때라 모두 허리띠를 졸라매고 돈을 벌어야 했다. 대학이니 뭐니 하는 것은 상상도 못했다. 알다시피 나랑 우리 다섯 형제 중에서 대학에 간 사람은 네 큰아버지밖에 없다. 나는 졸업한 뒤부터 네 큰아버지의 등록금을 벌어다 주었다.

직장과 군대에서 나는 천천히 내 능력을 키웠다. 처음에는 단순하게 앞으로 일어날 일을 예측하고 과거 일들을 파악하는 정도에 지나지 않았다. 그 정도만 해도 사회생활하는 데에는 큰 도움이 된다.

경험이 쌓일수록 능력의 응용 범위는 점점 넓어졌다. 단순한 예측은 이제 하찮은 일에 불과했다. 이제 나는 미래를 내 마음대로 변경할 수 있게 되었다. 이 점에 대해서는 보다 자세히 이야기할 필요가 있다.

독립적으로 존재하는 사물은 없다. 존재하는 모든 것들은 우주의 다른 존재들과 관련을 맺고 있다. 만약 네가 아무도 안 보는 골방에 쭈그리고 앉아서 엄지손가락을 까딱한다고 해도 너의 그 행위는 우주 전체에 영향을 미칠 것이다. 맞아, 그거다. 나비효과. 네가 새 지식을 과시하려고 나에게 뛰어왔던 때가 기억난다. 아빠, 글쎄 북경에서 나비가 날갯짓을 하면 말이야…….

혼돈이론 전문가에게 나비효과는 미래의 예측 불가능성을 확인시켜주는 것이지만 나에게는 다르다. 나는 과거와 미래를 그냥 알고 있다. 인과를 일일이 계산해서 추론하는 게 아니다. 어떻게 아느냐고는 묻지 말아라. 아까도 말했지만 나는 그 원리를 모른다. 아는 것은 능력의 사용방법뿐이다. 너도 컴퓨터의 작동 원리를 모두 알고 쓰는 건 아니지 않니.

그러니까 이렇게 된다. 나는 내 엄지손가락을 까딱거리면서 엄지손가락의 움직임에 따라 어떻게 미래가 변하는지 파악할 수 있다. 내가 엄지손가락을 조금만 덜 움직이면 몇 백 년 뒤의 사람들 수천 명이 죽을 것이다. 내가 엄지손가락을 완전히 굽히면 수백 년 뒤에 일어날 교통사고 하나를 막을 수 있다.

엄지손가락 굽히기는 좀 극단적인 예이다. 작은 행동의 결과도 누적되면 큰 변화를 초래하지만, 나는 그런 변화를 파악하느라 시간을 버릴 만큼 한가하지 않았기 때문이다. 나는 보다 확실한 변화를 일으키는 방법을 썼다. 생명 없는 사물들을 조정하는 것보다 사람들을 조종하는 것이 훨씬 생산적이었다. 나는 자주 모르는 사람에게 전화를 걸었다. 그 사람이 어리둥절해하며 전화를 받으면 나는 "토요일 저녁을 잊지 마십시오!"라거나 "훌륭한 집이군요!" 따위의 말을 하고 끊어버렸다. 몇 초의 시간과 전화 통화료밖에 안 드는 짓이었지만, 그런 일들은 수많은 인과의 사슬을 거쳐서 나에게 다시 돌아와 상당한 경제적 이득을 가져다 주었다. 지금 나는 너에게 직업상의 비밀을 가르쳐주고 있는 중이다. 이제 너는 내가 일없이 놀면서도 어떻게 그렇게 많은 돈을 벌 수 있었는지 알게 되었다.

지금까지 내 이야기를 읽으면서 궁금한 것이 하나 있었을 것이다. 과연 세상에 그런 능력을 가진 사람이 네 아빠뿐일까?

나 역시 젊었을 때 그런 생각을 했다. 그러나 당시에는 그들을 찾는 방법을 몰랐다. 내 능력을 사용해서 알아내면 되지 않았겠냐고 물을지도 모른다. 하지만 나는 사람의 마음을 읽는다거나 정신력으로 포크를 구부리는 따위의 짓은 하지 못한다. 내가 할 수 있는 것은 세상의 물체들이 움직이며 맺는 상관관계를 알아내는 것이다. 그러니 내가 어떻게 그들을 알아낼 수 있었겠니. 그들 역시 나처럼 이상한 전화를 걸지도 모르고 인과관계를 조작하기 위해 작은 속임수를 쓸지도 모른다. 그러나 다른 사람들의 일상적인 행동에서 그들의 속임수를 골라내는 것은 너무나 복잡하고 힘든 일이었다.

그러나, 그들은 존재했다. 그리고 그들은 동료들을 찾아내는 방법 역시 알고 있었다. 네가 막 두 번째 생일을 맞기 전날이었던

1970년 3월 31일에, 나는 그 사실을 알게 되었다. 나는 그때 너한테 사줄 장난감을 사러 미도파 백화점에 가 있었다. 나는 네 장난감을 포함한 몇 가지 하찮은 물건을 사고 막 백화점을 나서려는 중이었다.

문을 막 여는 순간 내 앞에서 작은 교통사고가 일어났다. 손님을 태우고 막 떠나려는 택시가 앞에 서 있던 용달차의 꽁무니를 들이받은 것이었다. 흔한 사고였고 아무도 다치지 않았다. 피해가 있다면 용달차에서 떨어진 달걀 몇 개가 택시 앞 유리창에 부딪혀 깨진 것 정도였다. 하지만 운전수들은 화가 머리끝까지 났다. 그들은 차 안에서 뛰어나와 서로의 멱살을 잡고 싸우기 시작했다. 사람들은 두 사람이 싸우는 걸 보려고 우르르 몰려들었다.

나는 싸움 구경엔 별 흥미가 없었기 때문에, 쇼핑백을 고쳐 잡고 부대끼는 사람들 사이에서 빠져나왔다. 만약 내가 지나가는 택시를 잡으려고 우연히 그쪽으로 시선을 돌리지 않았더라면 그것을 보지 못했을 것이다. 그러나 그런 일은 일어나지 않았을 것이다. 나는 바로 그 순간 사고 난 택시를 다시 볼 수밖에 없었다. 그것은 정해진 일이었다.

내가 본 것은 택시 앞 유리창의 달걀 얼룩이었다. 얼룩은 그때까지도 계속 번지고 있었는데 내가 눈을 돌린 바로 그 순간, 그것들은 절묘하게도 일련의 아라비아 숫자를 형성하고 있었다. 물론 아주 잠시에 불과했다. 얼룩은 곧 다른 모양으로 변해갔다.

머리가 아찔했다. 우연의 일치라기에는 모든 것이 너무나도 절묘했다. 그렇다면 무엇인가. 누군가가 나에게 메시지를 보낸 것인가?

그렇다면 그 사람은 나보다 훨씬 수준 높은 능력자일 것이다. 교통사고를 일으키고 달걀을 떨어뜨리고 창 위에 무늬를 만들고 목표물인 사람이 보는 바로 그 순간에 얼룩이 숫자를 형성하고……. 이 모든 일들은 엄청나게 섬세한 작업과 계산 능력을 필요로 했다. 나로서는 상상도 할 수 없는 일이었다.

나는 유리창에 나타났다 사라진 여섯 자리의 수를 계속 되씹으며 그곳을 빠져나왔다. 나는 그것이 무엇인지 이미 알고 있었다. 전화번호였다.

집에 돌아온 나는 네 엄마와 네가 잠들 때까지 기다린 뒤, 그곳으로 전화를 걸었다. 전화를 받은 사람은 나지막한 목소리의 여자였다. 내가 뭐라고 물어볼 필요도 없었다. 그 여자는 이미 내가 누구인지, 왜 전화를 걸었는지 알고 있었다. 그녀는 자기 이름을 신현숙이라고 소개하며 내가 찾아갈 주소를 하나 알려주었다. 나는 더 묻고 싶었지만 그녀는 나중에 직접 와서 질문을 하는 편이 더 나을 것이라고 대답하고 전화를 끊어버렸다.

다음 날 나는 그 집을 찾아갔다. 전화를 건 신현숙이라는 사람은 안방에서 기다리고 있었다. 신 여사는 사십 대 중반쯤으로 보였는데 몸이 불편한지 조금 어색한 자세로 벽에 등을 붙이고 앉아 있었다. 나를 안내한 여자와 그녀는 아주 닮아 있었는데, 실제로 그들은 모녀 사이였다. 이제 알겠니? 신 여사는 바로 '방배동 아줌마'였단다.

우리는 오랫동안 이야기를 나누었다. 물론 말하는 사람은 대부분 신 여사였고 나는 주로 듣기만 했다. 신 여사는 그동안 내가 궁금해왔던 모든 것들을 간결하면서도 자상하게 설명해주었다.

그녀는 나와 같은 능력을 가진 사람들이 지구상에 수백 명이나 살고 있다고 말했다. 그리고 그들 중 꽤 많은 사람들과 접촉하고 있다고도 말했다. 그들은 전 세계에 일어나고 있는 인과들을 분석해서 그중 인공적인 것들을 찾아내는 방법으로 동료들을 찾아낸다고 말했다. 그녀가 나보다 뛰어난 능력자임은 분명했다.

나는 그녀에게 왜 나를 불렀냐고 물었다. 생각해보니 바보 같은 질문이었다. 원래 인간은 같은 무리끼리 모이기 마련이다. 인과를 읽는 초능력자들이라도 다를 게 뭐가 있겠니.

그러나 그렇지 않았다. 그들은 보다 중요한 이유 때문에 내가 필요했다. 신 여사는 치욕스럽다는 듯이 얼굴을 찡그리고 설명을 시작했다. 그녀는 주로 그들의 숨겨진 역사에 대해 이야기했다. 그 역사는 비밀스럽고 기괴했으며 우스꽝스러웠다. 다른 사람들이 이런 이야기를 해주었다면 나는 웃었을 것이다. 사실 그때도 조금은 웃었다. 그러나 내가 이미 그 역사의 일부가 된 지금은 도저히 웃을 수가 없다.

50억이 넘는 지구 인구를 생각하면 우리는 아주 소수이다. 그리고 우리는 지금까지 바깥 세계로부터 우리의 비밀을 걸어 잠그고 살아왔다. 그 이유의 대부분은 이기적인 것이었다. 사람들이 우리들에 대해 알지 못할수록 그들을 조종하기가 쉽기 때문이다. 우리의 존재를 아는 개인 또는 사회를 조작하는 일은 살아 움직이는 공으로 당구를 하는 것만큼이나 어렵다. 우리는 소수의 특권을 극대화하고 싶었던 것이다. 우리가 다른 초능력자들을 찾아내 우리 모임으로 끌어들이는 데에도 비슷한 이유가 숨어 있다. 미래를 읽는 초능력자 또한 복잡하고 예측하기 힘든 변수이기 때문에 우리는 그들이 어디에 있는지 누구인지 알아야 했다. 그들의 행동을 예측 반경 안에 놓으면 예측은 더 쉬워지기 때문이다.

어딘가 모순이 되는 것 같다. 아까는 사람들이 우리를 모르면 예측이 쉽다고 했고 이번에는 동료들이 우리를 알면 예측이 쉽다고 했으니까. 하지만 이것은 양의 문제다. 미지의 초능력자를 방치해서 얻는 손해보다 그들을 끌어들여서 얻는 손해가 적다.

우리들은 전 세계 곳곳에 퍼져 있었다. 공간의 벽은 의사소통의 장애가 되지 못했다. 프랑스의 능력자가 팔을 걷어붙이고 날아든 참새를 쫓아내면 그 인과의 고리는 중국으로 날아들어 중국인 능력자 마당 위에 말끔한 중국어로 번역된 편지를 빗방울로 새겼다. 중국인이 바둑알을 들어 열세 번을 집어던지면 그 인과는 남미로 날아가 마야인 능력자가 지나가는 숲의 나무들이 안부 인사를 노래하게 했다. 마야인 능력자가 나비를 잡아 숲으로 날리면 그 인과는 이집트로 날아가 사람 모양의 모래 먼지를 이집트 능력자 눈앞에 만들었다. 공간은 문제가 아니었다. 단지 인과가 전해지는 시간만이 문제일 뿐이었다.

하지만 고도의 수준에 오른 자들에게는 그것 역시 문제가 아니었다. 질문을 던지는 그 순간, 능력자는 어떤 답변이 돌아올지 알기 때문에 그에 맞추어 다음 답장을 보낼 수가 있었다. 사실 이러한 대화는 며칠 이상의 시간 차이를 두고 '실시간으로' 행해지기 마련이었다. 이러한 예의 극치를 나는 신 여사로부터 나중에 들은 적이 있다. 그녀와 지금도 그와 같은 방식으로 대화를 나누는 한 볼리비아인은 30년 전에 19세기의 한 러시아인 노인과 그런 식으로 대화를 나눈 적이 있다는 것이다. 어떻게 그럴 수 있었는지 나로서는 알 수 없다. 아마도 그 러시아인은 대단한 능력자였을 것이다. 그리고 그가 죽기 직전이어서 예측 불허의 변수인 자신의 미래 행동들을 계산에서 제외할 수 있었기 때문에 그런 일이 가능했을지도 모른다. 하여간 대단한 일이었다.

좋다. 여기까지는 괜찮다. 우습지도 않고 위험하지도 않다. 특별한 능력이 있는 조금 별난 사람들이 모여서 한담이나 즐기며 가끔 자기 능력을 이용해 돈을 벌어 편안한 생활을 살았다. 여기까지야 아무도 신경 쓸 일이 아니다. 그러나 우리가 모두 그랬던 것은 아니었다.

게으름쟁이들과 소극적인 이기주의자들은 세상에 어떤 위협도 되지 못한다. 진짜로 위험한 자들은 세상을 바꾸려는 자들이다. 특히 그들에게 특별한 능력이 있을 경우는 정말로 위험하다. 고대 중국에 살았던 능력자 중 한 명이 이미 이 사실을 경고한 적이 있다. 너는 이미 그 사람 이름을 알고 있다. 그는 바로 양주였다. "내 다리털 하나를 뽑아 세상을 구할 수 있다고 하더라도 나는 털을 뽑지 않겠다"라고 그가 말했을 때 그는 단순히 이기적이었던 것은 아니었다. 그는 무심코 다리털을 뽑는 행위가 얼마나 위험한지 알고 있었던 것이다. 정말로 다리털을 뽑아 세상을 구원할 수 있는 우리들에게 그의 말은 직접적이고 유효한 교훈이다.

우리가 모임을 만든 이유 중 하나도 그 때문이었다. 우리는 지상의 모든 법으로부터 절대적으로 안전했다. 내가 정말로 싫어하는 사람이 있어서 팔굽혀펴기를 다섯 번쯤 해 그 남자에게 벼락을 내려 죽였다고 치자. 도대체 누가 나를 살인죄로 체포할 수 있겠니. 그건 우리들밖엔 입증할 수 없는 사실이다. 우리는 모두 가게스의 반지를 끼고 있다. 자칫 잘못하면 우리의 행동은 극단적으로 비윤리적이 될 수 있다. 따라서 우리들이라도 그럴 가능성을 막아야 했다.

사실 이미 능력자들의 세계는 그런 사람들로 가득 차 있었다. 한가로이 나비를 날려 지구 반대편에 있는 사람들과 펜팔이나 하는 사람들만 있는 게 아니었다. 우리들의 세계는 마니교도의 세계관처럼 둘로 나뉘어 있었다. 한쪽은 소극적이었고 비교적 선량했으며, 다른 한쪽은 과격했고 살육 따위는 신경도 쓰지 않았다. 그리고 세계를 움직이고 좌우하려고 했던 자들은 대부분 후자였다.

능력자들의 역사는 대부분 이 둘의 충돌로 이루어져 있었다. 그들은 학살을 저질렀고 우리는 그들을 막았다. 이들 중 가장 끔찍했던 것들은 나치의 집권과 홀로코스트들을 조작했던 일단의 독일인 능력자들이었다. 그렇다. 그것들은 모두 네 명의 독일인들이 작은 여관방에 모여 벌인 조작의 결과였다.

그러나 그렇다고 해서 우리가 당시 독일 사회에 면죄부를 줄 수 있는 건 아니란다. 우리 능력자들은 사람들에게 자기 생각과 어긋나는 행동들을 강요하는 짓 따위는 하지 못한다. 단지 우리에게 유리하게, 또는 불리하게 역사의 흐름을 바꿀 수 있을 뿐이다. 그렇기 때문에 선량한 무리들이 얌전한 방식으로 역사를 조작하기가 힘이

드는 것이다. 대부분 사악한 행동들은 인간의 원초적인 욕구에 뿌리를 박고 있기 때문이다.

내가 처음 능력자들의 세계에 발을 디뎠을 때 이 모든 것들은 다소 허황되고 만화 같은 이야기로 들렸다. 당시까지 나는 인간이 얼마나 위험해질 수 있는지 모르고 있었다. 나 자신이 능력자였음에도 불구하고 인간에 대한 내 지식은 평범한 사람들에 한정되어 있었다. 그리고 평범한 사람들의 대부분은 악하지도 선하지도 않으며, 만약 한쪽으로 치우친다고 해도 그 선은 대부분 제한되어 있다. 그러나 능력이 일반인들을 넘어서는 사람들은 단순히 어정쩡한 그 선에 머물 수 없다. 그들을 둘러싸고 있는 사회적 윤리적 장치들이 무의미하기 때문에 그들은 너무나도 쉽게 극단에 빠진다.

지금 우리가 싸우고 있는 전쟁이 바로 그 결과이다. 그리고 그 전쟁은 올해까지 8년이나 끌고 있다. 우리들은 반쯤 자조적으로 그 전쟁을 나비전쟁이라고 부른다. 전 세계가 전쟁터이며 지구인 전체의 운명이 달린 전쟁임에도 불구하고 이 전쟁의 존재를 아는 사람들은 오로지 수백 명에 불과하다.

그리고 그들이 싸우는 것을 보아라. 한 이탈리아 남자가 마치 우연인 것처럼 커피에 설탕 대신 소금을 넣는다. 대단한 일이 아닌 것처럼 보이지만 그는 그렇게 함으로써 미국 잠수함 한 척을 침몰시키는 중이다. 한 중국인 소녀가 따분한 표정으로 자전거를 몰다가 갑자기 멈추어 서서 깔깔 웃어댄다. 며칠 뒤 프랑스에 폭동이 일어나 수십 명이 죽는다. 한 캐나다인 노인이 산책을 하다 지팡이로 가로수를 툭툭 친다. 일주일 뒤 그 결과로 중국에서 산사태가 나 49명의 희생자가 흙 속에 묻힌다.

나는 이 전쟁의 시작을 내 눈으로 보았다. 이 전쟁을 시작한 남자는 제임스 캐피라는 미국인이었다. 그는 지금 54살이고 미시건주 매디슨이라는 작은 소도시에 살고 있다. 그를 얌전한 괴짜 정도로만 알고 있는 주변 사람들에게 그가 세계의 절반을 통치하고 있고, 나머지 절반도 곧 먹어버릴 미치광이 악당이라고 말한다면 웃을 것이다. 그러나 그것은 사실이다.

나는 캐피에 대해 어느 정도 알고 있다. 그는 이타적이고 부지런하며 인류의 보다 나은 미래를 위해 열심히 일하는 이상주의자이다. 유감스러운 점이 있다면 그가 단순한 경제학을 사람들의 목숨에까지 적용한다는 것이다. 그는 수천 명의 사람들을 죽이면서 "더 나은 목적"을 위해서라고 너무나도 쉽게 정당화한다.

나는 그가 가지고 있는 원대한 계획에 대해서 알고 있다. 그가 꿈꾸는 천년왕국이 얼마나 아름답고 안전한 곳인지 알고 있다. 그가 그 계획에 목을 매는 것도 충분히 이해할 수 있는 일이다. 그러나 그가 그곳에 도달하기 위해 2억 5천만 명이나 되는 사람들을 죽이려 한다는 사실도 알고 있는 나로서는 그를 따를 수가 없다. 거기다 내가 그를 싫어할 수밖에 없는 이유가 또 하나 있다. 그는 바로 네 엄마를 죽인 살인자다. 물론 그가 직접 한 일은 믹서에 달걀을 넣고 돌린 일밖에 없지만.

너도 알다시피 너의 엄마는 페리호 침몰 사고로 죽었다. 그가 그

배를 침몰시킨 이유는 그 안의 사람들을 죽이기 위해서가 아니라 그 사고로 미래의 역사를 꾸미게 될 한 남자에게 심적 영향을 주기 위해서였다. 나는 배가 침몰하는 바로 그 순간 이 모든 일들을 알게 되었다. 그때까지 배 사고 계획은 철저하게 감추어져 있었다. 그러나 인과들이 갑작스럽게 터져 나오기 시작할 때 흐릿했던 모든 사실들이 내 머리를 쳤다.

나는 어떻게든 막으려고 했지만 수십 일에 걸쳐 계획한 인과 조작을 몇 분 안에 막을 수는 없다. 나는 정신을 차리려고 기를 쓰며 인과를 거슬러가 이 사건을 일으킨 남자의 위치를 확인했다. 나는 그에게 폭탄을 보낼 수도 있었다. 나 역시 믹서를 돌려 그의 머리를 콘크리트에 박을 수도 있었다.

그러나 신 여사가 나를 말렸다. 대신 우리는 캐피와 직접 대화를 하기로 결정했다. 나와 신 여사는 그 다음 날 미국으로 떠났다.

내가 평소에도 존경해 마지않았던 일곱 명의 고참 능력자들이 나를 위해 같이 따라와 주었다. 캐피는 그때도 지금과 마찬가지로 얌전하고 가끔 말을 더듬는 온화한 남자였다. 그는 다소 겁을 먹고 있는 것 같았지만 그의 생각은 확고부동했다.

그는 우리가 가진 재능이 낭비되고 있다고 말했다. 수많은 사람들이 굶어 죽고 있는데도 우리가 능력을 이용해 돈벌이밖에 하고 있지 않다고 비난했다. 계급차별과 빈부격차가 이 별을 좀먹고 있는데 그것들을 영화 보는 것처럼 구경만 하고 있다고 내뱉었다. 그리고 그는 자기가 결코 방관자로만 존재할 수 없다고 선언했다. 그의 천년왕국에 대한 계획을 들은 것은 바로 그날이었다.

나를 따라왔던 다른 능력자들은 어떻게든 그의 생각을 돌이키려고 애를 썼다. 그가 죽일 2억 5천만 명의 가치에 대해 생각해보라고도 했고(그는 미래에 태어나고 죽을 수천억 명의 사람들에 비하면 2억 5천만은 하찮다고 되받아쳤다) 대다수의 동의 없이 개인의 생각만으로 역사를 바꾸는 것은 옳지 않다고도 설득했다(이 역시 비슷한 수준의 반박이 돌아왔다). 결국 캐피는 의자를 넘어뜨리고 밖으로 뛰쳐나갔고 우리는 그를 죽여야 할지 살려두어야 할지 고민했다. 결국 우리는 그를 죽이기로 결정했고 우리들 중 가장 세련된 능력자 한 명이 잔에 물을 반쯤 담아 바닥에 뿌렸다.

그러나 그것은 먹히지 않았다. 그 능력자가 떨어뜨린 번개는 캐피가 이틀 전에 마당에 버려두었던 야구 배트로 떨어졌다. 그제야 우리는 캐피의 능력을 확인할 수 있었다. 그는 우리들 중 누구보다도 뛰어났다. 우리는 겁에 질렸다. 이제 우리는 그가 선전포고를 한 것이며 이 별이 곧 인과의 전쟁 속으로 빠져들 것임을 알게 되었다.

내 딸아. 네가 이 편지를 받을 때쯤이면 나는 밀라노에 가 있을 것이다. 밀라노라는 곳 자체는 별 의미가 없다. 나로서는 어떻게든 너로부터 멀어지고 싶을 뿐이다.

전쟁은 점점 거세지고 있다. 지금까지 850만 명의 무고한 사람들이 캐피와 그의 동조자들이 일으킨 해일로, 폭발사고로, 교통사고로, 지진으로, 산사태로 죽어갔다. 이제 사망자의 숫자는 기하급수적으로 증가할 것이다. 2년 안에 막지 못하면 캐피가 계획했던 2억 5천만 명의 학살은 그대로 실현된다.

나는 자원입대한 병사다. 지금까지 나는 캐피가 일으키는 위기사태를 막아내는 일에만 관여해왔다. 그러나 이제 그 정도의 미봉책은 어림없다. 이제 적극적이어야 할 때다. 캐피는 지금까지 믹서에 달걀을 넣고 장미 줄기를 자르고 편지지를 가로로 찢으면서 수백만 명의 사람들을 죽여왔다. 이제 그가 당할 차례이다. 나 역시 믹서를 돌리고 장미 줄기를 잘라 그의 머리에 벽돌을 떨어뜨리고 그의 다리 위로 전철이 지나가게 할 것이다. 이제 나의 진짜 전쟁이 시작된 것이다.

왜 내가 지금까지 미적거렸냐고 묻고 싶겠지. 지금까지 나에게는 미적거릴 이유가 있었다. 그러나 어제 이후로 그 이유는 더 이상 의미가 없다.

어제 신 여사로부터 전화가 왔다. 물론 그분은 이틀 전에 돌아가셨지만 우리에게 그 정도의 시간 차는 별로 큰 문제가 아니다. 하여간 신 여사는 나에게 몇 가지 숨겨져 있던 사실을 털어놓았다.

천년왕국의 계획은 캐피만이 짜고 있었던 것이 아니었다! 우리 쪽 역시 그러한 계획을 가지고 있었고, 또 그에 따라 움직이고 있었다. 단지 그것이 캐피의 것에 비해 온화했고 더 시간을 끄는 것이었을 뿐이다. 열두 명의 고참 능력자들만이 이 모든 사실을 알고 있었다. 그들이 지금까지 캐피를 쉽게 죽일 수 없었던 이유도 이로써 설명된다. 캐피 역시 그들의 천년왕국 계획의 일부였다. 심지어 캐피의 천년왕국 역시 우리의 천년왕국 계획의 일부였다. 그러나 캐피의 능력이 너무나 뛰어났던 탓에 캐피의 천년왕국은 거대한 특이상태가 되어버리고 말았던 것이다. 예측된 흐름은 엉뚱한 길로 접어들었고 우리의 천년왕국 계획은 완전히 무너지고 말았다.

신 여사는 이제 부서진 계획에 따라 움직일 필요가 없다고 말했다. 모든 제약이 풀렸고 전면전이 시작된 것이다.

나는 배반감을 느꼈고 그들의 어리석음을 저주했다. 도대체 무슨 권리로 그들이 우리의 미래를 좌우한다는 것인가? 아무리 그들이 영리하다고 해도 그들은 결국 20세기의 특수한 세계에 갇혀 지내는 사람들에 불과하다. 어떻게 20세기인들이 21세기의, 22세기의, 23세기의 세계를 결정짓는다는 것인가? 어떻게 그것이 가능하다고, 정당하다고 믿는 것일까?

한마디만 하고 이 편지를 끝마쳐야 할 것 같다. 네 아버지는 너에게 미래를 주기 위해 싸우러 가는 것이 아니다. 나는 너에게 이미 주어진 미래를 부수기 위해 떠난다. 내가 포기한다면 캐피는 안정되고 아름답고 영구적인 세계를 이 지상에 구현할 것이다. 내가 싸워서 만약에 승리한다면 나는 언제 핵폭탄이 터질지도 모르고 언제 지축이 바뀌어 지구를 아비규환으로 만들지 모르는 불안한 미래의 토막들을 너에게 넘겨줄 뿐이다. 그러나 그것은 네가 주인이고, 네가 책임을 질 수 있는 미래이다. 내 딸아, 그것이 내가 너에게 줄 수 있는 유일한 선물이다. 얘야, 네가 미래를 볼 수 없다는 것을 고맙게 여기거라.

사라지는 사람들

1

어제 저녁, 영주가 혜민이의 팔을 잡아끌고 8층 내 아파트로 올라왔다. 내가 문을 열어주자, 그녀는 눈물로 범벅이 된 얼굴을 손등으로 문지르며 쉰 목소리로 말했다.

"제발 애한테 누구랑 같이 왔는지 물어봐."

"무슨 소리야?"

나는 영문을 몰라 멍청한 목소리로 물었다.

"그냥 물어보기만 하라니까!"

영주는 빽 소리를 질렀다. 나는 허리를 수그리고 혜민이에게 물었다.

"혜민아, 너랑 같이 온 사람이 누군지 아줌마한테 말해볼래?"

혜민이의 얼굴은 백지처럼 공허했다. 그 애는 한참 몸을 꼬다가 이윽고 도리질을 했다. 나는 영주를 올려다보았다. 그녀는 울음을 참으려고 천장을 올려다보며 계속 나오지도 않는 기침을 억지로 해대고 있었다. 나는 다시 아이에게 물었다.

"얘, 너 지금 누구랑 여기 왔니?"

혜민이는 그때야 간신히 입을 열었다.

"아무하고도 같이 안 왔어요."

"그래? 그럼 누가 벨을 눌렀는데?"

아이는 대답하지 못했다. 그 애는 우물쭈물거리면서 소파 옆에 주저앉아 리모콘을 잡고 투니버스로 채널을 돌렸다. 영주의 쉰 목소리가 만화 주제가를 배경으로 깔고 다시 터져 나왔다.

"봤니? 봤어? 어제부터 얘가 계속 이래! 바로 눈앞에 엄마를 두고 계속 모른 척하고 있단 말이야! 도대체 왜 그러는지 모르겠어! 그저께까지 우리 집에선 아무 일도 없었어! 그런데 어제 아침부터……."

그녀는 숨이 막혀 헐떡거리더니 딸 옆에 주저앉았다. 웬만큼 헐떡거림이 멎자 그녀는 딸의 어깨를 잡고 뒤흔들었다.

"날 좀 봐, 이 나쁜 애야! 어쩜 엄마한테 이렇게 못되게 굴 수 있니?"

나는 허겁지겁 영주를 혜민이한테서 떼어냈다. 나 역시 영주만큼 겁이 나기 시작했다. 나는 영주를 13년 동안이나 알고 지내왔지만 이렇게까지 이성을 잃은 모습은 단 한 번도 본 적이 없었다. 창문을 후려치는 진눈깨비가 아니었다면 나는 달력을 보고 오늘이 만우절

이 아닌가 확인해보았을 것이다.

그러나, 무엇보다 나를 질리게 만든 것은 혜민이의 표정이었다. 그 애는 장난을 치는 것도 아니었고 억지 고집을 부리는 것도 아니었다. 그 애 역시 영문을 몰라 어리둥절한 티가 역력했다. 나는 모든 것들을 보다 확실하게 정리해야겠다고 마음먹었다. 사실 영주도 그 때문에 온 게 아닌가?

"혜민아, 이 방에 있는 사람이 모두 몇 명이지?"

나는 혜민이에게 물었다.

"두 명요."

그 애가 대답했다.

"누구랑 누구?"

"아줌마랑 저요."

"여기에 혼자 왔니?"

"네."

"왜 왔는데?"

그 애는 한참 고민하다가 간신히 대답했다.

"만화 보려고요."

"엄마는 어디 있니?"

"몰라요."

"마지막으로 본 게 언젠데?"

"그저께요."

"어디 갔는지 알아?"

"몰라요."

영주는 일 때문에 늦게 퇴근하는 일이 잦았다. 혜민이는 종종 내 아파트로 올라와 케이블 텔레비전을 봤다. 아이의 대답 자체는 별 이상이 없었다. 옆에 성이 잔뜩 난 그 애의 엄마가 서 있는 것을 빼고는 말이다.

영주는 다시 울먹이면서 뭐라고 투덜거리기 시작했다. 나는 영주를 내 쪽으로 끌어당기고 그녀의 등 뒤에 내 왼손을 숨겼다.

"자, 혜민아, 내 손 보이니?"

혜민이는 잠시 엄마 쪽을 응시하더니 고개를 끄덕였다.

"좋아. 산수 문제다. 내가 손가락을 몇 개 펴고 있지?"

아이는 관자놀이에 조그만 주름을 잡고 보이지도 않을 내 손 쪽을 열심히 들여다보았다. 한참 동안 그러다가 그 애는 고개를 저었다.

"모르겠어요."

"혜민이는 바보구나. 숫자도 못 세고."

"숫자를 못 세는 게 아니에요. 손이 안 보여요!"

"왜 안 보이는데?"

"그냥요. 집중이 잘 안 돼요."

영주는 다시 울기 시작했고 나는 그녀를 다용도실로 끌고 갔다. 나는 혜민이가 장난치고 있는 게 절대로 아니며 눈에 이상이 있는 것도 아니라는 사실을 설득하느라 애를 먹었다. 아이를 적당한 정신과 의사한테 보내는 것이 어떠냐고 말하는 데에는 더 애를 먹어야 했다.

영주는 한참 동안 신세 한탄을 늘어놓다가 다시 혜민이의 팔을 잡아끌고 돌아갔다. 아이가 없는 게 다행이라는 생각이 들었다. 그래도 영주는 혼자서 꽤 잘 해내는 줄 알았는데!

2

이틀 동안 밤을 꼬박 새워가며 아버클이 주문한 일러스트레이트들을 마무리지었다. 낸시 아버클은 『Odd Girls Out』이라는 작은 레즈비언 전자잡지를 단독 출판하는 사람으로 내 고정 고객 중 한 명이다. 나는 그녀를 위해 종종 에르테풍으로 여자 실루엣을 그려주거나 패션 기사의 레이아웃을 짜주거나 한다. 가끔 채팅을 해봤을 뿐이지만 나는 그녀가 꽤 재미있는 사람이라고 생각한다. 적어도 그녀는 돈 문제로 시간을 질질 끌지는 않는다.

-다 좋은데, 맨 왼쪽에 있는 여자의 옷을 조금 간소하게 바꾸었으면 좋겠네요.

아버클이 말했다. 정확히 말하자면, 내 컴퓨터 모니터 구석에서 그녀의 아이콘이 반짝거리고 그 옆에 위와 같은 글이 나타났다는 말이다.

-난 그 옷이 마음에 드는데요.
-글을 잘 안 읽었군요. 가끔 내용에도 신경을 좀 써봐요.

결국 그녀의 고집에 못 이겨 나는 온라인상에서 여자의 옷에 달린 술과 액세서리를 지우고 옷 색깔도 파스텔 색조로 바꾸었다. 그녀의 얼굴을 볼 수는 없었지만 분명히 의자에 쪼그리고 앉아 크림을 핥아먹은 고양이처럼 만족스러운 표정을 하고 있었을 것이다. 그게 자기 버릇이라고 그녀가 언젠가 말한 적이 있다.

내 작업이 받아들여진 뒤에도, 우리는 접속을 끊지 않고 잡담을 나누었다. 그때 내가 영주와 혜민의 이야기를 꺼냈다. 나는 정말 가볍게 말을 꺼냈기 때문에 아버클의 진지한 반응에 조금은 놀랐다.

-그 아이를 이해할 수 있을 것 같군요. 그래서 내가 혼자 일하는 거예요. 나 역시 주변 사람들을 완전히 무시하는 경향이 있거든요. 그래서 그런지 세상 사람들도 나를 무시하죠. 특히 식당에서 그래요. 식당에서 웨이트리스의 시선을 끄는 게 얼마나 힘든 일인지 알아요? 아무도 내가 앉아 있는 걸 모른단 말이에요!

-그 아이 경우는 그것과 달라요.

-같다고 하지는 않았어요. 이해할 수 있다고 했지. 당신은 그런 경우가 없나요?

-그런 경우가 없느냐고요? 나 역시 당신과 같아요. 세상과 나를 이어주는 가느다란 광섬유를 핑계 삼아 아파트에 틀어박혀 자기 일에만 몰두하는 그런 부류라고요. 하지만 이 세상은 점점 우리 같은 사람들을 위해 변해가고 있죠. 다행히도 때를 잘 타고난 거예요. 그걸 고맙게 여겨요!

3

씨네하우스에서 영화를 보고 오다가 지독한 교통사고를 목격했다. 빨간색 밀레니움 한 대가 횡단보도를 건너던 할아버지를 그대로 받아버린 것이다. 할아버지가 횡단보도 중간까지 왔을 때 신호가 바뀌기는 했지만 차는 속도를 줄이지도 않고 그대로 달려들어 그 불쌍한 노인네를 깔아뭉갰다.

차는 그대로 달아났지만 50미터도 가지 못해 경찰에게 제지당했다. 나는 사건을 목격한 다른 사람들과 함께 집단적 분노에 휩싸인 채로 그 차를 향해 달려갔다.

뜻밖에도, 운전자는 꼭 공무원처럼 보이는 얌전한 중년 남자였다. 그는 자기도 어리둥절한지 말을 더듬거리면서 경찰관에게 변명을 늘어놓고 있었다. "난 그 노인네를 보지 못했어요. 이렇게 말하면 안 믿으시겠지만 정말이에요. 진짜로 눈에 들어오지 않더란 말입니다. 차에 무언가가 툭 받히고 나서야 알았어요."

사람들은 당연히 그의 말을 믿지 않았다. 어떻게 환한 대낮에 그것도 그렇게 뻔한 대로에서 바로 앞에 있는 사람을 못 볼 수 있는가? 사방에서 욕설이 터져 나왔다. 분위기가 점점 거칠어지자 경찰관은 허둥지둥 그를 경찰차에 태우고 본서로 보냈다.

뭉개진 시체를 싣고 앰뷸런스가 떠나자 나도 다시 지하철역으로 발걸음을 옮겼다. 막 횡단보도를 건너려는데 열다섯 살쯤 먹어 보이는 헐렁한 녀석이 스쿠터로 내 발을 치고 지나갔다. 나는 아파서 비명을 질렀고 녀석은 그제야 허둥지둥 멈춰 섰다.

"미안합니다. 못 봤어요."

그 바보가 말했다.

4

아침에 4층의 영주네 집을 찾아갔다. 문을 열어준 영주의 손에는 뭉뚝한 노란 연필과 종이 뭉치가 들려 있었다.

"어떻게 되었니?"

내가 묻자, 그녀는 고개를 절레절레 흔들었다. 나는 발돋움을 하고 그녀의 어깨 너머로 방 안을 들여다보았다. 혜민이는 곰 인형을 끌어안고 바닥에 굴러다니는 종이 조각 하나를 열심히 들여다보고 있었다.

"의사도 어떻게 된 건지 모른대."

영주가 대답했다.

"행인지 불행인지는 몰라도 혜민이만 그런 것도 아니래. 유행병인가 봐. 그래도 우린 그럭저럭 해내가고 있어."

그녀는 들고 있던 종이 뭉치를 나에게 내밀었다.

"걘 아직도 날 못 보지만 내가 쓴 종이 조각은 봐. 그것도 내가 직접 보여주면 못 보고 텔레비전이나 벽에 붙여놓고 한참 기다려야 봐. 그래도 이 정도면 많이 나아진 것 같지?"

"애는 어떻게 받아들이고?"

"몰라, 이상해하는 것 같지도 않아. 어떻게 저럴 수가 있니? 엄마가 투명인간이 되었는데도 애가 눈썹 하나 까딱하지도 않는단 말이야!"

나는 거실로 들어가 혜민이에게 인사했다. 혜민이는 건성으로 고개를 끄덕이고 다시 종이 조각들을 멍하니 바라보았다. 그 애는 크레파스를 들고 '부엌에 가서 아침 먹어라'라고 쓰인 종이 위에다가 엉성한 만화를 그리기 시작했다.

"혜민이만 그런 게 아니래?"

내가 물었다.

"응. 혜민이 같은 애들이 병원에 부글거렸어. 의사 말로는 내가 저 애 눈에 진짜 안 보이는 게 아니래. 그냥 특정 사람들에게 무관심해지는 병이라는 거야. 혜민이보다 더 심한 애도 있었어. 그 애 눈에는 정말 아무도 보이지 않나 봐."

"하지만 왜?"

"내가 어떻게 알아? 의사도 모르는데."

나는 머리를 긁으며 잠시 생각했다.

"그러고 보니 얼마 전에 이상한 교통사고가 있었어. 어떤 사람이 길 가던 노인네를 치어 죽였는데, 그 사람 말이 그 노인네가 안 보였다는 거야. 훤한 대낮에 쭉 뻗은 대로에서 말이야. 그 사람도 그 병에 걸렸나 봐."

영주의 얼굴은 점점 파리하게 변해갔다. 그녀는 초조하게 손을 비비며 의자에서 일어났다.

"11시까지 혜민이를 병원에 데리고 가야 해. 난 이만 준비해야겠어. 이 애가 어디 갔나. 얼마 전까지만 해도 여기 있었잖아."

혜민이는 영주의 발끝에서 1미터도 떨어지지 않은 곳에서 만화를 그리고 있었다. 나는 영주가 장님처럼 무심하게 혜민이의 손을 밟고 지나가는 광경을 겁에 잔뜩 질린 채 바라보았다. 영주는 방 세 개를 다 뒤지고 난 뒤 다시 거실로 돌아왔다.

"이상하네, 얘가 얘기하는 동안 밖으로 나갔나 봐. 하지만 난 문 여닫는 소리를 듣지 못했는데……."

나는 헛기침을 하며 손가락으로 그녀의 딸을 가리켰다. 영주는 한참 뒤에야 내 제스처를 알아차렸고 곧 그녀 발밑에 앉아 있는 딸을 발견했다. 그녀는 허물어지듯 딸 옆에 주저앉았다.

5

결국 나 역시 그 청맹과니들의 패거리에 말려들고 말았다!

오늘 점심 때 일은 벌어졌다. 죽어도 통신판매는 안 하겠다고 버티는 구닥다리 선물 가게에서 작은 도자기 인형을 사가지고 오는 중이었다. 한참 지하철역을 향해 걷고 있었는데 갑자기 내 팔이 위로 들려지고 도자기가 든 가방이 옆에 있는 상점을 향해 날아갔다. 나는 사색이 되어 가방을 열어보았다. 다행히도 빵빵하게 채워 넣은 녹말 완충제들 때문에 도자기 인형은 부서지지 않았다. 그제야 안심이 된 나는 보도 쪽으로 다시 시선을 돌렸다.

처음엔 바삐 지나가는 행인들을 빼면 아무도 보이지 않았다. 그러다가 갑자기 내 눈앞에 성미 급해 보이는 키 작은 남자 하나가 불쑥 나타났다. 내 시야 밖에서 걸어 들어온 것도 아니고 맨홀에서 기어 올라온 것도 아니었다. 낙하산을 타고 하늘에서 내려온 것도 아니었으며 약효가 떨어진 투명인간처럼 투명한 상태에서 불투명한 상태로 바뀐 것은 더더욱 아니었다. 나는 그가 예전부터 그 자리에서 있었음을 알고 있었다. 보통 때는 들리지 않던 시계 소리가 정신을 집중하면 다시 들리는 것처럼 그는 갑자기 내 눈에 들어왔다. 그는 화가 나 있었고 눈을 부라리며 뭐라고 떠들어대고 있었다. 이 아가씨가 눈이 멀었나, 어디다 한눈을 팔고 가다……. 아마도 내가 그와 부딪히면서 가방이 그의 머리를 한 대 갈긴 모양이었다. 나는 어물쩍거리며 사과를 하고 종로3가 지하철역으로 뛰어들었다.

허둥지둥 벤치의 빈자리를 잡아 앉다가 나는 또 어느 할머니 무릎을 엉덩이로 깔아뭉개는 실수를 저지르고 말았다. 얼굴이 새빨개진 채 나는 조심스럽게 옆자리에 앉고 주위를 둘러보았다.

언제부터 오후 5시에 종로3가 역이 이렇게 한산했던가? 기껏해야 철로 양쪽을 다 합쳐서 20명 정도만 서 있거나 앉아 있을 뿐이었다. 나는 온몸의 신경을 눈에 모으고 사람들을 찾기 시작했다. 그러자 사람들이 서서히 '늘어나기 시작했다.' 그들 역시 원래부터 있었던 사람들이 그냥 눈에 띄지 않았을 뿐이었다. 하지만 저렇게 빽빽하게 가득 찬 사람들이 단지 신경을 쓰지 않았기 때문에 보이지 않았다는 것이 말이 되는 소리인가? 만약 내가 정신을 딴 데다 팔아서 그렇게 그랬던 것이라면 왜 지금도 사람들이 저렇게 적어 보이는가?

수원행 전철이 왔다. 나는 쇼핑백을 움켜쥐고 전철 안으로 들어갔다. 군데군데 빈자리가 눈에 뜨였지만 나는 앉지 않았다. 안산역에서 내려 집까지 걸어갈 때도 나는 시선을 눈앞에만 두었다. 누군가와 또 충돌해 내 도자기를 깨먹고 싶지 않았기 때문이었다.

그러나 집에 도착했을 때, 내 옷은 엉망으로 구겨져 있었고 얼굴과 손은 상처투성이였으며 쇼핑백의 한쪽 끈은 끊어져 있었다. 통증은 내가 거울을 보고 상처들을 확인한 뒤에야 나를 내리쳤다.

6

아버클은 웨이트리스들이 그녀를 무시한다고 불평했다. 할아버지를 치어 죽인 남자는 횡단보도에 아무도 없는 줄 알았다고 변명했다. 스쿠터를 탄 사내아이도 코앞에 있는 나를 보지 못하고 그냥 지나쳤다. JFK공항에서 콴타스항공사의 시드니행 비행기는 공항 직원을 그냥 깔아뭉갰다. 골든 글로브 시상식 때 케이트 윈슬렛은 팀 로스가 자기 이름을 호명할 때 멍청하게 앉아만 있었다. 퐁피두센터를 폭파하려던 테러리스트들은 뒤에 경찰 한 부대가 버티고 있었는데도 수갑을 찰 때까지 발각되었다는 사실을 눈치채지 못했다.

모두가 같은 질병, 같은 증상이었다. 그리고 그것은 드디어 나까지 때려눕혔다. 이것의 원인이 바이러스건 박테리아건 곧 세계를 정복할 것이 분명했다. 상황을 검토해보았을 때, 이 질병의 확산이 이미 S자 성장곡선의 로그 국면에 도달했음은 분명했기 때문이었다. 로그 국면이 정확히 무슨 말인지는 나도 잘 모르지만(나랑 일 년 계약을 맺었던 어느 전자과학잡지 편집자 한 명이 입버릇처럼 지껄이던 말이다) 하여간 그것들은 지구인 전체를 모두 이런 식으로 만들 때까지 확산을 계속할 것이다.

어떻게 해야 할까? 신문사에 알리나? 하지만 내가 알 정도면 이미 다들 알고 있을 것이다. 나는 대신 영주네 집에 전화를 걸었다. 아무도 받지 않았다. 아래층으로 뛰어내려가 비밀번호를 두드려 그 집 문을 열었다. 텅 비어 있었다. 사방 벽에는 글씨가 빼곡하게 쓰인 포스트잇들만이 잔뜩 붙어 있을 뿐이었다. '점심 먹어라' '3시에 약 먹는 것 잊지 말아라' '제발 밖에 나가지 말아'…….

나는 눈에 힘을 잔뜩 주고 그들을 찾아보았지만 허사였다. 냉장고 근처에 그림자 비슷한 것이 지나간 것 같았지만 곧 사라졌다. 나는 포스트잇에 간단한 메모를 남기고 영주네 집을 떠났다.

베란다에 기대어 거리를 내려다보았다. 자동차들은 여전히 거리를 질주하고 있었지만 인도는 놀랍도록 한가했다. 그러나 다시 집 안으로 돌아가려고 고개를 돌리는 그 짧은 시간 동안 서로 부딪히고 넘어뜨리며 필사적으로 걸어가는 사람들의 무리가 잠시 보이는 것 같기도 했다.

그러나 다시 시선을 주었을 때, 거리는 조용하기 짝이 없었다.

7

내 아파트 안은 라면 상자와 통조림들로 가득 찼다. 나 자신이 생각해도 한심하기 짝이 없지만 로그 국면이라는 고상한 단어 다음 머릿속에 떠오른 생각은 바로 사재기였다. 하지만 변명할 여지는 있는 것이, 나처럼 현실감각이 부족한 사람은 이런 식으로라도 커버를 해야 하는 법이기 때문이다.

일곱 군데의 슈퍼마켓에 전화를 걸었고 그들 중 다섯 군데에서 전화를 받았다. 실제로 물건을 가지고 온 사람들은 네 명이었다. 나머지 한 명에게 어떤 일이 일어났는지 나는 모른다. 그가 나를 못 보았거나 내가 그를 못 보았거나 둘 중 하나일 것이다.

방송국과 신문은 다음 날 아침이 되어서야 이 사태를 보도하기 시작했다. 텔레비전에서 내보내는 화면들은 우습기 짝이 없었다. 사람들은 카메라를 전혀 의식하지 못하고 더듬거리며 어떻게든 아수라장을 빠져나오려고 했지만 그들은 끊임없이 만화 주인공처럼 다른 사람들과 부딪히며 제자리에서 맴돌았다. 남이 하는 〈레밍즈〉 게임을 보고 있는 것 같았다.

방송국들이 그럭저럭 돌아간다는 사실에 놀라지 않을 수 없었다. 하지만 그들은 나름대로 방법을 터득한 모양이었다. 그들은 캠코더와 핸드폰을 이용해 간접적으로 다른 사람들을 보고 의사소통을 했다. 증상이 심해지면 이런 것들도 별 소용이 없겠지만 적어도 사태를 대비할 시간은 번 셈이었다.

그러나 다른 일들은 그렇게까지 쉽게 처리되지 않았다. 전철과 버스는 수백 번의 끔찍한 사고를 낸 뒤 운행을 중단했다. 공장들도 가동을 멈추었다. 심지어 이틀 동안인가 정전이 되기도 했다.

정전이 되고 나서야 나는 사태의 심각함을 몸소 느낄 수 있었다. 그때까지 나는 통신망을 통해 그럭저럭 다른 사람들과 이번 사태에 대해 이야기를 나눌 수 있었고, 사실 그런 게 나의 원래 생활방식이기도 했다. 그런데 정전이 그걸 망쳐버린 것이다. 나는 피가 날 정도로 바짝 손톱을 씹었고 동물원의 표범처럼 끝없이 방을 돌았다. 스케치라도 해보려고 했지만 진짜 종이에다 진짜 연필로 그리려고 하니 아무래도 잘되지 않았다. 늘씬한 베지에 곡선들을 그려주는 내 소프트웨어들이 그립기 짝이 없었다.

다행히도 아직까지 캠코더와 핸드폰으로 의사소통을 할 수 있는 사람들이 남아 있어서 전기는 다시 돌아왔다. 나는 허둥지둥 통신망에 접속했고 아직까지 내 세계가 별 탈 없이 남아 있는지 확인하기 위해 탐색을 나섰다.

탐색 도중 나는 낸시 아버클의 잡지에 들렀고 새로운 변화에 어리둥절하고 말았다. 그녀가 '편집자의 말' 페이지에 자기 사진을 올려놓았던 것이다. 그녀는 놀랍게도 전성기의 크리스티 털링턴을 연상시키는 고전적인 미인이었다. 만약에 그 사진이 진짜 털링턴 사진과 자기 사진을 몰핑시킨 것이 아니라면 말이다. 도대체 무슨 바람이 불어서 사진까지 올려놓을 생각을 했을까?

-나도 알고 보면 보통 사람이니까.

아버클은 대화방에서 간단하게 대답했다.

-늦기 전에 내 얼굴이 어떻게 생겼는지 알리고 싶었어요. 자기 존재를 증명하는 무척이나 촌스러운 방법이죠. 만약 이 사태가 죽을 때까지 계속된다면 괜찮은 사진을 찍을 가능성도 별로 없겠죠. 사진작가가 피사체를 볼 수 없을 테니 어떻게 좋은 사진이 나오겠어요? 올린 사진은 내 사진들 중에서 그래도 좀 나은 거예요. 마음에 드나요?

나는 아주 마음에 든다고 대답했다. 물론 그 사진이 진짜냐고 물을 만큼 예의 없지는 않았다.

몸소 느껴지지 않는 대재난 때는 흔히 있는 일이라지만 우리 모두 이상할 정도로 한가한 기분이었다. 우리는 서로를 붙잡고 오랫동안 긴 대화를 나누었다. 하지만 대화의 주제는 자연스럽게 지금의 이 사태에 머물러 있었다. 왜 이런 일들이 벌어졌을까, 앞으로는 어떻게 될까…….

–감각을 하나 잃었을 뿐이에요.

아버클은 가볍게 대꾸했다.

–그래도 사람들은 그럭저럭 살아나가기 마련이에요. 이 일로 세상이 망하지는 않을 거예요. 물론 고생은 되겠지만요. 웰즈의 장님 나라 이야기를 읽어본 적 있어요? 그 사람들도 적응했는데 우리라고 못하겠어요? 게다가 완전한 장님에 비하면 우리의 경우는 불구라고 하기도 어려워요. 눈이 멀거나 귀가 먹은 게 아니잖아요? 다만 다른 사람들에게 신경이 덜 쓰일 뿐이에요. 아까도 〈몬텔 윌리엄즈 쇼〉에 전문가란 사람들이 나와서 뭐라고 이상한 말로 떠들었지만 결국 하는 이야기가 다 이런 것들입니다.

게다가 우리는 운이 좋아요. 처음부터 이런 세계에 적응했으니까. 당신이나 나나 잃을 게 별로 없어요. 오히려 통신에 흥미 없던 사람들도 곧 이곳으로 몰려들 테니 우리의 일은 늘어날걸요. 난 오히려 흥분되는군요.

만민 평등의 시대가 열렸어요. 이제 웨이트리스들은 나뿐만 아니라 다른 사람들도 눈치채지 못할걸요! 아니, 곧 전 세계의 웨이트리스들이 실직하게 될지도 몰라요. 손님이 안 보이는데 어떻게 주문을 받겠어요?

8

강현중 씨(며칠 전에 내가 언급했던 과학잡지 편집자 말이다) 말마따나, 사태는 S자 곡선의 평준화 국면에 도달한 모양이다. 거의 전 인류가 그 '무관심병'에 걸렸다. 그리고 증상도 더 심해지지 않았다.

우리는 이제 다른 사람들은 눈으로 전혀 볼 수 없다. 캠코더나 전화기도 소용이 없다(심지어 전화벨 소리도 들리지 않는다!). 텔레비전이나 라디오는 여전히 돌아간다. 우리는 직접 전화를 걸 수는 없지만 응답기에 녹음된 메시지는 들을 수 있다. 컴퓨터나 다른 통신기를 이용한 문자 채팅은 언제나와 마찬가지로 실시간 대화가 가능하다. 다른 사람들이 멀리 떨어져 있을수록, 정신이 아스키 문자들로 객관화될수록, 시간의 공백이 많으면 많을수록, 우리는 질병의 영향에서 어느 정도 자유로워질 수 있다.

텔레비전과 라디오는 앞으로 일어날 끔찍한 사태에 대해 계속 떠들어대고 있다. 공황, 전염병, 아사, 폭력 사태……. 그러나 전쟁은 없을 것이다. 집단적인 인종차별 사태도 일어나지 않을 것이다. 폭력적인 정권에 의한 독재도 없을 것이다. 이 사태가 지속된다면 우리는 인류 역사상 두 번째로 전쟁 없는 일 년을 맞이하게 될 것이다(그런데 처음의 그 운 좋은 해는 언제였던가?).

오히려 잡다하고 자잘한 것들이 아쉽다. 올해 아카데미 시상식은 열리지 않을 것이다. 영화나 연극, 발레도 한동안은 어림없다. 얼마 동안은 옛날 영화들이나 보며 시간을 때워야 할 운명인 모양이다. 하지만 곰 인형을 끌어안고 인류의 미래를 걱정하는 것보다는 그게 더 생산적인 일이겠지.

어제 영주네와 다시 이야기를 나누었다. 모녀가 멀티 단말기와 노트북 하나씩을 각각 잡고 통신망 안에서 오래간만에 진지한 대화를 나누던 중이었던 모양인데 중간에 내가 끼어든 것이다. 혜민이는 여전히 태평했는데 아무리 병이래도 나는 그 애의 무사태평함에 마음 편할 수가 없다. 아이들에게는 이 병이 다른 방식으로 작용하는 것일지도 모르겠다.

◆◆◆

9

오늘 내 옛날 그림들을 뒤지다가 이 일기를 발견했다. 어떻게 이것들이 남아 있을 수 있었는지 모르겠다. 아마 두 번째 투명 폭동이 일어나기 직전에 하드디스크 안에 남아 있던 잡다한 자료들을 백업하는 동안 함께 휩쓸려 들어갔던 모양이다.

나와 아버클은 얼마나 낙관적이었던가! 우리는 웨이트리스들에게 복수하는 데에만 정신이 팔려서 이 '무관심증'이 일으킬 끔찍한 사태들에 대해서는 전혀 상상도 하지 않았던 것이다. 양로원과 병원에서 죽어간 수많은 사람들, 멸종한 소수민족들, 굶어 죽은 아이들, 기하급수적으로 늘어난 자살 빈도수, 무정부적인 폭력과 약탈 사태.

하지만 나는 프리랜서 웹사이트 디자이너 겸 일러스트레이터이지 역사가는 아니다. 지금 이 글을 쓰면서도 내가 염두에 두고 있는 것들은 순전히 개인적인 흥미를 끄는 것들뿐이다. 그러니까 그 뒤에 일어난 세계 재개편, 경제 구조나 성생활의 변화 따위에 대해서 알고 싶다면 온라인 역사 교과서를 읽어라.

나보고 말하라고 한다면 세상은 더 좋아졌다고 하겠다. 물론 먹고살기는 그 뒤로 한참 동안 힘들었다. 물건 하나 구입하는 데에도 복잡한 행정절차를 거쳐야 했고, 도둑이 들어도 어떻게 할 수도 없었다. 길거리를 산책하는 데에도 엄청난 주의가 필요했다.

그러나 이 세상의 모든 웨이트리스들은 실직했다. 싫어도 가끔가다 끼어야 했던 역겨운 술파티도 더 이상 열리지 않았다. 자기만 좋다면 종로 거리에서 스트리킹해도 뭐라고 할 사람은 아무도 없으리라. 지구가 태어난 뒤 처음으로 거의 완벽한 무정부주의가 자리잡기 시작했다.

가장 큰 변화는 '진짜 세계'와 '가짜 세계'의 개념이 완전히 바뀌었다는 점이다. 이제 사람들의 세계는 사이버 스페이스 안에만 존재한다. 그 바깥에 어떤 사회가 존재한다고 한다면 바보 같은 말이 될 것이다. 도대체 무엇이 있는가? 만약 당신이 저 텅 빈 거리에 보이지 않는 사람들이 있다고 믿고 싶으면 믿어라. 그러나 당신은 그들과 의사소통을 할 수도 없고 만질 수도 없다. 할 수 있는 것이라고는 길가에서 부딪히고 한참 뒤에 무릎이 아파서 낑낑대는 정도일 뿐이다. 그렇다면 그게 무슨 소용인가? 진짜 세계는 광섬유 다발을 오가는 이 디지털 정보 속에 있다. 우리는 이 안에서 이야기를 나누고 패싸움을 하고 영화를 보고 섹스를 한다.

세상은 점점 넓어진다. 그 오랜 혼란기간 동안에도 우리는 꾸준히 위성을 쏘아올리고 광섬유를 깔아왔다. 우리의 공간은 점점 넓어졌고 앞으로도 더 나아질 것이다. 우리는 이제 '안'에 머물러 밖을 탐사한다. 우리는 간접적으로나마 잃었던 세상을 다시 찾고 있다.

이 세계에 적응하면 할수록, 우리의 관심은 이 질병의 원인으로 돌아간다. 왜 이런 일이 일어났는가? 이 사태는 영원히 계속될 것인가?

낸시 아버클은 영원히 계속될 것이라고 생각한다. 갈수록 크리스티 털링턴을 닮아가는 디지털 마스크를 이죽거리며 그녀는 자기 가설을 이야기했다.

그녀에 따르면 인간이라는 동물은 처음부터 존재하지 않았다. 애당초 지성은 생명체와는 어울리지 않는 것이다. 지성은 물질과 독립적으로 존재한다. 왜 그러냐고 묻는다면 원래 그렇다고 말할 수밖에 없다. 하지만 그런 것 같지 않은가? 어떻게 단백질 덩어리가 바흐의 푸가나 타지마할, 가믈란 음악, 노만 맥라렌의 수평선들, 천동설, 카를로스 가르델의 탱고와 같은 것들의 원인이 될 수 있는가? 어떻게 단백질 덩어리가 나치즘이나 민족주의, 할리우드 따위를 만들어낼 정도로 미칠 수가 있는가? 어떻게 단백질 덩어리가 다섯 개의 공중파 방송 중 네 군데를 스포츠 방송으로 때울 만큼 사악해질 수 있는가? 그 단순하고 선량하고 질펀한 단백질 덩어리가 말이다.

아버클은 지금까지 인류의 역사는 거대한 환상이었다고 생각한다. 영원한 관찰자에 불과한 몇몇 지성들이 너무나 물질세계에 참견하고 싶은 나머지 집단적인 환각을 일으켰다는 것이다. 그 환각은 거미줄처럼 연결되어 우리가 아는 세계를 만들어냈다.

그녀의 주장에 따르면 우리가 바로 그 지성들이었다. 그리고 우리가 평화롭고 사랑스러운 황무지를 갈아엎고 그 위에 세워놓은 문명은 원래는 존재하지 않는 가짜였다. 우리가 몇 만 년 동안 그럭저럭 꾸려오기는 했지만 그것이 가짜인 이상 언젠가 파탄 날 건 당연한 일이었고, 결국 일이 그렇게 벌어졌던 것이다. 아버클에 따르면 우리는 정신이 흐트러지는 병에 걸린 것이 아니라 오히려 지금까지 앓던 병에서 회복되어 진짜 세상을 보고 있다는 것이었다. 컴퓨터 통신이 아직까지 유효한 이유도 그것이 우리가 원래 가지고 있던 의사소통 도구와 가장 가까운 것이기 때문이다. 아이들이 쉽게 적응한 것도 그들이 아직 환각에 익숙해지지 않았기 때문이다.

나는 반박했다. 그렇다면 왜 아직까지 건축물과 기계들은 그냥 남아 있는가? 왜 자기 자신의 육체는 감각의 영향을 받지 않는가? 왜 여전히 우리는 주변 세계와 물리적 상호연관을 유지하고 있는가?

그녀는 그것을 설명하기 위해 '존재의 관성'이란 가설을 끌어들였다. 이 세계는 우리 사고활동의 결과다. 하지만 원인은 결과물의 탄생 초기에만 영향력을 행사할 뿐이다. 존재하는 것들은 그 영속성을 파괴하는 특별한 이유 없이는 계속 존재한다. 이것은 질량보존

법칙의 보다 타협적인 정의이며 물리학적인 대상뿐 아니라 인문학의 대상들을 포함한 모든 창조물에도 적용된다. 우리의 안개와 같이 흐릿한 가짜 물질로 만들어진 가짜 문명도 마찬가지다.

그녀가 옳을까? 나는 모르겠다. 아까도 말했지 않은가. 나는 형이상학자도 물리학자도 아닌 일러스트레이터다. 나는 내 눈에 보이는 것을 믿으며 내 생각 역시 내 작품만큼이나 구체적이다. 복잡한 역설은 나와는 무관하다.

그렇다면 나는 지금 무엇을 보고 있는가? 나는 아파트 베란다에서 햇볕을 쬐면서 사슴 두 마리가 아스팔트 위를 거닐고 있는 것을 본다. 얼마 전부터 야생동물들이 한두 마리씩 대도시와 그 주변으로 몰려오기 시작했다.

나는 종종 그들이 부럽다. 아버클의 주장이 옳건 그르건 그들의 인식이 우리 것보다 더 진실에 가까울 것은 분명하기 때문이다. 나는 지금 너무나 단순해 창조와 파괴에 대한 욕구조차 없는 그들의 두뇌가 부럽다. 나는 거짓을 창조하기엔 너무나 단순한 그들의 눈으로 세상을 보고 싶다. 그들은 지금 무엇을 보고 있을까? 미친 사람들이 부글거리는 콘크리트 도시일까, 내가 보는 텅 빈 폐허일까, 아니면 언제나와 같이 그들을 환영해주는 사랑스런 황무지일까?

낡은 꿈의 잔해들

1

한 달 전 어느 날 오후, 나는 백화점에서 산 새 구두와 청동 화병이 든 쇼핑백들을 비에 젖은 바닥에 떨어뜨리지 않고 핸드백에서 차 열쇠를 꺼내는 곡예를 부리고 있었다. 간신히 차 문을 열고 쇼핑백들을 밀어 넣었을 때, 나는 검은 옷을 입은 어떤 여자가 주차장 옆 카페로 들어가는 것을 차창 너머로 보았다.

차 안으로 몸을 밀어 넣고 차의 시동을 거는 동안, 나는 그 여자의 모습이 어딘가 낯이 익다고 생각했다. 정확히 말해 그 여자의 동작이 익숙했다. 발을 들 때마다 뒤꿈치를 살짝 먼저 들어올리는, 그 약간은 씩씩해 보이고 약간은 어린아이 같은 걸음걸이가 자꾸 내 머리의 한구석을 자극했다. 나는 차에서 나와 그 여자가 들어간 카페로 들어갔다.

비를 피해 들어온 사람들로 카페 안이 북적거려 조금 힘들었지만, 결국 찾아내고 말았다. 그 여자는 한 쉰 살쯤 되어보이는 키 작은 남자와 무언가 심각하고 직업적으로 보이는 대화를 하고 있었다.

그녀의 얼굴을 가까이서 보았을 때, 나는 조금 충격을 받았다. 그 여자는 나와 놀라울 정도로 닮아 있었다. 나보다는 조금 말랐고 키도 조금은 더 작았으며 약간 더 어려 보였지만, 우리 둘을 쌍둥이라고 불러도 사람들은 믿었을 것이다.

나는 그 여자의 눈에 뜨이지 않게 조심하며 구석 테이블에 앉았다. 그 각도에서는 그녀의 옆얼굴 윗부분과 가끔 흥분한 듯 흔들어대는 양손이 보일 뿐이었다. 나는 핸드백에서 『그리스도를 본받아』의 포켓판을 꺼내 읽는 척하면서 곁눈질로 계속 그 여자를 훔쳐보았다.

그들은 무언가 커다란 책을 한 권 놓고 토론 중이었다. 가끔 그 여자나 남자가 들고 흔들어댈 때마다 곱게 낡은 흑백 커버가 보여서 그것이 사진집 비슷한 책이라는 것을 알 수 있었다. 나는 『그리스도를 본받아』를 잡고 그 여자를 흉내 내어 흔들어보았다. 간단한 동작이었지만 내 제한된 보디랭귀지 범위 안에 포함되기에는 너무 거칠었다. 나는 멋쩍어져서 책을 다시 펼치고 그 안에 얼굴을 묻었다.

잠시 뒤, 남자는 이미 식어버린 것이 분명한 자기 커피를 냉수라도 되는 것처럼 벌컥벌컥 마시고 잔돈 몇 푼을 꺼내 테이블에 떨군 다음 일어나 나갔다. 여자는 그가 나간 뒤에도 입술만 살짝살짝 움직이며 뭐라고 중얼거렸다. 그러는 동안에도 그녀의 손가락은 끊임없이 지휘하듯 흔들리고 있었다.

그녀가 영수증과 잔돈을 챙겨 들고 카운터로 걸어갔을 때, 나는 잠시 망설였다. 그냥 남아서 남은 커피를 마시며 이 기묘한 우연의 일치를 즐길까, 아니면 따라 나가 그녀에 대해 조금 더 알아볼까. 그러는 동안 그 여자는 돈을 지불하고 나가버렸고 나는 창문 너머로 보이는 그녀의 씩씩한 걸음걸이를 다시 보게 되었다. 더 이상 생각할 여유도 없었다. 나는 영수증을 쥐고 일어났다.

임신 5개월이라는 핑계를 대지 않더라도 내 동작은 결코 빠른 편은 아니었으며 보도는 아직 비에 젖어 종종 미끄러웠다. 넘어질까봐 겁이 났지만 호기심이 더 앞섰다. 나는 간신히 그녀가 탄 버스에 매달릴 수 있었다.

20분 뒤, 나는 그녀의 뒤를 따라 어느 낡은 아파트 단지 안으로 들어갔다. 나는 그녀가 들어간 건물의 위치와 주소를 확인하고 조용히 뒤로 물러났다. 택시를 타고 차를 주차해놓은 백화점 주차장으로 돌아가는 동안, 나는 뛰는 심장을 억누르려고 반지 묵주를 필사적으로 돌려댔다.

2

이틀 뒤, 나는 그녀를 백화점 화장품 코너에서 다시 보았다. 그녀는 낡은 감색 야구 모자를 거꾸로 쓰고 이틀 전과 별로 달라 보이지 않는 검은색 재킷과 바지를 입고 있었다. 그녀는 직원이 내미는 화장품들을 난처한 듯 바라보며 가끔가다 그녀 특유의 소란스러운 제스처로 자신의 혼란스러움을 표시했다. 그녀의 정신없이 변하는 표정은 정말 재미있었다. 그녀를 바라보는 동안 내 얼굴 근육은 끊임없이 그녀의 표정을 따라 하려 하고 있었지만 다행히도 그 시도가 피부 밖으로 드러나지는 않았다.

화장품 직원들을 몇 번씩이나 뒤집어지게 만든 뒤, 그녀는 작은 꾸러미를 하나 챙겨들더니 만족스러운 표정으로 백화점을 떠났다. 나는 따라가지 않았다. 스파이 흉내는 한 번으로 족했다.

그러나 그 여자는 그날 밤까지 내 머릿속을 떠나지 않았다. 그 여자도 직장이 있을까? 평일 근무시간에 백화점이나 카페에 들르는 사람이라 출퇴근하는 직장인은 아닐지도 모른다. 그러나 그녀는 그냥 집에서 노는 사람처럼 보이지도 않았다. 그녀의 걸음걸이나 태도에는 자기 일을 스스로 처리하며 살아온 사람의 자신감이 느껴졌다. 프리랜서나 예술가일지도 모른다. 그전에 들고 다니던 책을 보면 사진작가일지도 몰라. 내 상상력은 조금씩 더 부풀어 올라, 사진작가로 일하는 그녀의 모습을 상상하는 것으로 연장되었다. 그러나 난 곧 포기하고 말았다. 나는 프리랜서로 일하는 예술가들에 대해 아는 게 전혀 없다. 내 상상력은 텔레비전에서 하는 일본식 트렌디 드라마들을 살짝 모방하는 수준 이상으로 올라갈 수 없었다.

그러나 한 번쯤 그런 사람이 되는 것을 상상해보는 것도 즐거운 일이다. 나도 학교 다닐 때 그림을 썩 잘 그린다는 말을 여러 번 들었으니, 재능에 대해 조금이라도 더 확신이 있었더라면 지금처럼 결혼 생활에 안주하지 않고 화가나 사진작가가 되었을지도 모른다. 만약 운명의 수레바퀴가 살짝 다른 쪽으로 돌았다면…….

다음 날 정기 검진을 받으러 갔을 때, 나는 내 담당 의사에게 그 이야기를 털어놓았다. 의사는 고해성사를 듣는 신부처럼 심각한 표정으로 내 이야기를 듣고 있었지만, 그녀의 얼굴은 언제나 그 하나의 표정에만 고정되어 있었으므로, 그녀가 내 이야기를 어떻게 생각하고 있는지 알 수 없었다.

"정말 그렇게 닮았나요? 제 말은, 헤어스타일이나 화장 때문에 닮아 보일 수도 있으니까요."

마침내 그녀가 언제나처럼 심각한 어조로 말했다.

"절대로 그런 것 때문은 아니에요. 사실 그 여자는 저랑 전혀 다르게 하고 다니거든요. 언제나 선머슴처럼 하고 다녀요. 화장 같은 것은 거의 하지도 않는 타입 같고요. 헤어스타일도 선생님보다 짧아요. 그런데도 단박에 닮은 걸 알아볼 정도라니까요."

"놀라운 일이네요."

물론 놀라운 일이다. 하지만 이런 말에 어떻게 답변하라는 것일까? 나는 기다렸고 그녀는 한참 뒤에야 몇 마디를 덧붙였다.

"전에도 그런 사람이 되고 싶다는 생각을 해본 적 있으세요?"

"무슨 뜻이지요?"

"제 말은, 그러니까, 전 심리학자나 그런 건 아니지만요, 일종의 소망이 표현된 것일지도 모른다는 거예요. 제 말은, 그러니까 그 여자를 통해서 자기가 누릴 수 없는 삶을 꿈꾸는 것일지도 모른다는 말이죠. 그래서 그렇게 닮게 보이는지도……. 아아, 내가 지금 무슨 소리를 하는 거람.”

나는 잠시 말없이 누워서 그녀가 한 이야기에 대해 생각해보았다.

“덥네요.”

나는 힘없는 목소리로 말했다.

의사는 온도계를 올려다보더니 고개를 흔들었다.

“겨우 22도에요. 늘 이렇게 더위를 자주 타나요?”

3

월요일 아침, 나는 그 여자가 사는 아파트 앞에 차를 세워놓고 기다렸다. 한 시간 반쯤 지났을까, 마침내 그 여자가 사진기와 작은 가방을 들고 아파트 현관에서 나왔다. 나는 만족했다. 그 여자는 정말 사진작가였나 보다. 그 여자는 언제나처럼 버스를 탔고 나는 차로 버스의 뒤를 따랐다.

나는 그 여자를 미행하는 데에 그 주를 모두 바쳤다. 처음 이틀은 서툴렀지만, 대충 그 여자가 자주 가는 곳이 어디인지 알게 되자 사정은 나아졌다.

일주일이 지나자, 나는 더 이상 그 여자를 미행할 필요도 없었다. 나는 그녀가 사용하는 스튜디오가 어디 있는지 알았고, 그녀가 자주 가는 식당과 카페의 이름들을 외웠으며, 그녀가 좋아하는 산책로도 짐작할 수 있었다. 마침내 나는 그 여자를 소유하고 있다는 느낌이 들기 시작했다.

하지만 그래서 어쨌다는 걸까? 나는 그 여자의 이름도 아직 모른다. 사진기를 들고 다니는 걸 보기는 했지만 그걸로 어떤 작품을 찍는지도 모른다. 무엇보다 그 여자가 어떤 사람이건 그게 나와 무슨 상관이라는 걸까? 얼굴 조금 닮은 것만 빼면 그 여자는 나와 아무런 상관도 없다.

거기까지 생각이 미치자 나는 갑자기 얼어버렸다. 만약 상관이 있다면?

"무슨 뜻이에요, 상관이 있다니?"

의사가 물었다.

"만약에 그 여자가 어렸을 때 헤어진 쌍둥이 동생이라면요? 그 여자와 만나게 된 것도 쌍둥이들만의 본능 때문이라고 할 수 있지 않겠어요? 처음에 보았을 때는 얼굴 같은 건 하나도 안 보였거든요."

"흠, 『철가면』 이야기 같네요."

"정말 가능한 이야기란 말이에요. 전 입양되었거든요."

의사는 조금 놀라는 것 같았다.

"정말요? 언제 그 사실을 알았어요?"

"처음부터요. 전 여섯 살 때 입양되었어요. 그때까지는 고아원에서 지냈었답니다. 지금도 가끔 거기에 찾아가요."

"친부모님에 대해 기억나는 것이 있나요?"

"전혀 기억 안 나요. 그러니까 제가 쌍둥이였어도 제가 모를 수 있지요."

"그럼 만나서 이야기해봐요."

"싫어요."

"왜요?"

"모르겠어요. 겁이 나요. 환상을 깨고 싶지가 않은 건지도 모르죠."

의사는 비누를 집어들며 말했다.

"결국 제 소망 충족 이론으로 돌아가는군요. 뭔가 창조적인 일을 해보세요. 그림을 다시 그리시거나……."

"이 나이에 다시 시작하기엔 좀 쑥스러워요."

"이 나이? 스물일곱이 '이 나이'인가요? 반 고흐나 고갱 같은 사람들을 생각해보세요. 제 말대로 하세요. 그렇게 해서 동등한 기분이 들면 말을 걸어요."

"창문을 좀 여는 게 어떨까요? 공기가 탁하네요."

나는 말을 돌렸다.

4

더웠다. 엘니뇨 때문이라지만, 왜 이상기후는 내가 좋아하는 쪽으로는 흘러가지 않는 것일까? 4월 말인데도, 나는 등이 흥건히 젖은 채 주간지를 반으로 접어 부채질을 하고 있었다. 에어컨을 틀면 기분이 나빴고 낮잠을 자면 더 더울 게 뻔했다. 거실은 그 어느 때보다도 좁아 보였고 무엇보다도 갑갑했다. 전에는 보이지도 않았던 벽지의 무늬까지도 나를 괴롭혔다.

무언가 다른 곳에 신경을 돌려야 했다. 나는 메모지를 들고 그 위에 볼펜으로 그림을 그리기 시작했다. 나름대로 의사의 엉터리 충고를 따른 셈이었다. 나중에 그 사람한테 상담료도 주어야 할지 모른다.

처음에는 주변에 있는 전화기와 독서등의 장식을 그렸다. 그 다음에는 창밖으로 보이는 풍경들을 그렸다. 원근법과 같은 기초적인 것들도 머릿속에서 사라진 지 오래였지만, 그래도 볼펜을 놀리다보니 대충 감이 살아났다. 조금 신이 났다. 그리고 화도 났다. 왜 나는 화가나 사진작가가 되지 못했을까? 왜 나는 나 자신의 능력을 조금이라도 발휘할 생각을 하지 못했을까? 왜 나는 내 손으로 돈을 벌어볼 생각도 한 번 못 했을까?

나는 내 미래를 생각해보았다. 지금대로라면 남편은 무리 없이 승진을 거듭할 것이고, 우리는 아이를 낳고 기르고 떠나보내면서 점점 보다 큰 집으로 이사해갈 것이다. 나는 무덤까지 이르는 내 인생의 남은 길을 모조리 볼 수 있었다. 나는 다시 폐소공포증에 휩싸여 숨을 헐떡이기 시작했다.

퇴근한 남편에게 쌀쌀맞게 군 것은 분명 공평치 못한 태도였다. 그 사람 잘못은 아니었으니까. 그러나 그의 사람 좋은 둥그런 얼굴이 싱글싱글 웃는 것을 바라볼 때마다 폐소공포증이 다시 되살아났다. 그의 미소가 죽도록 싫었다. 그의 잘못은 하나도 없었으므로 더 화가 났다.

나는 덥다는 핑계를 대고 침실에서 나와, 거실의 흔들의자에 앉아 그 여자는 지금 무엇을 하고 있을까 생각했다. 예술가들은 올빼미라니까 지금 집이나 스튜디오에서 작업 중일지도 모른다. 나는 그녀가 일하는 모습을 다시 상상해보려 했지만 이번에도 실패할 수밖에 없었다. 나는 쿠션을 텔레비전을 향해 집어던지고 흐느끼기 시작했다. 짜증 나는 울음소리만 목구멍에서 올라왔을 뿐 눈물도 나오지 않았다.

5

"저도 알아요, 저도 알아요. 복에 겨웠죠. 세상엔 굶어 죽어가는 사람들이 수두룩한데 갑갑하다는 소리나 늘어놓고 있으니 말이에요. 제가 부족한 게 뭐 있어요? 고아원에서 자랐다고? 겨우 6년 살았어요. 재미없는 곳이었지만 그렇게 나쁜 곳도 아니었고요. 게다가 돈 많고 사람 좋은 양부모를 만나서 지금까지 걱정 하나 없이 자라왔잖아요. 지금은 역시 돈 잘 벌고 사람 좋은 데다가 귀찮은 시댁 사람들과도 만날 필요도 없는 남편과 걱정 없이 살고 있고요. 제 친구들 중에서 자기 집에 사는 사람이 몇 명이나 되는 줄 아세요? 게다가……."

"게다가 서비스로 공짜 인생 상담을 해주는 의사까지 있지요."

"죄송해요."

"아니, 그러실 필요 없어요. 계속하세요. 듣기 재미있어요. 최근에도 그 여자를 보았나요?"

"여러 번요. 숨이 막힐 때마다 그 사람이 있을 만한 곳으로 가는 걸요. 그 사람 근처에 가는 것만으로도 숨이 뚫리는 것 같아요."

"더 알아낸 건 없고?"

"알아내기가 두려워요. 언제까지나 환상을 끌어안고 살 수는 없겠죠. 하지만 그 다른 가능성이라는 것이 있잖아요. 그 사람은 저에게 그걸 보여줘요. 제가 너무 게으르고 무능력해서 펼칠 수 없었지만, 그래도 혹시 가능했을지도 모르는 또 다른 저 말이에요. 말을 걸어 그 환상을 깨뜨리고 싶지 않아요. 심지어 그 사람이, 제가 지금까지 있는지도 몰랐던 쌍둥이 동생이라고 해도 마찬가지예요. 그 사람은 제 꽉 막힌 삶의 유일한 출구예요. 호강에 겨운 년이라고 욕하셔도 상관없지만……."

"아뇨. 욕 안 해요. 사실은 꽤 이해하겠어요."

"정말요?"

"제가 자주 꾸는 악몽 이야기를 해줄까요?"

"어떤 건데요?"

"이 이야기를 먼저 해야겠군요. 식기 광고나 가전제품 광고에 나오는 주부 모델들 있죠? 삼십 대나 그 안쪽이고, 적당히 예쁘게 생기고, 친구네 집에 놀러갈 때도 메이크업을 있는 대로 하고 가는 그런 여자들 말이에요. 그런 사람들이 모여서 성우가 덧씌운 예쁜 목소리로 수다를 떨며 제품 칭찬을 해대는 거 있잖아요."

"대충 보이는 것 같네요."

"우리 부모님은 모두 여대에 지독한 편견을 가지고 계셨어요. 늘 이러셨죠. '재수하는 일이 있어도 여대는 안 된다. 여대에 가면 어떻게 되는지 알고 있니?' 그럴 때마다 텔레비전에서는 그런 여자들이 나오는 광고들이 나오고 두 분의 합창이 들리는 거죠. '바로 저렇게 된단다!'"

"끔찍하네요."

"그렇죠? 아마 그 때문에 그런 악몽을 꾸는 것 같아요. 대충 이래요. 저는 제 친구들을 자칭하는 가전제품 모델들과 함께 커피를 마시고 있어요. 그 상황부터가 숨이 막힌데, 제 입에서는 가전제품 광고 이상의 말은 한 마디도 나오지 않고 엉덩이는 의자에 딱 붙어 있어요. 그러는 동안 땀이 흘러서 마스카라는 눈물처럼 녹아내리고 얼굴에 덕지덕지 바른 화장품은 마치 진흙처럼 엉키고 말죠. 그런 제 앞에 가전제품 모델들이 모두 로봇처럼 고개를 끄덕이며 '그으으러니?'라고 맞장구를 치고 있다고 생각해보세요."

"세상에."

"그러니까 저도 그 갑갑함을 이해하겠다는 거예요. 그런 광고가 나오는 걸 보면, 그렇게 사는 걸 바라는 사람들도 많다는 말이 아니겠어요? 하지만 그런 걸 못 참는 저 같은 사람들도 있지요."

"하지만 살아갈 능력이 있어야죠. 전 능력도 재능도 용기도 없으면서 폐소공포증만 가지고 있어요."

"그 사람도 나름대로 힘들게 살겠지요. 직업이 사진작가라고 했던가요?"

"아마 그런 것 같아요. 사진 찍는 걸 본 적은 없지만요."

"광고 사진 같은 걸 찍나? 그거, 생각보다 힘들던데요. 친척 중에 상업 사진 찍는 게 전문인 사람이 있어서 구경 간 적이 있었는데, 정말 장난이 아니에요. 상추에 물 튀기는 사진 한 장 찍으려고 이틀 밤을 꼬박 새우더라니까요. 사진작가한테 가지고 있던 환상들이 싹 사라져버렸어요. 그냥 남의 가랑이나 주무르고 있는 게 낫지. 제 말은, 그 사람도 연속극에서처럼 멋있게만 살지는 않을 거란 거예요."

"역시 말을 걸라고 하시겠죠? 하지만 어떻게요? '안녕하세요. 아가씨는 나를 참 닮았군요. 이름이 어떻게 되시나요?'"

"꼭 그렇게 단도직입적으로 할 필요는 없어요. 자연스럽게 기회를 만들어봐요. 방법은 많잖아요. 후우, 마치 연애 강습이라도 하는 기분이군요. 상담료를 따로 받든가 해야지, 이거."

6

말하기는 쉽다. 하지만 그럴 만한 용기가 있었다면 왜 그 여자를 부러워하며 방구석에 남아 있었을까? 나는 여전히 창밖에서 그 여자를 훔쳐보며 구석을 빙빙 돌았을 뿐, 결코 내가 그어놓은 선 안쪽으로 들어가지 못했다. 그러는 동안 나는 그 여자의 커다란 제스처와 요란한 표정을 모방하기 시작했고 그럴 때마다 남편은 놀랐다는 듯이 커다랗게 눈을 뜨고 나를 바라보았다.

그러다가 내 생일이 찾아왔다. 그날이 정말로 내 생일인지 아닌지는 나도 잘 모른다. 하지만 내 주민등록증에 생일로 적혀 있는 날이 바로 그날이고, 그날이 되면 나는 내가 6년 동안 살았던 바로 그 고아원을 방문한다. 처음에는 양부모님과 나뿐이었지만, 요새는 남편까지 따라간다.

그런 방문은 결코 즐겁지 않다. 아무리 친절한 마음과 정성으로 가득 차 있어도 쉽게 위선적으로 보이는 행동들이 몇 개 있는데, 고아원 방문도 그중 하나이다. 특히 나는 그곳 사람들 옆에서 결코 마음을 편히 가질 수 없었다. 그 사람들 탓이 아니었다. 단지 내 마음이 불편했고 아이들을 바라보는 것이 어색했기 때문이다.

그날도 나는 어색한 미소를 지으며, 역시 어색한 미소를 짓고 있는 아이들과 함께 구역질 날 정도로 형식적인 사진을 찍고 있었다. 모든 게 혼란스러웠고 가짜 같았다. 20여 년 전만 해도 내가 그들 중 한 명이었다는 것도 별로 믿기지 않았다. 밤인데도 날은 점점 더워져만 갔고 나는 다시 숨이 막혔다.

종이컵에 담긴 김빠진 콜라를 마시면서 호흡을 가다듬고 있는데, 트위티 버드가 그려진 노란 티셔츠를 세트로 입은 조그만 쌍둥이 자매가 내 앞을 지나갔다. 새로 온 아이들인 모양이다. 작년 크리스마스까지만 해도 못 보았으니까.

갑자기 엉뚱한 생각이 떠올랐다. 만약 내가 정말 쌍둥이였고 이 고아원에서 동생과 같이 살았다면? 그런데 프로이트도 설명 못 할 정도로 복잡한 무의식의 장난 때문에 그 모든 사실을 잊어버렸다면? 그러다 어느 날 길가에서 정말로 내 쌍둥이 동생을 만난 것이라면? 멍청한 생각이었지만 지우기는 쉽지 않았다.

나는 테이블 너머에서 내가 그나마 말을 쉽게 걸 만한 직원을 한 명 발견하고 그 여자에게 다가갔다. 그녀의 형식적인 감사의 말을 중간에 끊고 나는 혹시 고아원에 아직 남아 있을지도 모르는 내 입양 관련 서류들을 볼 수 있겠냐고 물었다. 그 직원에 따르면 그것들은 자기 권한 밖이지만, 원장선생님이 따로 작성한 명부는 보여줄 수 있다는 것이었다. 10분 뒤, 나는 손때가 까맣게 묻은 낡은 공책 세 권을 받았다. 나는 클리넥스로 먼지를 털어가며 노트를 넘기기 시작했다.

내 입양 기록은 없었다.

처음에는 지나쳤다고 생각했다. 하지만 세 번이나 검토했는데도 내 이름은 흔적도 보이지 않았다. 노인네가 정신이 없어서 깜빡 잊은 건 아닐까? 그럴 리는 없었다. 내 입양은 원장선생님의 자랑거리 중 하나였으니까. 내 이야기는 결말만 보면 거의 빅토리아 시대의 동화와 다를 게 없었다. 적어도 고아원에서 자란 아이들이 '입양'에 대해 가지고 있는 환상을 그대로 실현한 것과 별로 다르지 않았다. 입양되기 전의 나 자신만 해도, 제발 그런 소망이 이루어지게 해달라고 끝도 없이 기도하지 않았는가.

그때 별로 즐겁지 않은 어떤 생각이 떠올랐다.

7

그 여자가 버스에 올라탄 것을 확인한 뒤, 나는 그녀의 아파트 건물 안으로 들어갔다. 우편함에서 그녀의 이름을 찾는 것은 쉬웠다. 내 예상이 너무나도 정확하게 맞아떨어져서, 그 이름을 읽자마자 내 두 다리의 힘이 쑥 빠졌다. 수위 아저씨가 이상한 주문 같은 신음을 지르며 발로 벽을 걷어차는 나를 이상하다는 눈초리로 쏘아보았다. 나는 동생을 만나러 왔는데 아무래도 어긋난 것 같다고 둘러댔다. 그는 불룩한 내 배와 누구라도 그 여자와 닮았다고 할 얼굴을 보더니 의심을 접었다. 나는 몇 가지 구닥다리 변명을 덧붙이고 아파트에서 빠져나왔다.

이번에는 스튜디오 차례였다. 그 여자가 점심 먹으러 나가자마자 잽싸게 건물 안으로 들어가, 소위 '언니 카드'를 들이밀며 그 여자의 이름과 스튜디오의 번호를 확인했다. 이번에도 결과는 마찬가지였다.

세 번째는 그 여자가 졸업한 대학이었다. 학교 도서관에서 그 여자의 이름과 그녀가 찍은 사진들, 경력을 찾아내는 것은 그렇게 어렵지 않았다. 그 기록들은 내가 그 뒤에 고아원의 금고에 들어 있던 서류에서 찾아낸 기록과 거의 정확하게 일치했다.

내가 배불뚝이 유령과 같은 창백한 꼴로 돌아다니고 있었음이 분명하다. 내 옆을 지나가는 사람들 중 거의 절반 정도가 지나가면서 나를 쳐다보았다. 나 역시 더 이상 걸을 힘이 없었다.

나는 그 여자를 처음 보았던 그 카페로 들어갔다. 그때쯤이면 그 여자가 거기서 노닥거릴지도 모른다는 걸 알고 있었지만 신경도 쓰이지 않았다. 그 여자는 정말 그곳에서 책을 읽고 있었고 나는 바로 그 옆 테이블에 가서 앉았다. 그녀는 슬쩍 나를 올려다보았지만 곧 무시하고 다시 책으로 시선을 옮겼다.

나는 울고 싶었고 고함치고 싶었고 그 여자의 따귀를 때리고도 싶었다. 하지만 그 어떤 것들도 먹히지 않을 거라는 것을 이미 본능적으로 알아차리고 있었기 때문에 그냥 테이블에 얼굴을 묻고 숨을 가다듬었다.

왜 이렇게 간단한 것을 진작 생각하지 못했던 것일까? 왜 20여 년이나 되는 세월을 철저하게 자신에게 속아가며 보내왔던 것일까? 여섯 살에 부잣집에 입양되어서 지금까지 먼지 하나 묻지 않은 삶을 살아온 유부녀와, 스스로 학비를 벌어가며 6년 동안 대학을 다닌 뒤 융자금을 갚아가며 살아가는 직업 여성을 비교해보라. 어느 쪽이 진짜겠는가. 왜 나는 그 동화 같은 구출담을 진짜라고 믿었던 것일까? 내가 직접 경험했다는 그 하찮고도 하찮은 이유 때문에? 그 모든 것들은 어린아이의 공상 속에서나 나올 이야기였는데!

똑똑한 의사 나으리는 소망 충족이라고 말했다. 그것은 이중의 의미에서 옳았다. 나는 제발 이 감옥 같은 고아원에서 데려가 달라고 필사적으로 기도하는 여섯 살짜리 꼬마를, 그 아이의 머릿속에서 구체화되고 있던 그 소박한 소망을 떠올렸다. 친절한 부자 부부에게 입양되고 돈 많은 남편과 결혼해서 아기를 낳고 또…….

그런 소망의 대부분은 이루어지지 않는다. 그러나 아이가 자라면서 소망도 변하기 마련이다. 나는 그 여섯 살짜리가 고아원에 남아 성장해가면서 무엇을 보고 들으면서 무엇으로 새 소망을 채웠는지 상상했다. 상상밖에 할 수 없었다. 나는 더 이상 그녀가 아니기 때문이다.

고등학교 물리 선생님이 생각난다. 네모난 얼굴에 다소 딱딱한 젊은이였지만, 일단 수업에 들어가기만 하면 이상하게 시인처럼 변했다. 그는 마치 춤이라도 추는 것처럼 양팔을 천천히 휘저으며 말했다. "우주의 어떤 것도(여기서 한 숨 쉰다) 이유 없이 멈추거나 움직이지 않는다. 마찬가지로 우주의 어떤 것도(여기서도 또 한 숨) 이유 없이 사라지거나 나타나지 않는다." 말을 마치고, 그는 이 단순하고 아름다운 우주의 법칙에 놀란 듯 갑자기 돌처럼 멈추어 서서 학생들을 놀라게 만들었다.

우주의 어떤 것도 이유 없이 없어지지 않는다. 소망 역시 마찬가지이다. 비록 그것이 당사자에게 버림받았다고 하더라도, 그 소망 자체가 자기 존재의 지겨움에 몸서리친다고 하더라도 마찬가지다. 그것들은 죽지 않는다. 내가 바로 그 살아 있는 예다.

내가 그 멀리서 그 여자를, 그러니까 '진짜 나'를 그렇게 쉽게 알아볼 수 있었던 것도 놀라운 일은 아니다. 내 주의를 끌었던 그 독특한 발걸음과 제스처는 바로 나 자신의 것이었기 때문이다. 그녀를 알아본 것은 내 눈이 아니라 내 몸이었다. 그녀를 미행하면서 온몸의 근육이 꿈틀거렸던 것도 당연하다.

내가 그처럼 그녀에게 쉽게 매혹되었던 것도 이상하지 않다. 가짜는 언제나 진짜를 부러워하는 법이니까. 하긴 여섯 살짜리 꼬마의 소망에 삶이 고정된 성인에게 어떤 것이 안 부럽겠는가. 아아, 왜 나는 해적선이나 서커스를 꿈꾸지 못했던 것일까!

그 여자는 여전히 나를 알아보지 못한다. 나는 그녀에게, 내가 그녀의 온 정신을 한때나마 지배했던 거의 모든 것이었다고 외치고 싶다. 그러나 나는 이미 오래전에 망각 속에 사라져버린 낡은 꿈의 잔해를 알아보는 것이 얼마나 어려운 일인지 모를 정도로 어리석지는 않다.

나는 책과 영수증을 챙기는 그녀의 뒷모습을 바라보며 앞으로 내가 살아갈 미래에 대해 생각한다. 가장 깨끗하고 만족스러운 결말은 자살일 것이다. 그러나 나는 가짜 딸과 가짜 남편과 가짜 친구들이 지배하는 내 가짜 인생에 너무나도 얽매여 있어, 자살 비슷한 것도 하지 못한다.

그녀는 밖으로 나갔지만 나는 더 이상 그녀를 바라보지 않는다.

나는 카페에 남아 턱을 양손 안에 묻고, 내가 죽을 때까지 어쩔 수 없이 버티며 살아가야 할 길고 지루한 여름의 냄새를 맡고 있었다.

오발
행동

1

모든 일에는 시작이 있고 시작 전에는 전조가 있기 마련이지요. 내가 지금 하려고 하는 이야기도 예외는 아닙니다. 이 사건의 전조는 12월 21일 토요일 아침에 나를 찾아왔습니다.

나는 그때 침대에 콕 박혀 미국에서 막 소포로 날아온 에드워드 고리의 그림책을 읽으며 놀고 있었지요. 너무나 기분이 좋은 상태여서 밖에서 벨이 울리자 무척 짜증이 났던 기억이 지금도 또렷하군요. 그런 때가 있잖아요. 감각적으로나 정서적으로나 모든 것들이 충족된 것 같은 그런 만족스러운 때 말이에요. 나는 한숨을 내쉬며 토끼 슬리퍼를 꿰차고 나가 문을 열어주었습니다.

문 밖에서는 희야 엄마가 코끝이 빨개진 채로 자그만 바이오 세

라믹 통을 들고 서 있었어요. 희야 엄마가 누구냐고요? 희야 엄마는 옆집 804호에 사는 이웃사촌인데 가끔 나를 감리교 교회로 끌고 가려고 귀찮게 구는 것만 빼면 재미있고 맘씨 좋은 사람입니다. 그 전날 친정에 놀러 갔다가 아침 일찍 한 보따리 짊어지고 집으로 돌아온 중이었지요. 막 전리품을 정리하려는 그 순간, 바로 벽 하나 건너에 끼니도 제때 챙겨 먹지 못하는 띨띨한 노처녀가 살고 있다는 사실을 깨닫고 선심 쓰려고 찾아온 거였답니다.

나는 내가 생각해도 간지럽게 들리는 인사말을 늘어놓으며 희야 엄마의 김치통을 받아 들었습니다. 말이 나왔으니 하는 말인데, 그 정도는 받아 마땅했어요. 외출할 때마다 희야를 봐준 걸 돈으로 계산하면 김치 한 통으로는 어림없지요.

그런데 문을 닫으려는 순간 희야 엄마가 막 생각났다는 듯이 가볍게 말을 던졌어요. 희야 엄마의 그 말이 바로 첫 전조였지요.

"그런데 말이에요, 선생님—그녀는 언제나 나를 선생님이라고 불렀어요. 2년간 지방 대학에서 강사 노릇 한 게 그녀에게 그렇게 대단하게 느껴졌던 모양입니다—. 혹시 휴거를 믿어요?"

"제가 기독교 신자하고 거리가 멀다는 거 아시잖아요, 희야 엄마."

"그런데요, 오늘 이런 생각을 했어요. 하나님은 사랑이시니까요……. 그러니까…… 우리는 종말을 무서워할 필요가 없어요……. 사랑은 모든 것을 치유하니까요……. 그러니까 죄를 치유하는 것은 벌이 아니라 사랑이에요……. 그러니까…… 저어……."

"그런데요?"

"그러니까 휴거는 없어요. 있을 필요가 없어요. 의인만을 구할 필요가 없거든요……. 아유, 차 안에서는 생각한 게 많았는데 막상 말하려고 하니까 안 되네요. 머리가 나빠서 그런가 봐요. 머리 좋은 사람들은 좋겠어요."

희야 엄마는 그러면서 홱 달아나버렸습니다. 황당했죠. 희야 엄마가 이렇게 이단적인 생각을 자발적으로 하는 사람인 줄 미처 몰랐으니까요.

2

희야 엄마의 새로운 성서 해석이 전조였다면 크리스마스 이브에 대구의 모 교회에서 일어난 소동은 사건의 시작이었어요. 이 사건에 대해서는 사람들이 잘 모르죠. 언론에도 발표된 적이 없었으니까요. 하지만 난 꽤 많이 알아요. 바로 내 친구 하나가 현장에 있었거든요! 야, 정말 그건 대단한 구경거리였을 거예요!

상상해보세요. 나들이옷을 차려입은 경건한 사람들이 아기 예수의 탄생을 축하하기 위해 교회에 모였어요. 자정이 되어 한참 경건함이 고조될 때 사람들은 흥분하기 시작하죠. 처음에는 그 사람들도 그냥 종교적 감정 때문이라고 생각할 거예요. 그러나 그 흥분이 그와는 전혀 다른, 교회와는 어울리지 않는 다른 흥분이라는 사실을 깨닫자 그들은 당황하죠. 여자들은 몸을 비비 꼬면서 간신히 제정신으로 돌아오려고 하고 남자들은 허둥지둥 사타구니를 손으로 억누르지요. 처음에는 자기들만 그런지 알았겠지만 주위를 둘러보니 주변 사람들도 좀 이상해요. 그래서 목사님을 보았지요. 그런데 그 경건하고 모범적인 성직자 나으리가 그들과 마찬가지로 몸을 비틀고 있는 거예요!!!

물론 한동안은 그렇게 버텼겠지만 결국 그들의 인내는 어느 순간에 임계점에 도달할 거예요. 몇몇 잽싼 사람들은 집으로 도망쳐 간신히 그 창피를 면했지만 그렇게 운이 좋지 않은 사람들은 그만 그 신성한 하느님의 전당을 땀과 타액과 정액과 구토물과 흥분과 수치심과 오르가즘과 환성과 신음으로 오염시키고 말았지요. 상상력을 조금 더 발휘해서 여러분이 바로 그 안에 있었다고 생각해보세요. 정말 짜릿하지 않았겠어요? 한참 옆에 있던 역시 경건한 신자(누군지는 잘 모르지만)와 몸을 뒤섞다가 머리 위를 쳐다보니 글쎄, 꼬장꼬장하기 짝이 없었던 김 집사님이 열세 살밖에 안 되는 여드름쟁이 중학생과 뒹굴고 있네요. 저 아래에서 아버지와 함께 헉헉거리고 있는 아줌마가 어머니가 아니라는 사실 역시 분명하고요. 왜냐하면 여러분의 어머니는 지금 제단 위에서 목사님을 깔고 앉아 그의 허리띠를 잡아 풀고 있기 때문이지요.

물론 그것 말고도 재미있는 광경이 많았을 거예요. 예를 들어 옆집에 세 들어 사는 야학 교사가 지금까지 동성애적 기질을 억누르고 있었다는 사실을 이때 아니면 어떻게 알 수 있었겠어요? 오럴 섹스에 특별히 지대한 관심을 가지고 있는 것으로 보이는 교장선생님의 평상시의 성생활을 추론해보는 것도 흥미로운 일이었겠지요.

제 친구의 말에 따르면 이 모든 일들은 대충 40여 분간을 끌었답니다. 적어도 그 애가 제정신을 차리고 옷을 챙겨입을 때 시계를 보니 그 정도쯤 시간이 흘렀다는 거예요. 그 애가 허둥지둥 파카에 팔을 꿰며 교회 밖으로 빠져나올 때쯤에는 교회는 수치심으로 엉망이 된 신자들의 울음소리로 바다코끼리 발정기 때 남극 해변만큼이나 시끄러웠대요.

3

한참 동안은 창피해서 고개도 들고 다니지 못했을 그 하나님의 어린 양들도, 자기들만이 그런 경험을 한 사람들이 아니라는 사실을 알았을 때는 그래도 덜 부끄러웠을 겁니다. 그날 이후로 세계 곳곳에서 그와 비슷한 여러 사건이 터지기 시작했지요. 꼭 아까 교회에서처럼 집단 혼음의 형태를 띠지는 않았지만요. 예를 들어 천사를 보았다고 교회를 뛰쳐나와 10마일 단축 마라톤을 벌였던 루이지애나 주의 무슨 교회 신자들도 제가 생각하기에 같은 경우였어요. 1월 4일 이후 급격히 증가한 비행기 추락 사고들도 분명히 그것과 관련이 있어요.

그 사건들의 성격을 정리해보면, 대부분 사람이 많은 곳에 일어났고, 사람들은 일종의 흥분 상태에 빠졌죠. 그것은 성적 흥분일 수도 있었고 계시와 같이 순수한 종교적인 것일 수도 있었어요. 아니면—가장 흔한 경우였지만—단지 막연한 기쁨과 같은 것일 수도 있었고요. 나 역시 영화관 같은 곳에서 여러 번 그런 경험을 했어요. 아무런 이유도 없이 가슴이 쿵쿵 뛰고 마치 수천 억짜리 복권에라도 당첨된 것처럼 짜릿한 기분이 들더군요. 약 먹은 것처럼 기분이 좋기는 했지만 그렇다고 그런 경험을 일부러 찾아갈 수는 없는 노릇이었죠. 어디든 강간당할 위험이 농후했으니까.

사람들은 전 세계적으로 퍼진 이 집단 히스테리에 대해 슬슬 눈치를 채기 시작했어요. 물론 대부분 사람들은 집단 혼음 사건과 같이 화끈한 경우에만 집착했어요. 나 역시 마찬가지였지요. 내가 일러스트를 그려주고 있는 『과학문화』 지의 편집장이 종말의 징조라느니 뭐니 하고 투덜거렸을 때도 나는 대충 무시했었어요. 애당초부터 난 사람 많은 곳을 좋아하지도 않고 세상과 담쌓고 지내는 편이라 그런 일들을 직접 접하기도 힘들었거든요. 대구에 사는 내 친구는 반년 뒤에나 자기 경험담을 들려주었고요. 일부러 영화관이니 성당이니를 찾아가 조사하기 시작한 건 훨씬 뒤의 일이었어요.

내 조사의 계기를 만들어준 사람은 이번에도 희야 엄마였습니다. 날짜도 기억하고 있어요. 1월 26일이었어요. 희야 엄마는 이번에도 어딘가로 외출 나갔고 희야는 알아서 내 아파트로 찾아와 놀고 있었죠. 희야가 내 레고 블록을 가지고 혼자 놀게 놔두고 나는 내가 막 그린 아인슈타인의 양복에다 한참 모기약을 뿌리…… 아니, 그러니까 피스 작업 중이었어요. 말이 나왔으니 하는 말이지만 그 그림은 완전히 다시 그려야 했어요. 물감이 테이프 안쪽으로 번졌거든요. 내 실수였죠.

피스 테입을 떼어내며 이를 갈고 있는데, 희야 엄마가 돌아왔어요. 문을 열어주다 희야 엄마의 모습을 보고 난 기겁하고 말았어요. 희야 엄마는 멋내거나 하는 일에 그다지 관심이 없는 여자였어요. 언제나 헐렁한 티셔츠에 청바지를 입고 동네를 돌아다녔죠. 그런데 그런 사람이 쥐잡아 먹은 것처럼 새빨갛게 입술을 칠하고 속눈썹이 '기일~~어지는' 마스카라라도 발랐는지 눈앞으로 한 뼘은 나온 것 같은 속눈썹을 하고 손톱을 보라색으로 칠한 데다가 할리우드 여배우들이라도 낮에는 안 입을 것 같은 삐까번쩍한 옷을 입고서 내 앞에 서 있는 거예요. 희야 아빠가 수단에서 부쳐온 돈을 모조리 그랜드백화점에 털어 부었는지 양옆에는 쇼핑백들이 가득했어요.

"희, 희야 엄마……."

난 간신히 입을 열었어요.

"나 예뻐요?"

희야 엄마가 외쳤어요.

"도대체 어떻게 된 일이에요? 희야 아빠가 수단에서 오나요?"

"더 중요하신 분이 오시죠. 아직 선생님은 말씀을 못 들었어요?"

"무슨 말씀요?"

"하나님의 말씀이요! 계시요! 예수님께서 오세요. 바로 일주일 뒤예요! 재림하신단 말이에요! 우리는 그분을 영접해야 해요!"

난 간신히 헛기침을 해 목을 골랐어요.

"그런데 그 옷들은 왜 사신 거예요?"

"그분을 영접하는데 초라하게 그냥 갈 수는 없어요. 그렇잖아요?"

"하지만 예수님은 우리들의 옷 따위는 보지 않을 것 같은데요……. 그렇지 않겠……."

"우리는 혼인 잔치에 가는 신부들이에요. 혼인 잔치에 치장하지 않고 갈 수는 없잖아요. 마태복음에 나와 있어요. 영리한 처녀들은 신랑이 오기 전에 미리 기름을 준비해두었다고요. 선생님 옷도 샀어요. 볼래요?"

그리고 희야 엄마는 쇼핑백 하나를 북 찢더니 입고 있는 옷만큼이나 삐까번쩍한 원피스를 꺼내 내 얼굴 앞에 내밀었습니다. 어찌나 힘 있게 내밀었는지 내 안경이 옷에 맞아 저 멀리 방구석으로 튕겨나가 버리고 말았지요.

뭔가 일이 일어났구나 하는 생각이 그때부터 들더군요. 지금 세계 곳곳에서 일어나고 있다는 집단 히스테리의 증상이 사람들이 생각하고 있는 것처럼 단순한 것도, 멀리 떨어져 있는 것도 아니라 바로 내 옆집인 도곡동 진달래아파트 7동 804호에서도 일어나고 있다고요.

그때부터 나는 조사를 하기 시작했어요. 우선 뉴스에 나오는 기사들을 정리했고, 영화관과 같은 곳에 들어가 직접 흥분을 체험도 해보았고, 마지막에는 나 자신을 돌이켜보며 최근 한 달 동안 내 기분이 어땠는지 생각해보았죠. 돌이켜보니 혼자 있을 때도 이상하게 들떠 있었던 적이 많았던 것 같아요. 일하는 데 능률도 올랐지만 실수도 잦았죠. 그러고 보니 아인슈타인 박사의 양복을 더럽힌 일도 쉽게 넘길 일이 아니더군요. 12년 동안 서부의 건맨처럼 쌍권총을 휘둘러댔지만 그 한 달만큼 작업 실수가 많았던 적은 없었거든요.

도대체 무슨 일이 일어나고 있는 것일까요? 난 발가벗은 채 이스라엘 구역에 넘어가 신부가 목욕하고 있는 제식 목욕탕으로 뛰어들어 난동을 부린 요르단 군인들에 대한 해외 토픽 뉴스가 나오는 텔레비전을 보면서 해답을 찾으려 머리를 굴렸어요. 하지만 헛수고였어요. 그나마 희야 엄마의 세상 종말설이 그럴듯한 해답으로 보이더군요.

4

드디어 '종말의 날'이 찾아왔습니다. 희야 엄마는 아침부터 나를 찾아와 내 머리를 감기고 화장을 시키고 패션쇼를 하게 만들었어요. 희야도 보석처럼 화려하게 치장을 하고 왔는데 정말 그때 그 애는 천사처럼 예뻤어요. 그 애의 곰 인형 몽창이도 희야 엄마가 떠준 것이 분명한 후드가 달린 작은 스웨터를 입고 있었어요.

"그분이 오시는 것이 느껴져요! 선생님은 어때요?"

희야 엄마는 내 원피스의 지퍼를 올리면서 흥분된 어조로 물었어요.

난 말없이 고개를 끄덕였어요. 거짓말은 아니었어요. 지구 상의 다른 모든 사람들처럼 나 역시 분명히 무언가를 느끼고 있었으니까요. 오랜 친구를 마중 나가는 것 같은 반가움, 온몸이 터져버릴 것과 같은 흥분, 그리고 그 틈에 스며 있는 약간의 두려움과 의심, 그 모든 것들을요.

"5시가 되면 산으로 올라가요."

희야 엄마가 계획을 설명했어요.

"선생님도 같이 올라가는 거예요. 신자가 아니라고 머뭇거릴 필요도 없어요. 선생님 말고도 신자 아닌 사람이 많으니까요. 아까도 말했지만 주님께서는 우리들 중 누구도 버리지 않으세요. 직접 영접하지 않는 사람들도 구원받을 거예요. 단지 우리는 그분이 오시는 광경을 직접 볼 수 있을 뿐이에요. 하지만 얼마나 대단한 광경이겠어요?"

4시 반이 되자 우리들은 아파트를 나와 약수터로 갔어요. 이미 산은 사람들로 빽빽하게 차 있었어요. 그리고 그중 대부분이 여자들이었어요. 하늘은 구름으로 빽빽했고 늦겨울의 부슬비가 한 방울씩 떨어지고 있었지만 아무도 신경 쓰지 않았어요.

서울의 도곡동이 이런 일이 일어나는 유일한 장소는 아니었어요. 경찰들의 저지에도 불구하고 뉴욕 양키즈 스타디움에서는 제1회 섹스 집회가 열리고 있었고, 바티칸 시티는 최근에 부쩍이나 자주 나타났던 성모님의 모습을 볼 수 있지 않을까 하는 신도들로 북적거렸죠. 런던에서는 록그룹 '나인 하츠'의 리드 싱어 루퍼트 사익스가 반쯤 미쳐서 노래 도중 마이크로 자기 머리를 내리치는 중이었어요(결국 그 친구 그러다 감전사했죠).

희야 엄마는 추위에 떨면서도 희야 손을 잡고 산을 오르기 시작했어요. 나는 의무감에 희야 엄마의 다른 손을 잡았어요. 산에 반쯤 올랐을 때 갑자기 어디선가 튀어나온 강아지 한 마리가 내 종아리에 매달리더니 바짝 선 성기를 발목에 문질러대기 시작했어요. 그것을 떼어내려고 다리를 흔들었지만 아무 소용도 없었어요. 나는 결국 포기하고 개를 다리에 단 채 걸었어요.

정상은 사람들로 가득 차 발 디딜 틈도 없었어요. 실제로 어떤 할머니는 사람들에 밀려 아래로 굴러떨어지기도 했어요. 모두의 시선은 하늘로 향해 있었어요. 어떤 사람들은 기도를 올리고 있었고 다른 사람들은 노래를 불렀어요. 그냥 부들부들 떨면서 무슨 일이 일어날지 기다리고 있는 사람들도 있었고 나무를 부둥켜 안고 내 발목에 붙은 개처럼 아랫도리를 나무에 문대는 남자들도 있었어요. 가끔가다 참새 떼들이 미치기라도 한 것처럼 짹짹거리면서 저공비행을 해 아이들을 놀래켰지요.

시간이 흐를수록 무언가가 온다는 느낌이 점점 강해졌어요. 내 온몸은 바짝 긴장된 상태였고 비에 흠뻑 젖어 있는데도 조금도 춥지 않았어요. 나는 희야를 꽉 껴안고 희야 엄마를 바라보았어요. 그녀는 찬송가책과 성경책을 각각 양손에 쥐고 똑바로 하늘을 응시하고 있었어요.

"그분이 오세요!"

그녀가 갑자기 사람들에게 외쳤어요.

"나는 느낄 수 있어요! 온몸으로 들어보세요! 그분은 노래하고 있어요!"

그리고 희야 엄마는 노래하기 시작했어요. 이상한 노래였어요. 어딘가 그레고리안 찬트 비슷하기도 했고 에릭 사티의 피아노곡을 성악곡으로 편곡한 것 같기도 했어요. 가사가 붙어 있는 것 같기도 했지만 그 뜻은 알 수 없었어요. 그 이상한 노래는 순식간에 산 위의 사람들에게 불길처럼 옮겨 붙었어요. 나 역시 노래를 불렀죠. 그냥 마음속에서 흘러나오는 음악을 내 멋대로 부른 것이었지만 다른 사람들의 노래와 한 치도 다르지 않았어요. 처음 듣는 노래였지만 어딘지 익숙한 느낌이 드는 곡이었어요. 멜로디나 정체 모를 가사 때문이 아니라 그 곡이 주는 어떤 느낌 때문이었지요.

이제야 내 발목에서 떨어진 그 강아지가 낑낑대는 소리마저도, 참새들과 비둘기들의 울음소리도 그 기묘한 노래에 화음을 넣어주고 있었어요. 상떼 감옥에서 죄수들이 창살을 흔들며 부르던 노래도 그 노래였어요. 바티칸 사람들이 성모님을 기다리면서 불렀던 노래도 바로 이것이었지요. 양키즈 스타디움에서 절정에 도달한 여자들이 찢어지는 목소리로 질러댔던 멜로디도 바로 이것이었어요. 그리고 장담하지만 루퍼트 사익스가 죽기 직전에 흥얼거렸던 노래도 이 노래였을 거예요.

그런데, 그 어느 순간 노래는 비명으로 바뀌었어요! 나는 희야 엄마를 바라보았어요. 그녀의 얼굴은 유리처럼 창백했고 얼굴에는 미소가 싹 사라지고 없었어요. 그녀는 입을 딱 벌리고 마네킹처럼 굳은 자세로 갑자기 하늘을 가리켰어요. 나를 비롯한 모든 사람들, 모든 짐승들, 모든 인형들의 눈이 그녀가 가리키는 방향에 시선을 집중했어요.

그리고 나는 보았어요.

눈으로 보았다는 뜻이 아니예요. 그것은 눈에 보이는 종류가 아니었으니까요. 비구름이 그것과 우리 사이를 막고 있었고 애당초부터 우리가 아는 그 어떤 물질로도 이루어진 존재가 아니었어요.

그것은 공간을 차지하는 생각의 덩어리였어요. 하지만 나는 볼 수 있었어요. 정확한 표현은 아니지만 마음으로 보았다고 하겠어요. 어쨌든 나는 그것의 둥글고 투명한 몸이 점점 커져 오는 것을 느낄 수 있었어요. 점점 가까워질수록 그것이 지금 무엇을 느끼고 있는지도 알 수 있었어요. 도곡동의 절반을 덮을 수도 있을 것 같은 그것의 거대한 몸이 우리 몸을 덮쳤을 때 나는 그것의 과거도 알 수 있을 것 같았지요. 까마득히 먼 옛날 은하계 저편의 희미한 별빛 사이에서 태어나 지금까지 별과 별 사이를 외로이 떠돌았던 그 존재의 길고 단조로운 과거를요. 그러다 저 먼 어딘가에서 마치 동료 생물이 내뿜는 것과 같은 생각과 감정의 흔적을 발견했을 때 그것이 느꼈던 흥분과 환희도요. 그것은 방향을 바꾸어 전속력으로 지구를 향해 항진했지요. 이제 그것은 더이상 외롭지 않아도 되었어요. 아주 멀고 먼 옛날 가졌던 마지막 짝짓기의 기억이 그것의 온몸을 지배했어요. 그것은 노래를 불렀어요. 이제 그 환희를 다시 체험할 때가 되었어요!

그러다 그 가엾은 생물은 지금에서야 깨달았던 것이지요. 자신이 착각했음을, 그것이 덮친 이 거대하고 단단한 구는 자신의 동료와 전혀 상관없음을. 그것과 교미할 수도 없으며 이야기를 나눌 수 없으며 아기도 가질 수 없음을. 그것은 절망의 비명을 질렀어요. 그리고 그 비명은 그것의 몸이 도곡동의 뒷산을 뚫고 지구의 맨틀을 뚫고 철과 니켈로 이루어진 지구 중심을 지나 다시 맨틀과 지각을 뚫고 브라질 근처의 바다에서 튀어 오른 뒤까지도 계속되었어요.

나 역시 비명을 질렀습니다. 나무로 사타구니를 문지르고 있던 아저씨 하나는 두 팔을 허우적거리며 뒷걸음을 치더니 그만 아래로 굴러떨어지고 말았어요. 수많은 사람들이 기절했고 몇몇은 절망에 가득 차 자기도 무엇을 하는지 알지 못한 채 서로를 두들겨 팼어요. 그 광경은 그로테스크하고 잔인했으며 우스꽝스러웠어요. 마치 히에로니무스 보스가 그린 지옥도처럼 보였지요.

그러다 나는 갑자기 정신이 들었습니다. 안고 있다가 놓친 몽창이를 주우려던 희야가 그만 흥분한 사람들 사이에 떨어지고 말았던 거예요. 정신없는 사람들은 그 애와 몽창이를 때리기 시작했어요. 나는 허둥지둥 그쪽으로 달려가 너무나 무서워 울지도 못하는 희야와 이미 진흙투성이가 된 몽창이를 집어 올렸어요. 그리고 이제 구석에 쭈그리고 앉아 어린 소녀처럼 울고 있는 희야 엄마를 잡아 일으켰어요. 그녀의 얼굴을 보았을 때 나는 그녀 역시 나와 같은 것을 느끼고 보았음을 알 수 있었어요. 나는 희야를 그녀 품에 넘겨주고 그녀의 얼룩진 얼굴을 손수건으로 닦아주며 말했지요.

"가요, 희야 엄마. 이제 모두 끝났어요."

5

혼란은 일주일이나 계속되었습니다. 살인과 약탈과 자살이 전 세계를 뒤덮었지요. 7개나 되는 국지전이 발발해 지구는 그 뒤로도 한참 시끄러워졌습니다. 하지만 이 모든 것들은 여러분도 신문과 방송을 통해서 알고 있는 일이지요.

사람들이 그 사건들에 대해서 뭐라고 말하는지 나도 알고 있습니다. 얼마나 많은 가설들과 주장이 나왔는지도 모르지 않습니다. 그리고 여러분이 제 이야기를 그것들 중 하나로밖에 생각하고 있지 않다는 것도 알고 있습니다.

하지만 내 이야기는 사실입니다. 다른 사람들은 모릅니다. 알 수가 없었어요. 그러나 나와 희야 엄마, 그리고 그날 산 위에 있었던 몇몇 사람들은 달랐지요. 우리에게 엉뚱한 생각을 불러일으키고 흥분시켰던 그 딱한 생물이 지구를 뚫고 지나갔을 때 우리는 바로 그것의 생각 속에 있었으니까요.

마지막으로 그 노래에 대해 한 마디 하죠. 앞에서 우리가 불렀던 노래가 매우 익숙한 곡이었다고 했었죠? 바로 얼마 전에 왜 그 노래가 그렇게 익숙했는지 알아내고 말았어요. 『과학문화』의 편집장이 나한테 그것과 아주 비슷한 노래가 담긴 테이프를 틀어서 나에게 들려주었어요. 나는 전에도 그 노래를 들은 적이 있었습니다. 제가 아는 어떤 친구가 그 노래를 wav파일로 만들어 인터넷을 통해 나한테 보내준 적이 있었거든요. 한 번 듣고 지워버린 뒤 그동안 까맣게 잊고 있었지요.

그것은 사람의 노래가 아니었어요. 만날 수도 없는 짝을 찾아 대양을 누비면서 울부짖는 흰긴수염고래의 구애가였지요.

타인의 눈

1

내 손녀 정아는 태어나서 지금까지 세 번 정도 사람들 사이에서 이름이 오르내린 적이 있었다. 명성의 가치를 따진다면 그 애가 자기 힘으로 이룬 마지막 것이 가장 중요한 것이겠지만, 사람들은 아마 첫 번째와 두 번째를 더 잘 기억할 것이다. 첫 번째는 그 아이가 몇몇 거창한 학위를 거의 독학으로 따낸 '천재 맹인 소녀'로 알려졌을 때였고, 두 번째는 내가 그 아이에게 인조 눈을 심어주었을 때였다. 몇몇 방송국에서는 그 두 이야기를 짜깁기해 쓸데없이 감상적인 다큐멘터리를 제작해 내보내기도 했다.

여러분에게는 다행이지만, 나는 그 이야기를 되풀이할 생각은 없다. 지금부터 하려는 이야기는 전혀 다른 이야기다.

아까도 말했지만 정아는 태어났을 때부터 장님이었다. 어린 시절을 장님으로 보낸 것이 그 애에게 정말로 부정적인 일이었는지는 의심스럽다. 시각의 결여는 그 애를 냉철하고 단단한 사고를 하는 사람으로 만들었고, 그 애의 음악적 자질과 수학적 능력을 향상시켰기 때문이다. 그러나 시력 결여는 분명히 불편한 장애이며 눈먼 손녀를 보는 나 같은 할머니의 마음이 편할 리가 없다.

내가 쉰이 넘어서 갑작스럽게 생체공학 쪽으로 관심의 방향을 바꾼 이유도 정아 때문이었다. 이런 변화는 나에게도 긍정적이었다. 젊은 시절에 쌓아놓은 명성만 갉아먹는 '저명한 과학자'에서 다시 한 번 생산적인 일꾼으로 변신할 기회를 잡을 수 있었기 때문이었다.

가족들과는 늘 네트워크로 연결되어 있었지만, 애들 생일이나 그 밖의 기념일이 되면 나는 선물 꾸러미를 들고 한국을 찾곤 했다. 5년 전 정아 생일 때도 예외는 아니었다. 그때 내가 가지고 갔던 선물은 내 제자들 중 한 명이 개발한 사이버 조각 세트에 최신식 맹인용 파워 글러브를 첨가해 살짝 개조한 것이었다. 정아는 그 당시 조각에 푹 빠져 있었기 때문에 그 선물의 반응은 대단했다.

정아의 조각 취미에 대해서는 약간의 설명이 필요할 것 같다. 정아는 시각장애라는 핸디캡 때문에 공간지각에 집착하고 있었다. 조각은 그 애에게 주변 환경의 시각적 재현을 보조하는 도구였다. 정아가 맹인이라는 것을 모르고 보더라도 그 애의 실력은 대단했다. 정아는 단순히 다른 사람들의 얼굴을 더듬는 것만으로도 상당히 유사한 모양의 조각상을 만들어낼 수 있었다. 눈 뜬 사람들보다 '보이는 것들'을 더 잘 복제할 수 있다는 것이 그 애의 자존심을 강화해주었을 것이다.

새 생일 선물은 곧장 작업에 들어갔다. 정아는 몇몇 근사한 3차원 오브젝트들을 만들어 스크린 위에 띄웠고 친척들은 요란한 환성을 질러댔다. 그날까지는 언제나와 같았다.

다음 날 아침, 나는 정아의 새 창작품들을 검토해보다가 좀 색다른 것을 하나 발견했다. 도도해 보이는 표정이 인상적인 젊은 서구 여성의 얼굴이었는데 헤어스타일은 아주 예스러웠다. 얼굴은 회색이었고 눈은 반투명한 회색으로, 머리는 까맣게 칠해져 있었다. 흑백이었지만 색을 입힌 오브젝트는 그것 하나뿐이었다.

"누구니?"

나는 점심 식사 때 정아에게 물었다.

"진 티어니예요."

그 애가 대답했다.

"배우니?"

"네."

여기까지는 이상할 것이 없었다. 이미 많은 배우들의 3차원 오브젝트들이 제작되어 온라인에 떠 있다. 정아가 예전부터 가지고 있던 구식 글러브로도 그런 오브젝트를 만져 조각을 만들 정도의 정보 정도는 얻을 수는 있었다.

그러나 네트워크 어디를 뒤져봐도 진 티어니의 3차원 오브젝트가 없었다.

진 티어니라는 사람이 있다는 것은 분명했다. 내가 영화에 별 관심이 없어서 몰랐을 뿐, 티어니라는 배우는 상당히 유명한 사람이었다. 〈로라〉나 〈천국은 기다릴 수 있다〉 같은 영화는 이미 고전이었다. 하지만 티어니는 마릴린 먼로나 오드리 헵번만큼이나 유명하지는 않았고, 티파니 홈즈나 레즐리 알바레스처럼 최근 사람도 아니었으므로 그 배우의 3차원 오브젝트를 만든 사람은 아직까지 없었다. 우리가 정보의 바다에 살고 있다고 하지만 얻을 수 없는 정보가 많은 것 역시 부인할 수 없는 사실이다. 대중의 기호는 제한되어 있으며 많다는 정보들의 대부분은 그 기호 안에 중복되어 쌓이기 때문이다.

저녁 식사 때, 나는 다시 정아에게 진 티어니에 대해 물어보았다. 수다스러운 대화들이 몇 겹으로 겹쳐 오가는 상황이라 대답은 다소 무성의했는데, 그런 상황을 고려한다고 하더라도 그 답변은 어딘가 이치에 맞지 않았다.

"아, 티어니요? 텔레비전에서 봤어요. 최근 들어 텔레비전에서 본 얼굴들 중 가장 나은 얼굴이었어요. 그 멍청이가 채널을 5분만 더 늦게 돌렸어도 더 잘 만들 수 있었을 거예요. 그런데 아까 그 게임이 5인용이라고 했니?"

"텔레비전?"

내가 외쳤다. 딸네 가족들은 처음엔 어리둥절한 채 나를 바라보았지만 이윽고 그들 역시 무엇이 잘못되었는지 알아차리고 정아에게 시선을 모았다. 그들의 반응이 늦은 건 당연했다. 가족 사이에서 '정아가 텔레비전을 본다'는 말은 '정아가 텔레비전의 소리를 듣는다'와 같은 의미로 사용되고 있었기 때문이었다. 하지만 정아가 텔레비전 화면 속의 얼굴을 구별하는 것은 분명히 별개의 일이다.

정아도 자기가 무심결에 내뱉은 말이 무슨 뜻인지 알아차리고 당황한 모양이었다. 그 애는 입에 든 것들을 허겁지겁 삼키고 물컵을 집어 들었다.

"그 멍청이는 누구지?"

내가 물었다.

"꾸, 꿈 이야기예요."

정아가 대답했다.

"그 멍청이도 꿈속에서 본 사람이고?"

"네."

"그럼 그 꿈 이야기 좀 해보렴."

정아는 어떻게든 화제를 돌리려고 했지만 이미 너무 늦은 뒤였다. 그 애는 우물쭈물거리다가 결국 이야기를 시작했다.

"별 이야기는 아니에요. 꿈속에서 난 어떤 남자랑 텔레비전을 보고 있었어요. 그런데 그 남자가 자꾸 채널을 성가시게 돌리고 있었기 때문에 짜증이 났었어요. 처음에는 그냥 참으려고 했는데 점점 신경이 거슬리더라고요. 결국 화가 나서 내가 그 남자에게 말했어요. '제발 좀 리모콘 그만 가지고 놀아. 나도 좀 느긋하게 보자!' 그러자 옆에 있던 여자가……."

"여자?"

"네, 여자도 있었어요. 하여간 그 여자가 말했어요. '지금 리모콘 가지고 있는 사람이 누구인데 그래? 하여간 말은 맞구만. 나도 좀 느긋하게 보고 싶어.' 그러자 그 남자는 채널 돌리는 걸 멈추었고 그때 텔레비전에서 했던 영화가 〈유령과 뮤어 부인〉이었어요."

"그게 그 영화인 건 어떻게 아는데?"

"아, 전 그 영화를 전에도 여러 번 '보았어요.' 렉스 해리슨의 목소리가 근사했거든요. 물론 직접 '눈으로' 본 건 꿈속이 처음이었어요. 그때 진 티어니의 얼굴을 보고 내가 상상했던 것과는 다른 얼굴이라고 생각했었어요. 하여간 한 5분 정도 보다가 그 남자는 다시 철컥거리면서 채널을 돌렸고 여자는 화가 나서 나가버렸어요. 그게 끝이에요."

2

'알고 보았더니 꿈이었다'로 모든 걸 설명할 수는 없다. 정아가 티어니의 얼굴 정보를 얻을 수 있는 방법이 없음은 분명했기 때문이다. 평면 사진에 엠보싱을 넣어 맹인이 만질 수 있게 하는 프린터는 정아 역시 하나 가지고 있다. 하지만 그것만으로는 하룻밤 만에 뚝딱 조각상을 만들 수 있을 만큼의 정보를 얻을 수는 없다. 만약 그 애가 그런 식으로 티어니의 얼굴 정보를 얻을 수 있었다면 우리는 알았을 것이다. 정아는 자신의 기술과 재능을 신비스러운 설명으로 덮을 아이는 결코 아니었다. 신비스러운 사건을 조작할 수 있어도 그 애의 자존심이 용납했을 리가 없다.

나는 이런 방면에 흥미가 있는 사람들을 만날 때마다 이 이야기를 들려주며 의견을 물어보았지만 별 쓸모 있는 답변은 얻을 수 없었다. 내 제자들 중 한 명이 그래도 가장 진상에 가까운 답변을 했는데 그건 이런 것이었다. "만약 정보를 안에서 얻는 게 불가능하다면 그건 밖에서 온 게 분명하다고요."

4개월 뒤, 나는 크리스마스 선물 꾸러미를 안고 다시 딸애가 사는 부천을 방문했다. 정아는 언제나처럼 초연하고 깨끗한 표정으로 나를 맞아주었지만 그 애의 옷차림은 어색하고 엉망이었다. 내 경험에 따르면 시각장애자의 옷차림은 입는 사람 자신보다는 그 사람을 돌보는 주변 사람의 심리상태와 더 깊은 관계가 있다. 나는 태평스럽게 선물 꾸러미를 나누어주면서 딸애와 사위의 얼굴을 훔쳐보았다. 모두들 눈가에 주름이 하나씩은 더 는 것 같았다. 나는 두 사람의 표정을 대충 저울질한 뒤 사위에게 물어보기로 결정했다. 저녁 식사가 끝나고 사위가 그릇을 정리하는 동안 나는 잽싸게 부엌으로 들어가 단도직입적으로 무슨 일이 생겼냐고 물었다.

역시 정아 문제였다. 생일날 있었던 일은 시작에 불과했던 것이다. 정아는 비슷한 사람들이 나오는 꿈을 되풀이해 꾸었고, 그 꿈에 더 집착하게 되었다. 정아는 별일 아니라고 부모를 설득하려 했지만 그게 통할 리가 없다.

다음 날 아침 식사 때, 나는 정아의 증상 일부를 엿볼 수 있었다. 한참 조용히 식사하던 도중 정아가 갑자기 짜증을 내며 고함을 질러댔던 것이다.

"염병할 플러싱, 염병할 에드 버크먼, 염병할 로잘린, 모두 죽어버려!"

나는 놀랐다. 정아도 '욕'을 할 수 있을 것이라고는 상상도 한 적이 없었다. 그것이 '염병할'과 같은 예스러운 것이어도 마찬가지였다. 그리고 에드 버크먼과 로잘린은 도대체 누구인가?

나는 정아가 진정할 때까지 기다린 뒤, 그들이 누구냐고 물어보았다.

"어리석고 멍청하며 지저분한 커플이에요. 그리고 버크먼은 나한테 눈을 빌려줘요."

"전에 꿈에서 보았던 그 사람들이니?"

"맞아요."

몇 가지 질문과 답변이 오간 후, 나는 상황을 정리할 수 있었다. 정아에게 일어난 일은 대충 다음과 같은 것이었다.

정아는 반년 전부터 미시간 주 플러싱이라는 작은 도시에 사는 공장 노동자 에드 버크먼에 관련된, 정확히 말해 에드 버크먼의 시선으로 보는 꿈을 꾸기 시작했다. 처음에는 그냥 흐릿한 꿈에 불과했지만 생일 전후에 이르자 상당히 구체적인 꿈으로 발전했다. 딸애와 사위가 알고 있는 것과는 달리, 정아는 진 티어니의 3차원 오브젝트를 만들기 전에도 그 꿈이 단순한 꿈이 아니라는 것을 알고 있었다. 그 애에겐 애당초부터 그렇게 생생한 시각적인 꿈을 꾼다는 것 자체가 이상한 일이었기 때문이다. 물론 정아에게 시각적인 꿈 자체는 아주 낯선 것이 아니었다. 특히 정아처럼 공간지각에 집착하는 아이에겐 시각적인 꿈이 이상할 것까지는 없는 것이다. 그러나 에드 버크먼과 관련된 것들처럼 생생한 꿈을 꾼다는 것이 시각장애자에게 가능할 리가 없다. 정아는 버크먼의 시선으로 본 몇몇 정보들을 재검토한 뒤, 에드 버크먼이라는 남자가 실제로 존재하며 꿈속에서 본 것이 실제로 일어난 사건들임을 확신할 수 있었다. 플러싱의 전화번호부에 에드 버크먼과 로잘린 서머즈라는 이름이 있었음은 물론이다.

버크먼은 점점 꿈에서 벗어나 정아의 현실 세계로 침투했다. 이제 정아는 깨어 있을 때도 버크먼의 시점으로 볼 수 있었다. 버크먼은 정아의 삶의 일부가 되어버렸다.

처음에는 모든 것이 흥분되는 일이었다. 정아는 태어나서 처음으로 진정한 시각적 체험을 할 수 있었다. 그 애는 색깔을 익히고 사람들의 얼굴에 지는 그림자를 감상하고 몇몇 유명인사들의 얼굴과 목소리를 결합시켰다. 그것만 해도 한동안은 굉장했다.

그러나 정아는 점점 에드 버크먼과 로잘린에게 짜증이 나기 시작했다. 정아는 세련되고 상당히 사치스러운 예술적 취향을 가진 아이였지만 버크먼과 로잘린은 진부하고 천박한 사람들이었다. 정아가 흥미를 느끼는 분야는 거의 무한대였지만 그들은 스트립 게임쇼와 풋볼, 데이 타임 소프 오페라 밖의 세상에 대해서는 관심도 없었다. 정아는 머리핀 하나라도 제자리에 두지 않으면 불안해하는 아이였지만 버크먼의 집은 언제나 지저분하고 난잡했다. 버크먼의 세계에 갇힌 정아는 날개를 얻자마자 창살 안에 갇힌 천사나 다름없었다. 그 애가 폭발한 건 당연했다. 그나마 다행인 것은 미시간 주와 부천 사이에 엄청난 시차가 있다는 것과 버크먼의 침입이 비교적 단속적이라는 것이었다.

"어떻게든 버크먼에게 간섭할 수 있을 거예요. 그게 제 유일한 희망이에요."

정아가 말했다.

"전에 제가 말씀드렸던 꿈 기억하세요? 그때 전 버크먼의 입으로 말을 했고 5분 동안이나 〈유령과 뮤어 부인〉을 보게 만들었어요. 그때 제가 어떻게 했는지는 모르겠어요. 하지만 방법이 없을 리는 없을 거예요. 어떻게든 채널 선택권만은 빼앗아야겠어요. 그 끔찍한 스트립 게임쇼는 더 이상 보고 싶지 않단 말이에요."

3

정아는 결국 그 방법을 터득했다. 그 방법을 설명하라는 것은 휘파람 부는 방법을 설명하라는 것과 같은 요구일 것이다. 하지만 정아는 설명을 시도하기는 했다. 그것은 의식적으로 무릎 반사를 일으키는 것과 비슷한 것이라고 한다.

2월 마지막 수요일에 정아는 나에게 짤막한 이메일을 보내왔다. "채널 선택권을 넘겨받았음. 오늘 8시에 브라보 채널에서 하는 〈드림 차일드〉를 볼 예정이에요." 다음 날 정아는 일련의 매우 정확한 형용사들로 아멜리아 생클리의 외모를 완벽하게 기술한 편지를 보내 자신의 계획이 성공적이었음을 증명해 보였다.

나는 한숨 놓았다. 그동안 정아가 버크먼과의 '감각적 동거'를 불평하는 편지를 하도 많이 보내서 나 역시 그 생활이 끔찍해지는 중이었다. 정아는 버크먼의 뚱뚱한 몸을 비웃었고 로잘린의 잔소리에 짜증을 내기 시작했으며 그들이 섹스 습관에 진저리를 쳤다. 특히 섹스는 골치 아팠다. 버크먼의 침입은 대부분 그가 강한 자극을 받았을 때 일어났으므로 정아는 그의 성생활에 늘 참가하는 셈이었다 (이제 여러분은 왜 정아가 버크먼 꿈을 설명하는데 그렇게 뜸을 들였는지 짐작했을 것이다).

다행이라는 생각이 들었지만 기분이 아주 편하지는 않았다. 나는 초자연현상에 대해 편협한 편도 아니고 아주 몰두하는 편도 아니다. 하지만 그게 다른 사람이 아닌 바로 내 손녀에게 일어나고 있다고 생각하니 영 불편했다. 질투심도 났다. 나는 지금까지 16년 동안이나 손녀에게 새 눈을 달아주기 위해 노력해왔다. 그런데 어떤 아둔한 뚱보가 내가 할 일을 가로챈 것이다. 그것도 내가 전혀 이해할 수 없는 신비스러운 방법으로!

그러나 내가 기가 죽은 것과 상관없이 인조 눈의 개발은 착착 진행 중이었다. 동물 실험은 오래전에 끝났으며 몇몇 지원자를 대상으로 한 인체 실험의 성과도 만족스러웠다. 우리는 HD텔레비전 수준의 해상도를 지원하는 반영구적인 인조 눈을 거의 완성하고 있었다. 시야가 다소 좁은 것이 단점이기는 했지만 컴퓨터에 직접 연결시켜 화상 정보를 보내거나 받을 수 있는 등, 보통 눈이 가지고 있지 못한 장점 또한 상당했다. 아직 인공 신경계의 연결이 조금 불안하기는 했으나 그것 역시 해결책을 찾아가고 있었다.

크리스마스날, 나는 선물 꾸러미 대신 완성된 인조 눈의 모델을 들고 한국을 찾았다. 놀랍게도 딸애 가족들이 모두 공항에 마중 나와 있었다. 나는 정아의 옷차림을 보고 놀랐다. 언제나처럼 단정했지만 취향이 확 바뀌어 있었다. 정아는 요새 자기가 직접 옷을 고른다고 자랑했다.

이제 정아가 떠들어대는 말만 듣고서는 그 애가 장님인지 전혀 모를 지경이 되었다. 그 애가 의도적으로 화제를 시각적인 면에만 고정했기 때문에 더욱 그랬다. 정아는 차가 부천 집에 도착할 때까지 최근에 열린 패션쇼나 새 영화, 전시회 같은 것들에 대해서만 유창하게 지껄였는데, 그 애가 그동안 '내가 보기에는'이란 말을 몇 번이나 했는지는 하느님이나 아시리라.

"에드 버크먼은 어떻게 되었니?"

짐을 풀고 한숨을 돌린 뒤 나는 정아에게 물었다. 정아는 무표정한 얼굴로 고개를 잘래잘래 흔들었다.

"이제 괜찮아요. 어느 정도 조절할 수 있게 되었어요. 해보니까 그렇게 어렵지 않았어요."

"이제 스트립 게임쇼는 안 봐도 되겠네."

"네, 어제는 콘첼로프스키의 〈바냐 아저씨〉를 보았어요. 그건 그렇고 제가 지금 뭐하고 있는지 아세요? 온라인에서 바이스너라는 사람을 만났는데 페이건 입자의 소실을 설명할 수 있는……."

전에도 말했던 것으로 아는데, 나는 영화에 대해서는 그렇게 잘 알지 못한다. 하지만 콘첼로프스키의 〈바냐 아저씨〉에 대해서는 알고 있었다. 뉴욕의 어느 소극장에서 그 영화를 일주일 동안 상영한다는 신문 광고를 우연히 보았던 것이다. 그 광고는 〈바냐 아저씨〉가 온라인에 올라가 있지 않은 영화라는 것을 유달리 강조하고 있었다.

"〈바냐 아저씨〉는 뉴욕에서만 하지 않았니?"

내가 물었다.

"네, 뉴욕에서 봤어요."

"에드 버크먼이 뉴욕에 있니?"

"네, 잠시 여행 왔어요. 얼마 전에 로잘린과 헤어졌거든요. 사실 헤어지건 말건 별 상관이 없지만요. 이제 버크먼을 텔레비전처럼 켜고 끌 수 있거든요. 다시 말해 그 사람의 사생활에 더 이상 참견할 필요가 없다는 거죠."

정아는 더 이상 버크먼에 대해 이야기하기 싫어했고 나 역시 계속 캐물을 수 없었다. 나는 이식수술로 화제를 돌렸다. 정아는 뜻밖에 미적지근한 반응을 보였지만 그렇다고 노골적으로 거부하지도 않았다.

딸애와 사위의 반응은 훨씬 열광적이었다. 나는 서투른 광고업자처럼 인조 눈의 장점들을 잔뜩 부풀리며 수술 날짜를 빨리 잡으라고 보챘다.

사실 모형을 챙길 때만 하더라도 이렇게 급하게 굴 생각은 없었다. 하지만 나는 더 이상 버크먼이 내 손녀와 동거하는 꼴을 보고 싶지 않았다. 적어도 정아가 자신의 눈으로 세상을 볼 수 있게 도와주고 싶었다. 정아가 지금 어떻게든 세상을 보고 있는 건 사실이지만 그건 결국 다른 사람의 눈을 통해서였다. 나는 정아가 버크먼에게 오염되지나 않을까 두려웠다. 아무리 생각해도 버크먼은 모든 이들의 모범이라고 할 만한 사람은 아니었으니까.

크리스마스 휴가가 끝나자, 나는 딸애 가족을 시애틀로 끌고 왔다. 16일의 준비기간과 172분의 수술로 모든 것이 끝났다. 정아의 새 눈이 지나치게 깨끗해 한동안 어색해 보였지만 수술이 성공적임은 분명했다.

정아는 잠시 유명인사가 되었다가 다시 그 바이스너라는 온라인 친구와 함께 페이건 입자 사냥으로 돌아갔다. 수술이 끝난 뒤 1개월쯤 뒤, 나는 정아와 채팅 도중 에드 버크먼에 대해 물었다. 정아의 대답은 간단했다.

"이제 그 사람과는 끝났어요. 더 이상 그 사람을 불러내지 않아요."

4

정아와 바이스너는 죽이 꽤 잘 맞았다. 그 애는 가끔 나에게 자기네 연구 과정을 설명하는 열광적인 편지를 보내곤 했지만, 그 애가 사용하는 수학은 내가 이해하기엔 너무 어려웠다. 정아는 나와 말이 통하지 않자 거기에 대해서는 곧 잠잠해졌고 나와는 고전 음악에 대해서만 이야기를 주고받게 되었다.

일 년 뒤 정아와 바이스너는 바이스너―신 다이어그램이라는 골치아픈 수학적 고안품을 들고 나와 유명해졌다. 사람들은 내가 달아준 눈 때문에 그 애의 연구가 진척을 보았다고 생각하지만 사실이 아니다. 연구는 그 애가 맹인이었을 때부터 진행 중이었고, 그 이후에도 인조 눈은 아무런 상관이 없었다. 말이 나왔으니 하는 말인데, 인조 눈이 멀쩡하게 작동하는 지금도, 정아는 깨어 있을 때의 거의 절반을 시력을 끈 채 지낸다. 정아에 따르면 필요도 없는 시각 정보는 생각에 방해가 된다고 한다.

인공 신경계의 안정성이 입증된 뒤, 나는 갑작스럽게 유명해졌지만 오히려 할 일은 축소되어버렸다. 나는 다시 '저명한 과학자'로 돌아가 홍보활동과 강연으로 시간을 축내며 돈이나 따먹는 신세가 되었다.

크리스마스까지 보름 정도 남은 어느 날 밤, 나는 강연 때문에 디트로이트에 와 있었다. 호텔에 자리를 잡고 적당히 저녁 식사할 곳이 없나 온라인 전화번호부를 뒤적거리다가 우연히 에드 버크먼이 떠올랐다. 플러싱은 디트로이트에서 그렇게 멀지 않다. 멀리서라도 그 사람이 어떻게 생겼는지 한번 보기라도 하는 게 어떨까? 진작 이 생각을 못 한 게 이상했다. 정아가 시력을 찾은 이후, 버크먼은 너무나도 빨리 우리의 기억 속에서 사라져버렸던 것이다.

나는 잠시 망설이다 플러싱 항목을 눌러 에드 버크먼의 이름을 찾아보았다.

에드 버크먼은 없었다.

로잘린 서머즈를 찾아 보았지만 마찬가지였다. 당황스러웠다. 잠시 동안 에드 버크먼과 로잘린 서머즈가 정아가 만들어낸 가공인물이 아닌가 하는 생각마저 들었지만 버크먼과 서머즈의 이름은 전에 분명히 플러싱 전화번호부에 있었다. 바로 일 년 전에 내 눈으로 확인했던 것이다.

나는 다시 한 번 시도해보기로 했다. 그 둘은 결혼해서 더 나은 직장을 얻어 이사라도 갔을지 모른다. 나는 인물 찾기 서비스로 가 버크먼과 서머즈를 찾아보았다. 이번에는 성과가 있었다. 로잘린 서머즈는 일 년 전부터 디트로이트에서 살고 있었다. 하지만 에드 버크먼의 최근 주소는 없었다.

불길한 생각이 들어 플러싱의 경찰 기록부로 들어가 에드 버크먼의 이름을 입력해보았다. 버크먼의 이름이 있었다. 그제서야 왜 버크먼의 최근 주소가 없었는지 알 수 있었다. 버크먼은 죽고 없었다. 3개월 전 욕실 안에서 권총으로 자기 머리를 날려버렸던 것이다. 경찰에서는 갑작스런 정신착란에 의한 자살이라고 결론지었던 모양이다.

기록부에는 에드 버크먼의 작은 사진이 실려 있었다. 내가 생각했던 것과 별로 다르지 않은 얼굴이었다. 뚱뚱하고 둔하고 천박하고 멍청해 보였다. 〈로잔느〉 당시의 존 굿맨과 어딘가 닮아 보였지만 멋없고 친근감 없으며 지저분했다. 하지만 이런 얼굴을 한 사람은 동기 불명의 자살 같은 복잡 미묘한 일은 저지르지 않는다.

머리가 갑자기 빙빙 돌기 시작했다. 나는 지금까지 정아의 눈으로만 버크먼을 보고 있었다. 정아에게 버크먼은 무엇이었는가. 다루기 힘든 두 발 달린 가전제품이었다. 왜 버크먼 역시 정아와의 동거에 영향을 받았을 거라고 생각하지 못했던 걸까. 왜 버크먼 역시 감정과 생각을 가진 인간이란 점을 잊고 있었던 걸까.

나는 버크먼 역시 정아의 감각을 받아들였다고 가정해보았다. 그것은 얼마나 불공평한 관계였겠는가. 정아는 버크먼의 눈과 귀로 보고 들으며 버크먼이 살고 있는 세계에 대한 정보를 완벽하게 소화해내고 있었다. 하지만 버크먼에게 정아는 정체불명의 존재였을 것이다. 버크먼은 정아의 눈으로 아무것도 볼 수 없었다. 정아의 귀로 들을 수 있는 말들은 가끔 방송을 통해 들려오는 영어를 빼면 어느 나라 말인지도 감을 잡을 수 없는 이상한 외국어였다. 그런데도 그는 그런 사람을 위해 꼭두각시 노릇을 해야 했다. 과연 정아의 영향력이 어느 정도였을까? 과연 버크먼이 자기 의지로 뉴욕에 갔던 것일까?

나는 한참 머뭇거리다가 로잘린 서머즈에게 전화를 걸었다. 마침 그 여자는 집에 있었다. 어떻게 그렇게 쉽게 거짓말을 지어낼 수 있었는지 나도 잘 모르겠다. 나는 태평스럽고 빠른 어조로 자신을 전미 초심리학회의 회원이라고 소개하고 자살한 에드 버크먼에 대해 인터뷰를 해도 되겠냐고 물었다. 답변이 미적지근하자 나는 인터뷰의 대가로 5백 달러를 지불하겠다고 못박았다. 나는 1시간 뒤를 약속시간으로 잡을 수 있었다.

로잘린 서머즈는 천박하다기보다는 평범하게 생긴 사람이었다. 생각보다 경제 사정은 좋아 보였고 옷차림도 그 정도면 깔끔했다. 놀랍게도 그녀는 내 얼굴을 신문에서 보아 알고 있었다. 나는 인공 신경계가 초심리학에 얼마나 중요한 것인가에 대한 엉터리 설명을 허겁지겁 덧붙여야 했다. 다행히도 그 신문기사 때문에 내 주가는 올라갔다. 나는 유명인사였다.

"정말 에디가 귀신에 들린 건가요? 하긴 의심을 하긴 했어요. 그 때까지만 해도 난 그 치가 약을 다시 시작했다고만 믿었지만요. 하지만 약만 가지고는 그런 이상한 일들을 할 리가 없죠."

그녀는 허리 꺾인 담배꽁초를 흔들어대며 외쳤다.

"구체적으로 무슨 일이 있었죠? 환청에 대해서는 알고 있습니다만."

나는 슬쩍 넘겨짚어 보았다.

"처음엔 귀에서 이상한 소리가 들렸대요. 마치 외국 방송을 튼

것같이 이상한 나라 말로 떠드는 소리가 들렸다나 봐요. 가끔 음악도 들렸는데 대부분 클래식 음악이었대요. 진짜 클래식이었는지 누가 알겠어요. 가사가 없었으니 대충 짐작했었겠죠."

그녀는 다소 바보같이 실실 웃었지만 '저명한 과학자'인 내 앞에서 자기 주가를 떨어뜨리기 싫었던지 곧 웃음을 멈추었다.

"그 밖에는요?"

나는 보챘다.

"엉뚱한 텔레비전 쇼를 보기 시작했어요. 그 치가 그렇게 좋아하던 스트립 게임쇼가 8시에 하는 걸 알면서도 이상한 발레나 음악회나 다큐멘터리 프로그램을 보기 시작하더라고요. 그 사람 그때 표정을 박사님도 봤어야 해요. 눈을 잔뜩 크게 뜨고 양손으로 의자 팔걸이를 꽉 잡은 채 덜덜 떨면서 텔레비전에 눈을 고정하고 있는데 정말 우습기 짝이 없었어요.

처음엔 전 에디를 놀려댔어요. 그 사람이 고전 비슷한 걸 읽었다면 기껏해야 미키 스필레인 따위가 전부였어요. 결혼식 때 나오는 결혼행진곡이 그 치가 아는 유일한 클래식이었을 걸요. 그런 걸 뻔히 아는 내 앞에서 갑자기 그렇게 잰 체하고 있었으니 웃길 수밖에 없잖아요?"

"언제부터 이상하다고 눈치채셨지요?"

"내가 놀려댔는대도 반응이 없었을 때부터요. 그때부터 무언가 잘못되었다고 생각했죠. 게다가 그 사람 서핑까지 늘기 시작했어요. 기껏해야 여자 누드 사진을 찾아 돌아다니는 게 전부였던 사람이 갑자기 이상한 학술 사이트까지 오가더라고요. 나도 과연 뭐가 그렇게 재미있어서 보고 있는지 한 번 어깨 너머로 슬쩍 들여다보았는데 그게 과연 영어이기는 한 건지……."

"왜 그러냐고 물어보셨나요?"

"물론 그랬었죠. 하지만 대답이 그냥 그랬어요. 멍하니 화면을 들여다보면서 '아, 그냥, 그냥……' 이런 말만 되풀이하더라고요."

그녀는 담뱃불을 비벼 끄고 꽁초를 쓰레기통에 집어 던졌다.

"갑자기 사람이 바뀌었다는 말이 아니에요. 처음엔 텔레비전 앞에서만 그랬거든요. 황당했지만 나도 곧 익숙해져서 나중에는 두말하지 않았어요. 스트립 게임쇼보다야 발레 같은 걸 보는 게 낫지 않겠어요? 딴 데 신경 쓸 데가 있으면 발레가 낫더라고요. 적어도 가사 없는 음악만 나오니까요. 말이 나왔으니 하는 말인데 에디 몸속에 들어갔던 귀신은 취미가 고상했던 모양이에요.

작년 가을부터였던 것 같아요. 그때부터 사람이 진짜로 이상해졌어요. 텔레비전 앞에서 뻣뻣하게 앉아 있는 정도가 아니었어요. 공장과 식당에서도 계속 중얼중얼거리면서 주변엔 신경도 쓰지 않았죠. 눈을 감고 필사적으로 무언가 생각하려고 기를 쓸 때도 많았어요. 그러다가 가끔 이상한 말을 외치기도 했고요. 그러다 결국 직장도 관두더군요.

텔레비전으로 발레를 보는 정도야 괜찮았지만, 사람이 그렇게 되니 참을 수가 없더라고요. 결국 난 그 사람과 갈라지기로 마음먹었어요. 그 사람에게 특별히 굉장한 감정을 느꼈던 것도 아니고 같이 사는 것도 아니었으니 가겠다고 한 마디만 해주면 모든 게 끝났지요. 그 사람, 나한테 작별 인사도 안 하더군요."

"그리고 여기로 이사왔나요?"

"네, 잘한 일이었어요. 플러싱 같은 곳에 박혀서 무얼 하겠어요. 참, 그 사람이 죽기 한 달 전에 소포를 받았어요. 보고 싶으세요?"

나는 고개를 끄덕였다. 로잘린 서머즈는 옆방으로 잠시 사라지더니 곧 상당히 큰 종이 상자를 하나 들고 왔다.

상자 안은 비교적 깔끔하게 정돈되어 있었다. 상자는 네 칸으로 나뉘어 있었는데 세 칸에는 작은 사진 앨범, 성인잡지에서 오려낸 것 같은 여자 누드 사진들, 포르노 디스크들, 야구 카드 묶음, 티비 가이드, 자동차 잡지 따위들이 들어 있었고, 그 위에는 '내가 버리지 않게 하기 위해'라고 써 있었다. 마지막 칸에는 볼펜으로 쓴 글씨가 빽빽하게 찬 노트가 한 권 들어 있었다. 나는 노트의 오른쪽 페이지만 쓰고 페이지 위쪽에 커다랗게 페이지 번호를 적는 방식에 주목했다. 바로 정아의 습관이었기 때문이다.

"무슨 뜻인지 모르겠어요. 미친 소리 같아요."

로잘린 서머즈가 어깨 너머로 쳐다보며 말했다.

그 사람의 말이 맞았다. 노트에 적인 낙서들은 모두 미친 소리였다. 그러나 버크먼의 처절할 정도로 형편없는 표현능력에도 불구하고, 나는 그를 이해할 수 있었다. 적어도 나에겐 로잘린에게 없는 사전 정보가 있었다.

버크먼이 서툰 두뇌를 필사적으로 짜서 내린 결론은 매우 흥미로운 것이었다. 그는 자신을 조종하는 '고급스러운 영혼(그의 표현이다)'이 지금까지 잊고 있던 또다른 자신이라고 생각했다! 기억상실증을 다룬 〈롱키스 굿나잇〉이나 〈나이트 윙〉 같은 영화들에서 그런 아이디어를 얻지 않았나 싶다. 처음에는 자기 자신을 잃지 않을까 걱정했지만 시간이 지나자, 그는 정아와 접속되어 있지 않는 동안에도 자발적으로 '고급스러운 영혼'을 기억해내고 자기 것으로 만들려고 발버둥 치게 되었다. 로잘린이 이야기해준 그의 미친 행동은 이제 설명이 가능했다.

수술 이후, 그는 정아의 눈으로 세상을 볼 수 있었을까? 아닌 것 같았다. 정아는 수술 이후 버크먼을 추방해버렸다(그 애에게는 그럴 능력이 있었다). 버크먼은 자신이 신비스럽고 우월한 존재라는 환상과 다음 계시를 기다리는 끝도 없는 기대감과 함께 홀로 플러싱에 버려졌다. 그리고 그는 자살했다.

"네, 정말 갑작스러웠어요."

로잘린 서머즈가 말했다.

"그쪽 경찰이 나에게 연락을 해왔어요. 연락할 사람이 나밖에 없었나 봐요. 결국 난 플러싱까지 다시 가서 경찰 조사를 받아야 했어요. 에디가 죽기 전에 남긴 쪽지를 보내주었는데 역시 무슨 뜻인지 알 수 없기는 마찬가지였어요. 애당초부터 어떤 문장이 아니었으니 말이에요. 이상한 그림이었어요."

"가지고 계세요?"

"아뇨. 하지만 그걸 찍은 사진이 이 상자 어디엔가 있어요. 잠시만요."

로잘린 서머즈는 상자 안을 잠시 휘젓더니 노란 서류봉투를 하나 꺼내 나에게 내밀었다. 나는 사진을 꺼내들고 보았다.

"뭔지 아시겠어요?"

그녀는 내 표정이 심상치 않았는지 조심스럽게 물었다.

"네, 한글이군요. 한국어 알파벳입니다."

"무슨 뜻인지 아세요?"

"'미안'. 미안하다는군요."

"아하."

로잘린 서머즈는 실망스러운 모양이었다. 나는 하찮은 질문을 한두 개 더 하다가 사진과 노트 값까지 포함한 천 달러를 그 사람에게 지불하고 집을 나왔다.

호텔로 돌아가는 택시 안에서 나는 아무도 읽지도 못할 이 두 글자를 얻어내기 위해 그가 얼마나 필사적이었을지 생각해보았다. 그가 얻을 수 있었던 정보란 엠보싱 프린터로 인쇄된 글자 몇 개와 알아듣지도 못하는 외국어가 전부였다. 외국어를 쓰는 장님 아이의 감각으로부터 이렇게 적절한 정보를 꺼내 조합하는 것은 분명 기적에 가까운 일이었다.

이제 나는 그의 자살까지 이해할 수 있었다. 그의 자살은 이 노란 종이에 서툴게 쓰여진 글자들한테 결정적인 의미를 부여하기 위한 보조수단이었다. 쓸모없는 시체 위에 얹은 하찮은 종이 조각에 불과했지만, 에드 버크먼에게 그것은 그 가망 없고 일방적인 전쟁으로부터 그가 거둔 유일한 그리고 결정적인 승리를 기념하는 기념비였다.

펜타곤

1

시체는 썩어가는 단백질 덩어리 이상도 이하도 아니다. 누구라도 자주 보면 자연스럽게 익숙해진다. 특히 우리와 같은 직업을 가진 사람이라면 시체가 어떤 꼴을 하고 있더라도 눈 하나 깜짝하지 않기 마련이다. 공업용 프레스기에 눌려 죽은 남자의 시체를 본 적이 있는가? 나는 보았다. 그건 내 마지막 살인이었다. 프레스기에서 으깨진 시체를 끌어내 호주머니를 뒤지면서도 나는 오이 샌드위치를 씹고 있었다. 오해 없기를 바라는데, 나는 지금 으스대는 게 아니라 단지 내 직업에 따르기 마련인 무감각 상태를 설명하고 있을 뿐이다.

그러나 김우식의 시체에는 결코 객관적일 수도, 냉정할 수도 없었다. 시체는 장의사 주최 미인대회에 나와도 될 만큼 깔끔했다. 가슴과 머리에 열선총이 낸 작은 구멍 하나씩. 그렇다고 그의 얼굴을 오랫동안 보고 지낸 편도 아니었다. 하지만 언제나 예외는 있는 법이고 이 경우에는 그가 바로 그 예외였다.

"죽은 지 30분쯤 지났네."

기자들과 통경統警 패거리들을 강당으로 내쫓고 온 최 부장이 우리에게 속삭였다.

"녀석이 자판기에서 커피를 막 꺼내들고 돌아서는 순간 정면에서 두 발 갈긴 거야. 말이 복도지, 여긴 다니는 사람도 없고 감시 카메라도 없네. 완전한 사각이야. 내가 자네들을 잘 가르친 건 사실인 것 같군.

의사 선생은 자기 방에서 죽었네. 탈출하려는 걸 막으려고 했던 모양이야. 역시 머리와 가슴을 맞았네. 아니, 들어가지 않아도 돼. 이미 시체는 치웠으니까. 하지만 그년이 그 양반 가슴에 핀으로 꽂아둔 사진은 내가 가지고 있어."

그는 평면 프린터로 찍은 작은 흑백사진을 내밀었다. 사진은 흐리고 초점도 맞지 않았지만 무엇을 찍었는지는 분명했다. 진암 공장에서 타 죽은 다섯 아이들의 시체였다. 끔찍한 사고였다. 하지만 우리들만의 잘못은 아니었다. 당시 상황이라면 누구라도 그랬을 것이다.

"김우식의 시체에서도 비슷한 게 나왔네. 그년은 지금 목사처럼 우리에게 설교를 하고 있어. 왜 갑자기 그렇게 된 건가, 왜?"

그는 우리에게 얼굴을 들이대며 목소리를 높였다. 그가 내뱉은 마지막 문장은 분명히 수사학적인 질문은 아니었다. 누군가가 대답해야 했다. 나는 목을 가다듬고 앞으로 나왔다.

"저희도 모르겠습니다. 하지만 그 여자는 우리보다 훨씬 수술의 충격이 컸으니까 그 때문에 조금 정신이 나갔을지도 모릅니다."

"수술 충격? 수술 충격 좋아하네. 다 죽은 걸 비싼 돈 들여 되살려놨더니 동료 머리에 구멍을 내고 내빼? 도대체 무슨 충격을 그렇게 받았길래?"

나로서도 대답할 수 없는 질문이었다. 그러나 그가 다시 나를 다그치기 전에 파벨 자미노프 박사가 구세주처럼 강당에서 나왔다.

"통경 패거리들이 또 시비요. 부장이 직접 나가시오. 난 저 바보들을 상대할 만큼 한가하지 않아. 왜 저것들을 빨리 내쫓지 않소?"

부장은 욕을 씹으며 자미노프를 따라 안으로 들어갔다. 문이 다 닫히지 않았기 때문에 부장이 떠드는 소리가 우리 귀에까지 들어왔다. 나는 어정쩡한 자세로 복도 벤치에 주저앉았다. 고개를 숙이니 김우식의 벌어진 입과 거기서 떨어진 침이 고여 생긴 작은 못이 눈에 들어왔다. 나는 눈을 감았다.

강당 안의 언쟁은 점점 심해져 갔다. 부장이 어떻게 수를 쓰건 통합경찰은 수사권을 가만히 앉아서 빼앗기지만은 않을 것이다. 곧 그들은 독자적으로 수사를 시작할 것이고 통신망을 통해 병원 살인범의 정보가 그들의 지국으로 배포될 것이다. 이름; 구엔 투 레. 나이; 32세. 키; 158센티미터. 직업; 유치원 교사. 교통사고로 입원 중 의천시립병원에서 뇌전문의 강문구와 외무국 3등 서기관 김우식을 열선총으로 사살하고 도주. 웃음이 절로 나왔다. 도대체 누가 이 말도 안 되는 소리를 믿겠는가. 통경 패거리들이 아무리 바보 집단이라도 뭔가 수상하다고 여길 것이 분명하다. 빌어먹을. 빌어먹을 최 부장, 빌어먹을 정치국, 빌어먹을 구엔 투 레, 빌어먹을 펜타곤 계획, 빌어먹을 라자러스 콜튼.

2

구엔 투 레는 작고 마른 체격에 조금은 초라해 보이는 여자였다. 우리 식으로 크게 웃으려고 해도 언제나 자그만 입이 그 웃음을 중간에서 가로막았다. 잘 맞지 않는 커다란 병원복 때문에 그녀는 더욱 작고 쓸모없어 보였다.

수술 이후에도 그녀는 언제나 우리들로부터 조금씩 떨어져 있었다. 그들이 우리들 다섯 명을 한 방에 밀어 넣고 서로에게 인사를 시켰을 때 그녀를 보고 나를 포함한 다른 사람들이 얼마나 놀랐을지 상상해보라. 구역질. 우리가 가장 먼저 일으켰던 반응은 구역질이었다.

"화장실 갈 때마다 애먹으시겠어."

미하일 페렐리만이 낄낄거리며 말했다. 벌써부터 그 녀석의 말투에는 강한 러시아 악센트가 섞여 있었다. 바보 같은 쇼였다. 그 녀석도 우리처럼 러시아어는 아주 기초밖에 못했다.

그들이 우리로부터 무엇을 알아내려고 했는지 나는 모른다. 우리는 많은 것들을 알고 있었지만 그것들이 무엇을 의미하는지는 전혀 몰랐다.

그들은 우리에게 끊임없이 이야기를 하게 했다. 질문의 횟수만 따진다면 그들이 가장 흥미 있어 하는 부분은 우리가 불타는 지붕 아래에 깔리고 말았던 마지막 사고였던 것 같았지만 그것도 확신할 수 없다. 그들이 자기 속을 그렇게 쉽게 보일 리가 없기 때문이다. 하지만 우리가 그렇게 생각하기를 그들이 바랐을 수도 있다.

가장 말이 많았던 사람은 안재호였다. 놈은 약간의 자극만 주면 쉴 새 없이 떠들었다. 마치 잘려나간 양팔에 갈 에너지를 모조리 혀에 끌어 쓰는 것 같았다. 분위기만 잘 잡아주었다면 나 역시 그렇게 떠들 수 있었을 것이다. 그러나 어느 정도 이야기할 기분일 때도 그가 먼저 입을 열었다. 나는 그가 싫었다. 무엇보다도 그가 내 어투를 흉내 내고 있기 때문에 싫었고, 그래도 어느 정도는 감추어두고 싶었던 우리들의 작은 비밀들까지 고장 난 녹음기처럼 정신없이 쏟아냈기 때문에 싫었다.

심사관들의 태도는 예의 바르고 정중했다. 그들은 마치 우리와 초면인 것처럼 '안재호 씨', '페렐리만 씨'라고 불렀다. 자, 페렐리만 씨, 그럼 이제 작년 4월에 있었던 유조탱크 폭발 사건에 대해 이야기해볼까요? 김우식 씨, 당신이 접촉했던 신디케이트의 요직 인물들 중 이 사진에 없는 사람은 누구입니까? 윤영규 씨, 마지막 사고 때 건물 2층에 불이 들어온 것을 보았습니까? 아니, 이번엔 가만히 계세요. 안재호 씨, 이번엔 윤영규 씨의 답변을 듣고 싶군요.

가끔 나는 구엔 투 레의 맑고 가볍게 떨리는 목소리를 들을 수 있었다. 그녀는 페렐리만이 그랬던 것처럼 억지로 베트남인 흉내를 내려고도 하지 않았다. 안재호처럼 아무 일도 없었다는 듯 태평스럽게 굴지도 않았다. 그녀는 연기하지 않고 그냥 자연스럽게 이야기했다. 대부분 그녀가 하는 이야기는 안재호나 다른 사람들의 기억을 확인하는 수준에 불과했다. 하지만 가끔 그녀도 언성을 높일 때가 있었다. 특히 안재호가 자랑스럽게 기본 인권 보장 위원회의 에드가 첸을 사살했을 때를 회상하자 그녀는 거의 스프링처럼 의자에서 튀어 올랐다.

"전부 잘못되었어! 왜 똑바로 이야기하지 않지? 당신이 언제 에드가 첸과 이야기할 생각이라도 했어? 그 사람이 공장에서 나오자마자 당장 뒤통수를 쏘았잖아! 우린 그 사람을 그냥 개처럼 쏘았던 거야!"

나는 쇼크를 받았다. 그녀가 우리의 직업적 자존심을 망가뜨렸기 때문이 아니라 그녀가 안재호를 '당신'이라고 불렀기 때문이었다. 다시 '우리'라고 정정하기는 했지만, 그녀가 무슨 생각을 하는지는 그때부터 분명해졌다. 그녀는 빌라도처럼 심사관들이 보는 앞에서 손을 씻었다. '봐요, 나는 과거의 일에 대해 아무런 책임이 없어요.'

그리고 그로부터 일주일 뒤, 그녀는 의사 선생과 김우식의 머리에 구멍을 내고 병원에서 달아나버렸다.

3

통경도, 정치국도 구엔 투 레를 찾지 못했다. 의사들이 그녀의 몸 안에 삽입했던 통신기는 두진쩨프 극장 부근의 하수도에서 발견되었다. 이제 그들은 그녀가 왼팔에 꽤 큰 상처가 나 있을지도 모른다고 추정하게 되었다. 그러나 그런 걸 알았다고 달라지는 것은 없다. 이런 일을 16년 동안이나 해온 사람이라면 경찰과 정치국이 쓰는 수법들 따위는 훤하기 마련이다. 나에게 천 크레디트쯤 되는 현금과 충전된 열선총을 주고 병원에서 내쫓아보라. 쥐도 새도 모르게 의천시의 틈 사이로 기어 들어가 동면쥐처럼 아주 편하게 숨어 있을 것이다. 원래부터 추적자들에게 불공평한 게임이다.

우리들은 결국 퇴원하지 못했다. 명목상으로는 예상 못 한 후유증 때문이었다. 그러나 감시는 점점 엄격해졌고 자유시간도 줄어들었다. 남아 있는 우리들 셋이 어쩌다가 한 방에 모이기라도 하면 누군가에게 즉시 호출이 떨어졌다.

연좌제. 바로 그것이었다. 구엔 투 레가 저지른 범죄 때문에 지난 16년 동안 쌓아왔던 우리들의 신뢰도도 바닥까지 뚝 떨어지고 말았다. 그녀가 그런 일을 저질렀다면 우리들도 저지를 수 있다. 그렇다면 지금까지 우리가 보여주었던 성실성과 충성 역시 그들에게는 허약하기 짝이 없어 보일 것이다.

"그 여자는 도대체 왜 그런 짓을 했을까?"

페렐리만이 점심시간 때 우리에게 속삭였다. 감시관 중 한 명이 잠시 자리를 뜬 뒤였다. 다른 한 명은 남아 있었지만 우리를 자연스럽게 제지하기에는 조금 멀리 떨어져 있었다. 아직까지 우리에게 내려진 제약은 공식적인 것이 아니었다.

"우리가 싫었겠지."

내가 대답했다.

"우린 치사한 악당들이고 살인자들의 앞잡이들이며 지독한 인종

차별주의자들이니까. 누군가 죽여주면 세상에 이롭긴 해."

"하! 자기는 뭐 우리보다 잘났었나?"

안재호가 의수를 흔들며 항의했다.

"아마 얼마 전부터 그렇게 생각했었는지도 몰라. 두 달은 긴 시간이야. 사람이 머리끝부터 발끝까지 바뀔 수도 있어. 그러니까 그동안 그 여자는 바뀌었고 우리는 바뀌지 않았던 거야. 아니, 바뀌지 않은 게 아니라 비교적 덜 바뀌었지. 그 여자만큼은 아니어도 나도 내 일이 싫어. 이미 저들에게 줄 건 다 주었으니까 일이 다 정리되면 난 일을 그만둘 수 있는 길을 찾아보겠어. 어차피 이렇게 뚱뚱한 몸으로는 잘 뛰지도 못할 테니까."

내 목소리에 어느 정도 짜증이 섞여 있었는지도 모르겠다. 페렐리만과 안재호는 불만스러운 듯 얼굴을 찌푸렸다. 그들이 뭐라고 대답하기는 했지만 나는 듣지 않았다. 나는 은퇴를 생각했고 지금은 달아나고 없는 구엔 투 레를 생각했다. 하지만 생각은 갑작스럽게 떨어진 호출로 중단되었다. 우리는 다시 폐쇄실로 끌려갔다.

구엔 투 레가 달아난 뒤로 우리들에게 떨어지는 질문들은 보다 직접적이 되었다. 대부분의 질문들은 '만약 당신이 그 여자라면……'이라는 말로 시작했다. 우리는 구엔 투 레의 탈출 경로를 추측해내야 했고 그녀가 숨어 있을 만한 곳을 추리해내야 했다. 전과는 달리 수많은 자료들이 직접 우리에게 주어졌다. 우리는 머리를 싸매고 그녀처럼 생각하고 그녀처럼 이야기해야 했다.

심사관들도 이제는 보다 적극적으로 참여했다. 그들뿐만 아니라 정치국의 보다 덜 고상한 사람들까지 가세했다. 이제 더 이상 예의

나 형식은 없었다.

"좋아, 다시 한 번 검토해볼까?"

최 부장은 다리를 테이블 위에 올려놓고 발 사이로 우리를 째려보며 말했다.

"아마도 그 여자는 도시 밖을 빠져나가지 않을 것이다. 이건 자네들 모두가 동의했다. 그 여자는 어떻게든 정치국에 보복을 하려고 할 것이다. 여기까지도 모두 동의했어. 하지만 어떻게? 페렐리만은 그녀가 가진 정보들을 모조리 통합정부나 언론에게 흘릴 것이라고 했다. 하지만 지금까지 우리 기밀이 그쪽에 누출되었다는 정보는 없어. 안재호는 그 여자가 직접 물리적 보복에 나설 것이라고 했다. 그러나 그 방법에 대해서는 아무런 생각이 없어. 윤영규 자네는 그 여자가 계속 숨어 다니면서 우리가 지칠 때까지 기다릴 것이라고 했다. 그런데도 자네가 추정하는 은신처들은 모조리 틀렸어. 자네들이 정말 한 패거리가 맞나?"

나는 어깨를 으쓱했다.

"그 여자도 우리가 무얼 알고 있는지 알고 있습니다. 정치국이 우리로부터 정보를 얻고 있다는 사실도 알고 있겠지요. 달아나기 전부터 다 고려에 넣었을 겁니다. 부장님, 저희가 여기 앉아서 이런 교리문답을 주고받는다고 사정이 달라지지는 않습니다. 저희는 그 여자와 텔레파시가 통하는 사이도 아닙니다. 두 달 동안 저흰 모두 많이 변했습니다. 그리고 그동안 그 여자는 저희에게 거의 속을 보이지 않았단 말입니다. 만약에 저희가 그 여자를 속속들이 다 알고 있다고 하더라도 바깥 상황에 대한 정보가 없으면……."

"그래서?"

"저희가 직접 나가서 그 여자를 찾아볼 수도 있습니다."

이 사태를 해결할 수 있는 최선의 방법이었지만, 최 부장을 포함한 정치국 친구들에게는 결코 믿을 만한 생각이 아니었다. 요란스러운 논쟁 끝에 내 발안은 거부되었다. 대신 우리에겐 새로운 과제들과 다양한 실험들이 주어졌다. 텔레파시란 말을 꺼낸 게 실수였을지도 모른다. 새로 나타난 연구원들 중 두 명은 분명히 초심리학자들이었다. "지금 무슨 굿판이라도 벌이는 줄 아시오?" 자미노프 박사는 투덜대며 정치국 사람들에게 항의했지만 그들은 듣지 않았다.

'굿판'은 예상보다 빨리 끝났다. 그녀가 달아난 지 76시간 뒤에 통경 패거리들이 구엔 투 레의 흔적을 발견했다. 그녀와 인상착의가 유사하고 몇몇 동일한 행동 패턴을 보이는 한 여자가 북 24구의 한 속성건물 근처의 카메라에 잡혔다. 그녀의 반쯤 드러난 왼팔에는 압박붕대가 단단히 감겨 있었다. 서툴렀다. 두 달 동안 솜씨가 많이 삭은 모양이다. 저렇게 빨리 노출되다니.

흔적을 발견했다고 그 여자를 곧 찾을 수는 없었다. 통경은 그 건물을 덮쳤지만 그녀는 이미 내뺀 지 오래였다. 그러나 정치국보다 통경이 먼저 그 여자를 찾았다는 사실 때문에 우리의 입지는 바닥까지 뚝 떨어졌다. 우리는 이제 믿을 수 없을 뿐만 아니라 무능하기까지 한 존재로 낙인 찍혔다.

우리는 격리 감금되었다. 더 이상 가증스러운 겉꾸밈이 없어서 나로서는 오히려 그 상태가 편했다. 어차피 두 달 동안 우리는 죄수 신세였다. 코웃음이 나왔다. 다 죽은 걸 살려주었다고? 이게?

자미노프 박사가 내 방에 찾아왔을 때, 나는 오래간만에 편한 마음으로 벽 구석에 박힌 모니터에서 나오는 지난 세기의 흑백 영화를 보고 있었다. 동그란 얼굴의 키 큰 여자가 술집 주인에게 총을 들이대고 구식 영어로 여권인가 뭔가를 내놓으라고 협박하고 있었다. 중간부터 보았기 때문에 어느 쪽이 나쁜 쪽인지 알 수가 없었다.

결국 끝까지 모르고 말았다. 자미노프 박사가 모니터를 끄고 그 앞에 의자를 끌고 와 앉았기 때문이다.

"이야기 좀 할까?"

그가 물었다.

"할 이야기가 또 있습니까? 전 이미 변명을 충분히 들었어요."

"변명? 난 변명한 적 없네. 자네들에게 상황을 설명했을 뿐이야. 난 자네들의 생명의 은인이야. 자네가 이곳으로 왔을 때 어떤 꼴이었는지 아나? 반쯤 타다 만 32킬로그램짜리 고기 덩어리였네. 그 꼴이 된 걸 살려주었으면 감사하다고 한 마디 해야 하지 않나?"

"죽으려던 걸 살려주었으면 고맙다고 하긴 하겠지요. 하지만 전 그때 이미 죽어 있었어요. 편하게 죽어 있는 사람을 억지로 끌어내 엉뚱한 몸에 심은 게 뭐가 그렇게 고마운 일입니까?"

"고마운 일일걸. 자넨 죽으면 지옥에 갈 테니까."

"언제부터 사후세계를 믿었습니까?"

자미노프는 말장난에 흥미를 잃은 듯했다.

"자네가 이 꼴이 된 건 순전히 정치국 바보들 때문이네. 펜타곤 계획이 시작될 때부터 난 이 모든 일들을 경고했네. 녀석들은 사람을 컴퓨터의 하드웨어와 소프트웨어 정도로 생각하네. 하드웨어가

망가졌으니 거기서 파일을 꺼내 다른 곳에 옮겨 심겠다는 거야. 하지만 그렇게 되지는 않지. 둘은 서로에게 영향을 주기 마련이네. 녀석들은 육체가 정신한테 줄 수 있는 영향력을 과소평가해. 구엔 투 레가 그렇게 된 것도 사실은 그 때문이라고 할 수 있어. 그녀가 임신 중이라는 걸 아나?"

내 낄낄거리는 웃음소리가 싫었는지, 자미노프는 얼굴에 주름을 잔뜩 잡고 험악한 표정을 지었다.

"농담이 아니야. 그 여자는 지금 임신 10주째야. 우리도 어제까지는 몰랐다네. 그 여자는 탈출하기 열흘 전에 자가 진단을 했어. 진단 데이터를 어제야 발견했네. 임신이란 건 보통 일이 아니야. 특히 원래 남자였던 사람에게 그런 일이 일어났다면 말이네. 강한 심리적 충격을 주기에 충분하지. 난 아까 새로 발견한 데이터를 넣고 구엔 투 레의 행동 시뮬레이션을 다시 돌려보았다네. 구엔 투 레가 실제로 저지른 일은 컴퓨터가 추측해낸 최악의 상황에 비하면 어린아이 장난이었어. 하지만 다른 사람들은 그렇게까지 심한 충격은 받지 않았네. 그러니까……."

"그래서요? 최 부장한테 가서 그 여자는 임신해서 그렇게 된 거니까 우리를 그만 풀어달라고 말할 겁니까? 말도 안 됩니다. 저흰 뭐 그 여자보다 나은 줄 알아요? 페렐리만은 엉뚱하게 러시아인이 되었고 안재호는 양팔이 없습니다. 그리고 저는…… 하하하! 깨어나서 얼마나 놀랐는지 알아요? 전 세상에 이렇게 뚱뚱한 사람이 있다고는 상상도 한 적이 없어요. 그리고 그게 하필이면 저였단 말입니다."

"자넨 그렇게까지 뚱뚱하지는 않아."

"하긴 그럴지도 모르죠. 하지만 다시 죽고 싶을 만큼은 충분히 뚱뚱해요."

"뇌사한 시체를 구하기가 그렇게 쉬운 줄 알아? 24시간 편의점에서 깡통에 담아 판다면야 자네에게 충분히 멋진 몸을 줄 수 있었을 걸세. 하지만 선택의 기회가 없었고…… 그리고 젠장! 이건 별로 최악의 상황도 아니란 말이야! 살이야 빼면 되지 않나! 안재호에게 팔 달아주는 것 역시 일도 아니고!"

"살이야 빼면 된다고요? 그럴지도 모르죠. 하지만 이미 뒤집어엎은 저는 어떻게 책임을 질 겁니까? 전 지금까지 한 번도 임무 때문에 고민해본 적 없었습니다. 하지만 지금은 어떤지 알아요? 눈만 감으면 머릿속이 드라이아이스를 던져 넣은 욕조처럼 부글부글거려요!"

"책임 전가하지 말게. 아마 기억 전사 과정에서 누락된 기억 때문에 잠시 정신이 혼란스러워졌기 때문일 걸세. 하지만 그런 일이야 수술 받지 않은 사람한테도 흔히 일어나는 일이 아닌가?"

그는 의자에서 일어나 몸을 쭈욱 폈다.

"제발 튀지 좀 말게. 난 자네에게 도움을 부탁하러 왔어. 라자러스 콜튼이 죽은 뒤로 나는 어떻게든 펜타곤 계획을 현실화하려고 애를 써왔어. 기회가 이렇게 찾아왔는데 이런 식으로 끝나게 내버려둘 수 없네. 자네들이 어떤 쓰레기여도 상관없네. 난 충분한 데이터가 모일 때까지 자네들을 살려두어야 해. 정치국원들의 밥이 되게 내버려둘 수는 없어. 난 어떻게든 자네들을 변호할 길을 찾아보겠네. 그러니 제발 뻣뻣하게 굴지 말고 그쪽 사람들에게 적극적으로 협조하게. 자넨 지금까지 너무 비협조적이었어. 최 부장 말에 따르면 그 여자가 숨어 있던 속성건물도 자네가 조금만 신경을 썼다면 알아낼 수 있었던 곳이었다더군. 왜 아는 것들을 다 말하지 않나?"

"정말 그곳에 대해 몰랐어요. 기억 전사 과정 중에 누락되었던 모양이죠."

"그럼 그렇다고 해두지. 난 다른 친구들을 만나러 가보겠네. 그 동안 자네 입장이나 생각해봐."

4

두 달 동안 15번이나 꾸었던 꿈을 그날 또 꾸었다. 내 몸이 거대한 젤리처럼 진하고 끈적거리는 붉은 바다 속에 천천히 가라앉는 꿈이었다. 몸이 아래로 가라앉을수록 숨은 서서히 막혀왔고 압박감은 점점 심해졌다. 나는 비명을 지르려고 했지만 끈적끈적한 물이 목을 막았다. 보통 이때쯤에서 깨어나기 마련이었는데 그날은 조금 더 나갔다. 내 목을 틀어막은 물은 단단하게 굳기 시작하더니 사정없이 내 몸을 두들겼다.

나는 헐떡거리면서 눈을 떴다. 안재호가 겁에 잔뜩 질린 얼굴로 내 몸 위에 올라탄 채 내 입을 의수로 막고 있었다.

"아무 소리도 내지 마!"

그는 쉰 목소리로 작게 내뱉었다.

나는 고개를 끄덕이고 몸을 일으켰다. 그는 조용히 침대에서 미끄러져 내려왔다. 우리 둘 다 숨소리 하나 내고 있지 않았지만 주변은 베이징 국제공항을 빰칠 만큼 시끄러웠다. 사람들이 뛰어 다니는 소리, 사이렌 소리, 전화벨 소리…….

"무슨 일이야?"

나는 입술만 움직여 물었다.

"일이 났어."

그 역시 소리 내지 않고 대답했다.

"무슨 일?"

"그 여자가 여기로 돌아왔어. 놀러 온 게 아니야. 다시 달아나기 전에 최 부장과 페렐리만의 머리를 두 동강 냈어."

목이 갑자기 확 졸리는 느낌이 들었다.

"페렐리만도 죽었어?"

그는 고개를 끄덕였다.

"원래부터 페렐리만을 노리고 온 거야. 북 24구에서 찍힌 구엔 투 레의 동영상을 기억해? 몽땅 사기였어. 가장 최근 자료랍시고 통경과 정치국에서는 그 영상을 바탕으로 그 여자의 행동 패턴과 외모 자료를 업그레이드했지. 바보들이 그걸 가지고 의천시 전역을 이 잡듯 뒤지는 동안 그 여자는 간호사로 변장하고 다시 병원으로 돌아와서는…… 휙! 페렐리만의 뇌를 머리에서 잘라낸 거야. 병신 같은 최 부장은 그때 하필 그 녀석의 방에 있다가 같이 당했어. 전에 남겨둔 것과 같은 사진도 남겨두었다나 봐. 만약 그 여자가 단층 보안기를 좀 더 오래 제어할 수 있었다면 우리도 죽였을 거야!"

만약 그가 소리 내서 말했다면 거의 목소리를 알아들을 수 없었을 것이다. 그는 사시나무처럼 덜덜 떨고 있었다. 갑자기 그의 의수에 어색하게 들린 작은 충격총이 눈에 들어왔다.

"여긴 어떻게 들어왔어?"

내가 물었다.

"의사 선생이 열어주었어. 그 사람은 어떻게든 우리를 살리려고 발버둥 치는 사람이니까. 여기 단층 보안기를 차단시킨 것도 그 양반이야. 네 방 코드 번호를 알려준 사람도 그 양반이고. 그 양반이 어떻게 알아냈는지는 모르겠어. 총은 최 부장 것을 훔쳤어. 녀석은 몰랐지만 난 어제 그 녀석의 개인 코드를 알아냈단 말씀이거든. 네 총도 하나 있어. 자, 받아. 그리고 빨리 옷 입고 나갈 준비를 해."

"왜?"

"왜냐고? 여기 있으면 어떻게 되는지 알아? 정치국 녀석들이 우리를 그냥 내버려둘 것 같아? 우린 죽어! 왜 우리를 살려두겠어? 녀석들이 알고 싶어하던 정보가 뭔지는 몰라도 지금까지 우리한테서 다 뽑아갔으니 우린 이제 쓸모도 없어. 정치국에서는 위험한 다리를 건너지 않을 거야. 언제나 진짜 중요 인물이 되고 싶어했지? 축하한다. 이제 너뿐만 아니라 나도 중요 인물이야. 우리 머릿속에 뭔가 굉장한 게 들어 있지 않았다면 그렇게 비싼 돈을 들여서 우릴 살렸겠어? 우린 입만 놀리면 주변 반경 천 킬로미터 정도는 들썩거리게 할 수 있는 폭탄일 거야. 신디케이트나 통합정부에 우리가 넘어간다면 정치국에서는 일이 나겠지. 그러니까 그 전에 싹둑!"

"그래서 어떻게 하라고? 도시 밖으로 도망가라고?"

“더 나은 방법이 있어. 정치국보다 먼저 그 여자를 찾는 거야.”

“미쳤어? 이 몸으로 나보고 뛰라는 얘기야? 사양하겠어. 자미노프가 어떻게든 해주겠지. 그 여자가 임신했다는 사…….”

“의사 선생이 뭐라고 하건 정치국은 우리를 죽일 거야. 그렇다고 신디케이트에 빌붙나? 어림없지. 우리가 무얼 주건 그쪽은 우릴 결코 용서 못 할걸. 통합 정부 따위는 믿을 수 없다는 사실은 네가 더 잘 알잖아. 결국 우리가 의지할 패거리는 정치국밖에 없어. 그러니까 그 여자를 잡아서 정치국에 넘겨주는 거야. 아주 무리한 계획도 아니야. 우선 그 여자를 찾기엔 우리가 가장 유리해. 그 여자는 막 병원에서 빠져나갔으니까 지금부터 쫓는다면 우린 전보다 훨씬 유리한 상황에서 추적할 수 있어. 그러니까 제발 따라 나와. 넌 움직이는 것보다 죽는 게 편할지도 모르지. 하지만 난 싫어. 게다가 난 너 없으면 그 여자와 상대할 수가 없어. 이 멍청한 기계손은 전혀 말을 듣지 않는단 말이야.”

“하지만 어떻게 나가지?”

그는 어처구니가 없다는 듯 혀를 찼다.

“지금 병원은 반쯤 장님이야. 그 여자가 들어오면서 중앙 컴퓨터의 센서들을 차단해버렸어. 여기 복도의 단층 보안기들은 나하고 의사 선생이 이미 손을 보았고 말씀이야. 조금만 민첩하게 몸을 놀리면 빠져나갈 수 있어. 일어날 거야, 말 거야?”

그는 삐걱거리는 의수를 서툴게 놀리며 내 옷가지를 챙겨주었다. 나는 무거운 몸을 힘겹게 일으켜 그가 던져주는 옷을 입고 신발을 신었다. 내가 준비를 끝내자 그는 문에 달린 작은 유리창에 눈을 들이대고 바깥을 내다보았다. 안심해도 되는 모양인지 그는 문을 열고 나에게 손짓을 했다.

우리는 겉늙은 보이 스카우트처럼 서투른 동작으로 복도를 빠져나왔다. 안재호의 의수들은 몸이 흔들릴 때마다 삐걱거리는 소리를 냈기 때문에 그는 마침내 짜증을 내며 왼쪽 의수를 뽑아 코트 주머니 안에 쑤셔 넣었다.

우리의 새 몸은 엉성했고 쉴 새 없이 비척거렸지만 계속 움직이다보니 그런대로 우리를 따라와 주었다. 박살난 보안장치 덕에, 우리는 발각되지 않고 가장 가까운 계단까지 빠져나갈 수 있었다. 계단에는 각 층마다 보안 카메라가 설치되어 있었지만 우리는 무시하고 그냥 뛰었다. 지하실에 도착하자 우리는 세탁노선을 따라 병원 물품 수송라인으로 숨어들었다. 먼지투성이 상자들 사이에서 한참 부대끼고 있으려니, 이 미친 계획을 꾸민 사람이 안재호인지 자미노프인지 궁금해졌다.

우리는 물품 수송라인이 두 번째 마디에서 꺾어지는 틈을 타서 병원폐기품 라인으로 건너뛰었다. 다른 쓰레기들이 고압 운송 파이프로 떨어지기 직전에 우리는 간신히 이 롤러코스터에서 빠져나올 수 있었다. 나는 헐떡거리며 주위를 둘러보았다. 우리는 도시 위생국의 제224 쓰레기 종합처리장에 와 있었다. 병원으로부터 한 1킬로미터 정도쯤 떨어진 것 같았다. 나는 후들거리는 다리에 간신히 힘을 주고 안재호의 뒤를 따라 밖으로 나갔다.

새벽 특유의 쓰레기 악취가 폐 속으로 몰려왔지만 두 달 동안 병원의 소독약 냄새만 맡아왔던 나에겐 그 악취가 오히려 향기롭게 느껴졌다. 몸은 여전히 무거웠고 조금만 걸어도 숨이 가빴으나 나는 부지런히 안재호의 뒤를 따랐다.

"그 여자는 어느 길로 나갔지? 처음에는 하수도였지. 하지만 그쪽은 이미 막았잖아. 어떻게 나갔는지 알아?"

남 12구의 첫 번째 사거리로 접어든 뒤, 내가 헐떡거리며 물었다.

"역시 하수도였어. 하수도로 들어가서 하수도로 나왔다. 나름대로 허를 친 거지. 그 여자는 감시관들이 달아놓은 차단기를 무력화하는 도구를 가지고 있었어. 하지만 우리에겐 단서를 준 셈이야. 기억 안 나?"

"뭘?"

"그런 차단 중화기는 그냥 만들 수 없어. 게다가 그 여자는 겨우 2천 크레디트밖에 안 들고 나갔잖아. 그렇다면 그 여자는 중화기를 어떻게 구하거나 만들었을까?"

이제 나는 그가 무슨 생각을 하고 있는지 알았다. 사실, 병원에서 나오기 전부터 어느 정도 짐작하고 있었던 일이기도 했다.

의사 선생도 짐작했던 것처럼, 우리는 심사관들에게 모든 것들을 다 이야기하지 않았다. 우리는 결코 청렴결백한 관리는 아니었다. 예를 들어 우리는 꽤 양질의 무기들을 정치국에 제출하지 않고 숨겨두고는 몇몇 암거래상과 거래하고 있었다. 심사관 앞에서 수다스럽기 그지없었던 안재호도 이 부분에 대해서는 입을 다물었다.

중화기는 그것들 중 일부는 아니었지만 그 무기들의 부품들을 가지고도 충분히 조립해낼 수 있는 도구였다. 그렇다면 그 여자가 잠시 동안이나마 우리의 비밀 창고에 갔었다는 건 분명하다.

“그 여자는 지금 거기에 없을 거야.”

나는 힘겹게 말했다.

“있건 없건, 우리는 그곳을 첫 번째 탐색을 위한 기준점으로 삼을 수 있어. 여긴 남 12구의 첫 번째 사거리 모퉁이야. 10분만 걸으면 우리 창고가 나와.”

그는 주머니에서 의수를 꺼내 다시 끼우고 양손을 쥐었다 폈다 해 보이더니 나를 향해 조금 바보스럽게 웃었다.

“따라와 주어서 고마워. 안 올까 봐 걱정 많이 했다.”

“왜 그렇게 생각했어?”

“우린 많이 달라졌으니까. 그 염병할 수술 이후로는 세상이 뒤바뀐 것 같아.”

그는 우리 창고가 있는 7층 건물의 계단을 오르면서도 계속 수술 이야기를 했다. 그의 수다는 창고 입구에서야 간신히 멈추었다. 우리는 문 앞에서 한참 머뭇거리다가 안전 자물쇠를 열었다. 번호는 그대로였다. 창고 안으로 들어갔지만 안에는 아무도 없었다.

우리는 다소 풀어진 기분으로 주변에 널려 있는 잡동사니들을 체크했다. 안재호의 말이 맞았다. 분명히 누군가가 들어온 흔적이 있었고 상자들도 몇 개 풀려 있었다. 나는 벽 구석의 간이침대에서 움푹 파인 흔적을 발견했다. 하루나 이틀쯤 여기에 머물렀던 모양이다.

“서투르군.”

안재호가 투덜거렸다.

“이 상자 뜯은 꼴을 봐. 멀쩡한 부속품들을 엉망으로 망가뜨린 것들 좀 보라고. 두 달 동안 쉬다 보니까 정말 솜씨가 삭았나 봐."

"두 달 동안 쉬었기 때문만은 아니야. 몸이 안 따라주는 거지. 하긴 몸뿐만도 아닌 것 같군. 우리가 더듬더듬 여기까지 찾아올 때를 생각해봐. 지켜야 할 규칙은 모조리 깨고 탐정놀이 하는 애들처럼 빌빌거리며 왔잖아. 우리 모두 서툴러. 예전의 우리가 아니란 걸 모르겠어?"

쨍 하는 소리가 내 한탄을 가로막았다. 안재호의 오른쪽 의수 중간 부분이 떨어져나가 금속 바닥에 부딪혔던 것이다. 그는 허리를 수그리고 의수를 주우려다가 그만 배를 아래로 하고 넘어지고 말았다. 몸을 지탱할 수가 없었기 때문에 그는 롤러처럼 그대로 벽 쪽으로 굴러갔다. 그는 그 자세로 그대로 눕더니 낄낄거리기 시작했다. 웃음소리는 곧 피식거리는 기묘한 신음 속에 섞여 잦아들었고 그 소리도 곧 조용해졌다. 나는 구석에서 담요를 꺼내 그에게 덮어주었다. 그를 침대 위로 올리는 짓은 차마 할 수가 없었다. 나는 상자들을 덮고 있던 부직포들을 모아 침대 위에 올려놓고 그 안으로 파고들었다. 삐걱거리는 소리와 함께 침대가 푹 꺼졌다.

나는 잠을 자지 않았다. 몸이 따뜻해지자 오히려 머리가 맑아졌다. 나는 천장을 올려다보며 계속 생각했다. 무언가 잘못되었다. 하지만 그게 무엇일까? 다섯도 세기 전에 답이 나왔다. 나는 허둥지둥 침대에서 뛰어내려와 안재호에게 달려가 그를 흔들어 깨웠다.

"일어나! 어서!"

그는 멀쩡한 의수로 눈을 비비며 나를 올려다보았다. 나는 그를 잡아 일으켜 세우며 말을 이었다.

"우리가 멍청했어! 그 여자는 통경 패거리들에게 가짜 파일을 던져주고 그걸 이용할 만큼 치밀했어. 이건 하루 이틀 짠 계획도 아니야. 그렇다면 그 여자가 일부러 중화기를 사용해서 우리를 여기까지 끌고 왔을 가능성도 있다는 걸 몰라? 우리는 지금 혼란스럽고 육체적으로도 엉망이야. 바보같이 옛날 생각으로 그 여자를 잡겠다고 왔지만 그럴 힘이 어디 있어? 이 방법이야말로 정치국의 방해 없이 우리를 제거할 수 있는 가장 좋은……."

나는 말을 끝맺지 못했다. 바깥에서 희미한 발자국 소리가 들렸다. 탁탁거리는 그 소리는 어린아이의 발소리처럼 가볍고 경쾌했다. 나는 주머니에서 충격총을 꺼냈다. 안재호는 아직 멀쩡한 왼쪽 의수로 자기 총을 움켜쥐고 벽 뒤로 물러났다.

딸각거리는 소리가 들리더니 문이 열렸다. 이윽고 작고 가느다란 실루엣이 문 사이에서 나타났다.

예전의 우리 같았다면 우리는 몸을 은폐하고 그녀가 좀 더 가까이 올 때까지 기다렸을 것이다. 그러나 우리는 그러지 못했다. 겁에 질린 신병처럼 우리는 벽 쪽에 달라붙어 아무렇게나 충격총을 쏘았다. 펑펑거리는 둔탁한 총소리로 창고는 지진이라도 난 것처럼 웅웅거렸다.

그 그림자는 한동안 벽에 붙어 비틀거리다가 바닥에 쓰러졌다. 우리는 안도의 한숨을 내쉬었다. 우리는 총을 쥐고 문 쪽으로 다가갔다.

한동안 나는 내 눈을 의심했다. 분명히 그 여자가 쓰러져 있던 자리는 텅 비어 있었다. 아무것도 없었다.

"입체 영상이야! 멍청한 그림자 연극이었어!"

안재호가 외쳤다. 그의 말이 채 끝나기도 전에 창고 저쪽에서 가늘고 가볍게 떨리는 여자 목소리가 들려왔다. 뭐라고 말을 한 것 같기는 했지만 우리는 듣지 않았다. 우리는 허겁지겁 총을 들고 그쪽을 향해 쏘았다. 곧 되받아 쏘는 총소리가 들렸다. 첫 번째 충격으로 안재호의 오른쪽 의수 밑둥이 잘려 튕겨나갔다. 두 번째 충격파는 내 왼쪽 어깨뼈를 부수었고 세 번째는 안재호의 머리를 비스듬히 내리쳤다.

우리는 문 밖으로 뛰었다. 우리는 두 멍청한 겁쟁이였다. 두 달 전까지만 하더라도 우리의 일부로 자연스럽게 자리 잡고 있던 육체적 용기는 사라진 지 오래였다. 그것들은 우리의 몸 찌꺼기와 함께 타버리고 없었다.

우리가 계단 앞에 도착하자마자 두 번의 총소리가 들렸다. 안재호는 꺼억거리는 비명을 내면서 쓰러졌다. 계단 아래로 굴러 떨어지는 것을 간신히 막았지만 이미 그의 등뼈는 부러져 있었고 뒤통수도 충격총에 맞아 움푹 파여 있었다.

나는 그를 계단 중간에 눕히고 아래로 뛰었다. 6층에 도착하자 나는 벽에 붙은 빨간 상자를 열고 비상벨을 돌렸다. 요란한 벨 소리와 함께 소방벽들이 아래로 떨어졌다.

벨 소리에 놀라 사람들이 방문을 열고 나왔다. 나는 그들을 향해 외쳤다.

"의사와 경찰을 불러요! 7층에 수배 중인 살인범이 있습니다! 총격을 당한 부상자도 한 명 있습니다!"

사람들은 수근거리면서 방으로 들어갔다. 곧 벨 소리가 서서히 잦아드는 사이렌 소리로 바뀌었다. 누군가가 전화를 하긴 한 모양이었다. 남아 있던 사람들 중 키가 작고 가무잡잡한 청년이 나에게 다가왔다.

"의사를 찾습니까? 제가 의사입니다. 어어…… 임상의는 아니지만 그래도 진찰은 해줄 수 있을텐데요."

나는 그를 끌고 계단으로 올라갔다. 그는 누워 있는 안재호를 잠시 진찰하더니 고개를 흔들었다.

"이미 숨이 끊어졌군요. 중요한 사람입니까?"

나는 건성으로 고개를 끄덕였다. 그러자 청년은 의미심장한 표정을 지으며 물었다.

"혹시 당신들 정치국 사람들 아닙니까? 맞죠? 이 사람이 의수에 끼고 있는 반지는 정치국에서 주는 것이죠?"

"맞아요."

그는 흥분한 듯 손을 비볐다.

"아하, 그렇군요. 그럼 이 사람 머릿속에는 꽤 중요한 것들이 들어 있을 수도 있겠군요. 그럼 이렇게 하는 게 어떻습니까? 이 사람은 죽었습니다. 하지만 뇌에 담겨 있는 정보의 상당 부분은 한동안 멀쩡하지요. 이건 제 전문 분야의 일인데…… 그러니까 이런 게 있습니다. 펜타곤 시술이라는 거지요. 볼더 대학의 라자러스 콜튼이 개발한 시술법이지만 아직 아무도 실제로 한 적은 없습니다. 그러니까…… 뭐라고 설명해야 하나……. 아직까지는 뇌의 정보를 직접 읽는 방법을 발견해내지 못했습니다. 할 수 있는 일은 그 뇌의 정보를 무조건 저장하는 것뿐이지요. 그러니까 펜타곤 시술이라는 건 이런 겁니다. 죽은 사람의 뇌에서 정보를 꺼낸 다음, 부분 복제한 뇌에 옮깁니다. 그리고 그 뇌를 뇌사자의 몸에 심습니다. 물론 전사 과정에서 많은 정보들이 누락되기도 하지만 그래도 대응책이 있습니다. 하나의 뇌에만 전사하지 않고 여러 개의 뇌에 동시에 하는 거지요. 그럼 서로가 서로의 구멍 난 기억들을 보완하게 됩니다. 완전한 기억을 얻고 싶으면 다섯 개의 뇌로 충분합니다. 그래서 이 시술을 펜타곤이라고 부르는 겁니다. 물론 동일한 사람이 다섯 명이나 생기기 때문에 복잡한 일이 벌어질 수도 있기는 하지만 이 사람 머릿속에 든 정보가 중요한 것이라면 그따위야 아무것도 아니겠지요. 그러니까 어떻게든 당신네 상관에게 말해서…… 이봐요! 전 진지하게 이야기하는 거란 말입니다. 웃지 말아요!"

나는 억지로 웃음을 멈추려고 해보았지만 잘되지 않았다. 나는 어떻게든 진지해지려고 기를 쓰며 힘겹게 계단에서 일어났다.

"미안합니다. 하지만 우린 이미 그 짓거리를 해봤어요. 하지만 득에 비해 실이 너무 크더군요. 의사 선생, 장난질을 도와줄 스폰서를 찾고 있다면 다른 동네에 가봐요."

5

나는 구조대와 경찰들이 오기 전에 건물을 빠져나갔다. 나는 구석의 으슥한 곳에서 쪼그리고 앉아 그들이 건물에 들어가 안재호를 꺼내 앰뷸런스에 태우는 광경을 지켜보았다. 한참 지켜보았지만 총소리도 비명도 들리지 않았다. 그녀는 이번에도 달아난 모양이었다.

머뭇거리고 있을 상황이 아니란 건 나도 알고 있었다. 하지만 나는 꼼짝도 하고 싶지 않았다. 나는 그 자리에 다리를 펴고 주저앉았다. 가끔 지나가는 사람들이 흘낏흘낏 나를 바라보았다. 나는 엉금엉금 기어 사람 눈에 비교적 덜 뜨이는 골목 쪽으로 들어갔다. 그쪽은 24시간 세탁소의 하수도가 빠지는 곳이라 꽤 따뜻했다. 쓸 만한 상자들과 종이들이 여기저기에 굴러다녔다. 나는 그것들을 끌어안고 하수도 옆에 누워 졸기 시작했다. 이제 어깨의 통증도 참을 만했다.

찰칵 하는 금속성의 소리와 함께 아직도 열기가 남아 있는 가느다란 금속 실린더의 감촉이 내 목을 자극했다. 나는 위를 올려다보았다. 구엔 투 레의 창백한 얼굴이 내 시야의 반을 가리고 있었다. 그녀는 이제 전혀 초라해 보이지 않았다. 오히려 종말의 날에 나타날 청황색 말의 기사같이 당당했다.

그녀는 손에 쥔 충격총을 흔들며 말했다.

“일어나.”

나는 고개를 젓고 잠시 긴장했던 몸을 다시 바닥에 묻었다.

“안 가겠어. 죽이고 싶으면 지금 죽여. 난 여기에서 꼼짝도 하지 않겠어.”

그녀는 코웃음을 쳤다.

“내가 당신들 같은 줄 알아? 의중도 떠보지 않고 당신을 죽일 줄 알았어?”

"지금까지 그러지 않았었나?"

"내가 당신들을 몰살하려고 생각했다면 병원에서 도망치기 전에 다 죽였을 거야. 난 당신들 같지 않아. 난 적어도 당신들과 이야기는 하고 싶었어. 하지만 모두 나를 비웃거나 듣기도 전에 총질부터 했어."

나는 등을 벽에 대고 앉았다.

"좋아, 이야기를 들어보자. 왜 그들을 죽였지?"

"당신들은 추악하니까. 모르겠어? 당신들은 유아 살인범이고 강간범이고 방화범이고 사기꾼들이야. 아이들이 가득한 공장에 불을 지르고도 눈썹 하나 까딱하지 않았던 짐승들이야. 당신들은 살아 있을 자격이 없어."

"그건 나도 알아. 그럼 당신은 어때? 당신도 얼마 전에는 그 추잡한 짐승이었어."

그녀는 속사포처럼 매섭게 쏘아붙였다.

"난 달라졌어. 새로 인생을 시작할 거고 아기도 낳을 거야. 하지만 당신들을 남겨두고 어떻게 새로 시작하지? 내가 어떤 식으로 몸을 씻어도 당신들은 언제나 더러운 옛날의 나로 남아 있을 거야. 새로 시작하려면 과거의 모든 것들을 지워버리지 않으면 안 돼. 5분의 1만 회개한다면 그게 무슨 소용이야?"

나는 항의했다.

"우리 모두 달라졌어. 당신만 달라진 게 아니야. 과연 내가 두 달 전에도 이렇게 게을렀는 줄 알아? 페렐리만이 두 달 전에도 그렇게 건달기가 가득했나? 안재호가 두 달 전에도 그렇게 수다스러웠나?

생각해봐. 누가 우리들이 두 달 전에는 한 사람이었다고 생각하겠어? 당신은 김은수의 5분의 3을 살해한 것이 아니야. 당신이 죽인 사람들은 전혀 엉뚱한 사람들이야!"

"사람들은 언제나 변해. 변했다고 해서 그들이 엉뚱한 사람들은 아니야. 우린 모두 같은 기억을, 같은 경험을 가지고 있어. 우리 모두는 자기의 기억에 책임을 지지 않으면 안 돼. 당신은 이 모든 일을 저지른 사람이 이미 죽은 김은수라는 친구라고 말하겠지. 하지만…… 빌어먹을! 왜 그런 궤변 따위로 양심을 속이려고 해? 그건 당신이 한 일이야. 그 모든 행위는 당신 기억 속에 박혀 있어. 그런데도 불구하고 당신은 시치미를 뚝 떼고 여기서 게으름이나 피우고 있는 거야! 자, 마지막으로 말하겠어. 당신이 지은 죄를 뉘우치고 있어? 정말 그렇다면 살려주겠어."

나는 점점 그녀의 빡빡한 설교가 지겨워졌다. 내가 하고 싶은 유일한 일은 다시 쓰레기 안으로 기어들어가 잠드는 일이었다. 회개하느냐고? 회개한다면 나한테는 어떤 이득이 생기나? 나를 죽이려고 덤비는 사람 하나가 줄어들 뿐이다. 회개하건 회개하지 않건 언젠가 누군가가 여기로 와 나를 이 따뜻한 쓰레기 더미 속에서 끌어낼 것이다.

나는 고개를 저었다.

"아니."

구엔 투 레의 얼굴이 다시 새빨개졌다. 나는 그녀가 충격총을 집어던지고 주머니에서 작은 레이저 절단기를 꺼내는 모습을 바라보았다. 흐트러진 머리칼 사이로 보이는 그녀의 세피아빛 얼굴은 증오로 상기되어 무척이나 아름다웠다. 나는 한 번도 잘생겼다는 말을 들은 적이 없었다. 저렇게 멋진 몸에 내 분신을 하나 심어놓고 가는 것도 잘된 일이다. 게다가 그녀는 친절하게도 게을러빠진 나를 대신해서 날 죽여준다고 하지 않는가. 나는 태어나서 한 번도 느껴본 적이 없었던 극도의 편안함을 느꼈다. 나는 이것이야말로 세상에서 가장 편한 방법의 자살, 내 자신의 의지와 전혀 싸울 필요 없는 완벽한 자해행위라고 생각했다. 그리고 그 생각은 내 머리가 목에서 떨어져 하수구로 굴러갈 때까지 계속되었다.

기녀 기담

機女奇談

1

공수반公輸般은 그의 앞에 어설픈 자세로 앉아 있는 깡마른 남자를 한참 동안 말없이 바라보았다. 그 남자가 지겨운 듯 몸을 일으켜 세우려고 할 때서야 그는 간신히 입을 열었다.

"그것이 선생님의 주장입니까?"

"그렇소."

묵적墨翟이 투박한 송宋나라 사투리로 무뚝뚝하게 대답했다.

"하지만 알 수 없습니다, 선생님……."

묵적은, 반지를 낀 세련된 손을 치켜들며 변명을 늘어놓으려는 공수반을 거칠게 가로막았다.

"나도 당신이 재주가 좀 있다는 것은 아오. 당신이 만든 새가 바람을 타고 사흘 동안 떠 있었다고 하니 어찌 놀랄 일이 아니겠소. 하지만 그런 장난은 목수가 수레바퀴를 깎는 것보다 못 합니다. 당신이 만든 새야 그냥 하늘 위에서 장난이나 치겠지만 목수의 수레바퀴는 오십 석의 무게를 실을 수 있소. 어느 것이 더 큰 이利이겠소? 사람을 이롭게 하는 것만이 교묘하고 훌륭한 법이오."

"하지만 저의 재주도 이롭게 이용될 수 있습니다. 만약……."

묵적은 코웃음을 쳤다.

"당신의 재주? 나는 당신이 만든 투석기가 던진 돌에 맞아죽은 시체들을 보았소. 나는 당신이 만든 과부들과 고아들이 굶주려 죽는 광경을 보았소. 복잡한 재주는 화를 불러일으킬 뿐이오. 목수의 단순한 손재주만이 사람들에게 이익이 됩니다. 이것은 천제天帝의 뜻이오. 그러니 재주가 좀 있다고 교만해지지 마시오. 나가서 목수의 덕을 배우시오."

말을 마치자마자 묵적은 지팡이를 챙겨들더니 인사도 받지 않고 휘적거리며 밖으로 나가버렸다. 공수반은 묵적의 더러운 신발이 남긴 진흙 덩어리들을 멍하니 내려다보다가 제자인 구衢를 불렀다.

구가 헐레벌떡 뛰어오자 그는 바닥을 가리키며 말했다.

"바닥을 치워라. 그리고 공손주公孫籌가 나에게 선물로 주었던 고서들을 내 밀실로 가져오너라. 책들은 아마 다락 어딘가에 있을 게다."

2

묵적은 논쟁에서 공수반을 이겨서 우쭐해져 있었다. 괜히 기분이 좋아진 그는 평소의 두 배나 되는 사람들을 찾아다니며 귀찮게 굴었다. 보름째 되는 저녁, 제자들이 아픈 발을 호소하자 그는 간신히 강행군을 멈추었다.

그가 막 잠이 들려고 하는데, 제자 한 명이 그가 기숙하는 여관방의 문을 열었다.

"선생님, 공수반이 보낸 사람이 왔습니다."

끈질기군, 묵적은 혀를 찼다. 그 정도 말해주었다면 알아들어야 하지 않는가. 천제 아래에서는 모두 평등하거늘, 왜 자신의 얄팍한 재주를 그렇게 간수하려 하는 것일까.

"들어오게 하거라."

그는 마지못해 말했다.

제자가 뒤로 물러나자 손님이 들어왔다. 놀랍게도 그 손님은 붉은 옷으로 곱게 차려입은 15세쯤으로 보이는 아리따운 소녀였다. 그녀는 얌전하게 그에게 예를 갖추더니 자리에 앉았다.

"선생님께서 바로 송나라의 묵적 선생님이시군요."

그녀가 말했다.

"저는 공수반 숙부님의 질녀인 기녀機女라고 하옵니다. 숙부님께서 선생님을 받들라고 저를 보내셨습니다."

"그는 갈수록 지겨운 사람이 되어가는군!"

묵적이 외쳤다.

"나는 이때까지 그를 꽤 영리한 사람으로 생각하고 있었는데 착각이었나 보오. 그는 아직도 내가 어떤 사람인지 모른단 말이오? 내가 친구의 질녀를 첩으로 받아들일 사람으로 보이오? 내가 계집질이나 하면서 위태로운 천하를 내버려둘 사람으로 보이오? 가시오. 돌아가서 숙부님에게 내가 실망했다고 전해주시오."

놀랍게도 기녀는 손으로 입을 가리지도 않고 소리내어 웃었다.

"역시 소문대로 성미가 급하십니다. 그리고 세상을 구하려는 열정은 소문을 능가하는군요. 소녀는 참으로 감탄했습니다. 하지만, 선생님. 왜 먼 길을 돌아가려 하십니까?"

"무슨 뜻이오?"

그는 어리둥절해졌다.

"선생님께서는 겸애兼愛를 구한다 하셨지만, 높은 자들은 자신의 위치를 잃을까 봐 그를 받아들이지 않습니다. 선생님께서는 이利를 구한다 하셨지만, 아랫사람들은 윗사람들로부터 이를 얻을 수 없습니다. 절용節用을 주장하셨지만, 그것만으로 어찌 그들이 배부르겠습니까? 선생님께서 진정 그들을 위하신다면 마땅히 그들에게 먹을 것과 입을 것을 주어야 할 것입니다. 그리고 그런 것들은 높은 자들에게서 바랄 수 없는 것들입니다. 선생님, 제가 혼자 힘으로 천석의 식량을 이룰 수 있다면 어떻게 하시겠습니까?"

"진정 그럴 수 있소?"

묵적은 놀라 물었다.

소녀는 웃으면서 고개를 끄덕였다.

묵적은 뛰어나와 잠자리에 든 제자들을 불렀다. 묵적의 무리들은 엄격한 규율로 유명한 집단이다. 순식간에 사람들이 스승의 주위로 몰려들었다. 하품을 해대고 부푼 발을 절뚝거렸지만 어쨌든 다들 모였다.

"강물과 잡초들을 모아오라 하십시오."

소녀는 말했다.

"버려진 쓰레기와 오물을 긁어오라 하십시오. 모으는 즉시 제가 타고 온 가마 안에 넣으라 하십시오."

"시키는 대로 해라!"

묵적이 외쳤다.

영문도 모르는 채, 제자들은 스승의 명령에 따랐다. 그들이 모아온 잡물들이 산을 이루자 기녀의 가마를 끌고 왔던 두 가마꾼이 제자들의 도움을 받아 그것들을 가마의 한쪽 문으로 밀어 넣었다. 놀랍게도 다른 쪽으로 옥과 같은 쌀이 쏟아져 나왔다. 묵적은 놀라서 그것들을 입 안에 넣고 씹어보았다. 진짜 쌀과는 달리 탄력성이 있고 눈이 없었으나 맛은 진짜와 진배없었다.

"어찌된 일이오?"

그는 간신히 물었다.

"고인古人의 지식을 되살렸을 뿐입니다. 그들은 만물이 동일한 기氣로 이루어져 있다는 것을 알고 있었사옵니다. 그들은 그밖에도 하늘을 나는 수레와 바다 밑을 지나는 수레를 만들 수도 있었습니다. 소녀가 부린 재주는 사라진 옛 지식의 극히 일부에 지나지 않고 소녀 역시 그 하찮은 일부에 불과하옵니다."

묵적은 힘이 쭉 빠지는 것 같았다. 그는 제자의 손에서 횃불을 빼앗아 소녀의 얼굴에 들이댔다. 소녀의 얼굴은 남국南國에서 들여

온 상아로 만들어져 있었고, 눈은 희귀한 감람석이었다. 그녀가 가벼이 몸을 움직일 때마다 몸 안에서 가르륵거리는 바퀴 돌아가는 소리가 들렸다. 그는 횃불을 떨어뜨리고 말았다.

3

묵적은 헐떡이며 자리에 앉았다. 그러느라 지팡이가 손에서 미끄러져 바닥에 떨어졌지만 그는 그것을 주우려고 하지도 않았다. 공수반은 미소를 지으며 읽고 있던 죽간竹簡을 옆으로 치우고 말을 건넸다.

"제가 보낸 노리개가 마음에 드셨습니까?"

묵적은 아무 말도 하지 않았다.

"그 아이는 제 옛 친구 공손주가 찾아낸 책을 보고 제가 만든 것입니다. 어떻습니까? 미천한 재주도 꽤 큰 일을 하지 않습니까?"

묵적은 아직도 아무 말도 하지 않았다.

"그 애가 무엇을 만들었던가요? 하늘을 나는 수레입니까? 수만리 밖을 보는 천리경입니까?"

묵적은 그래도 아무 말도 하지 않았다.

"그 애는 지금 어디에 있습니까?"

그제서야 묵적은 버럭 소리를 질렀다.

"당신은 큰일 낼 물건을 만들었소!"

공수반은 움찔해 뒤로 물러났다. 묵적은 일어나 그의 코앞에 자기 얼굴을 바싹 들이댔다.

"당신이 보낸 노리개는 내가 본 것들 중에서 가장 망할 요물이오. 그것은 남자의 도움을 받지 않고도 자기와 같은 것들을 다섯이나 만들었소. 그것은 천제의 뜻에 어긋나는 일이오!"

"그것뿐입니까? 그것 때문에 노하시는 겁니까?"

공수반은 떨리는 목소리로 물었다.

"그뿐만이 아니오!"

묵적은 손가락을 꼽으며 열거했다.

"그것은 길가의 잡것들로 식량을 만들어 사람들에게 뿌렸소. 그것은 지푸라기로 비단을 만들어 내 제자들에게 입혔소. 그러고도 여유가 남아 비파와 피리로 음악을 연주하고 춤을 추오. 내 제자들은 그 요물에게 완전히 넋이 나갔고, 난 그 꼴을 보다보다 못해 당신을 찾아온 거요!"

공수반이 웃으며 말했다.

"당신이 음악을 싫어한다는 것은 압니다. 하지만 그 애가 그것 말고 무엇을 잘못했는지 아직도 모르겠군요."

"잘못한 게 한둘이 아니지! 먹을 것을 일을 하지 않고 얻게 만들었으니 남자들이 밭일을 기피하게 되었고, 입을 것을 길쌈 없이 얻게 만들었으니 여자들이 집안일을 꺼리게 되었소. 노래와 가무로 내 제자들을 홀렸으니, 지금 그놈들은 당신이 만든 노리개들과 통정할 기회만 노리고 있소. 이 어찌 요물이 아니란 말이오! 당신들의 악덕을 백성들에게까지 전파할 작정이오?"

공수반은 그제야 정신이 들었다.

"그렇군요."

"위험한 것들이오. 게다가 스스로가 스스로를 만드니 점점 수가 불어나오. 나중에는 백만의 군사로도 감당할 수 없이 커질 것이오. 이 일을 어찌 수습할 생각이오?"

공수반은 자리에서 일어났다.

"이제야 선생님의 뜻을 알았습니다. 제가 만들었으니 제가 부수겠습니다."

"힘들 거요. 어떻게 없애시겠소?"

공수반은 뒷방으로 들어가더니 길이가 네 뼘쯤 되어보이는 막대를 들고 나왔다.

"역시 그 책을 보고 만든 것으로, 이름은 귀화통鬼火統이라 합니다. 이 막대기가 뿜는 불에 닿으면 아무리 단단한 바위라도 순식간에 재가 됩니다."

묵적은 그 무서운 도구를 잠시 들여다보더니 고개를 돌렸다.

"역시 요망한 것이오. 일을 처리한 뒤에 그것도 없애시오."

4

"기녀는 어디 있느냐!"

묵적이 제자들에게 물었다.

"여관 뒤뜰에서 무언가를 만들고 있습니다."

제자들 중 하나가 대답했다.

"그 애의 동생들도 거기에 있느냐?"

"그렇습니다."

"잘되었소."

묵적이 공수반에게 속삭였다.

"모여 있을 때 한꺼번에 처리합시다."

"하지만 아무래도 부담이 됩니다. 그 애는 그래도 제 딸과 다름이 없습니다."

공수반이 하소연했다.

"그 귀화통을 나에게 주시오. 당신이 못 한다면 내가 하겠소."

묵적은 그에게서 막대기를 빼앗았다.

그들은 종종걸음으로 뒤뜰로 들어갔다. 뒤뜰 나무 아래에는 기녀가 수레바퀴처럼 생긴 커다란 물건을 수건으로 문지르고 있었다. 그들로부터 등을 돌리고 있어서 그들이 오는 걸 알아차리지 못한 것처럼 보였다. 다른 자매들은 방 안에 들어갔는지 소리만 들릴 뿐 보이지 않았다.

묵적은 막대기를 들어 기녀를 겨냥하고 쏘았다. 파란 불꽃이 소리 없이 기녀를 감쌌다. 그러나 그 엄청난 불꽃에도 불구하고 기녀와 그녀가 만지고 있는 물건은 조금도 타지 않았다. 공수반이 자세히 보니 그녀와 물건 주위를 차갑고 하얀 빛이 둥글게 감싸고 있었다. 불꽃이 사그러들자 기녀는 고개를 돌렸다. 여전히 미소를 머금고 있었고 분노의 빛은 찾을 수가 없었다.

"이것이 겸애의 방법입니까?"

그녀는 조용히 말했다.

"닥치거라, 이 요망한 것!"

묵적이 외쳤다.

기녀는 웃으면서 묵적에게 다가와 막대기를 빼앗았다.

"저는 선생님을 현명하신 분으로 생각했습니다. 하지만 착각이었나 봅니다. 왜 천제의 덕이 저희들을 비껴간다고 생각하십니까? 살과 피로 되어 있지 않고, 상아와 돌로 되어 있기 때문입니까? 사람의 살 속에서 태어나지 않고 거미줄 낀 다락 안에서 만들어졌기 때문입니까? 아니면 당신보다 저희들이 우월하기 때문입니까?"

공수반이 묵적에게 말했다.

"저 애 말에도 일리가 있습니다. 어떤 이유를 댄다 하더라도 살인은 인仁이 아닙니다. 필경 그것이 상아와 돌로 만들어졌다 하더라도 말입니다."

묵적은 씩씩거렸다.

"하지만 저것을 이대로 내버려두면 천하가 위태롭소!"

기녀는 묵적에게 말했다.

"오히려 천하가 저희들에게 위태롭습니다. 우리는 인을 거스르는 일은 할 수가 없습니다. 그러나 우리가 아무리 인을 행한다 하더라도 사람들은 우리를 욕할 것이며 죽이려 할 것입니다. 저는 짧은 시일 동안이었지만 여러분들을 관찰했습니다. 여러분은 여러분보다 우월한 존재는 살려두지 않습니다. 투기와 질시가 의義를 넘어섭니다. 그래서 저희들은 떠나려고 결심했습니다. 지금 제가 닦고 있는 바퀴가 보이십니까? 저희는 이것을 타고 천하를 떠나려고 결심했습니다. 여러분이 저희를 두려워하실 필요는 없어졌습니다."

그 말과 동시에 기녀의 다섯 자매들이 나와 공수반과 묵적에게 예를 갖추고 인사를 했다. 기녀들은 어리둥절해 있는 그들을 내버려두고 바퀴에 올라탔다. 바퀴는 잠시 흔들리더니 허공에 붕 떠올랐다.

"여러분이 준비를 갖추었을 때 저희들은 다시 돌아오겠습니다."

기녀가 말했다.

"그러나 그날은 쉽게 오지 않을 것입니다. 그러니 안심하시고 스스로 천하를 구하십시오!"

마지막 말과 함께, 바퀴는 은빛 꼬리를 남기고 밤하늘 저 높은 곳으로 사라져버렸다. 공수반은 꼬리의 끝이 닿을 듯해 보이는 보름달을 멍하니 바라보다 묵적에게 물었다.

"어떻게 생각하십니까?"

"상아 선녀가 그들을 잘 맞아주었으면 좋겠소."

묵적은 퉁명스럽게 대답하더니 제자들이 기다리고 있는 곳으로 돌아갔다.

집행자

어제, 나는 직장에서 오랫동안 소식이 끊겼던 대학 동창 한 명과 우연히 마주쳤다. 그를 만난 곳은 내가 소장으로 있는 시립 위생국 소속 분뇨 처리소의 견학실이었다. 그는 견학실 창문 너머로, 처리 탱크에서 부글부글 끓어오르는 그 냄새나는 오물을 무엇에라도 홀린 듯이 뚫어지게 응시하고 있었다. 그의 표정에는 자신을 강압하는 듯한 느낌이 배어 있어서, 나는 그의 모습에서 플라톤의 『국가론』에 나오는, 사형집행장의 시체를 보고 싶다는 욕망과 혐오감 사이에서 어쩔 줄 몰라했던 남자를 떠올렸다.

그런 그의 모습이 꽤 인상적이었기 때문에 나는 그와 인사를 나누는 동안에도 계속 그 생각만 하고 있었다. 하지만 마치 속마음을 묻는 것 같아 왜 그렇게 분뇨 덩어리들에게 갑작스러운 흥미를 느겼는지 물어볼 수도 없었다. 나는 그가 속내를 털어놓을 때까지 그냥 기다리기로 했다.

퇴근 후 우리는 근처의 식당에서 같이 저녁을 먹었다. 그는 지난 몇 년 동안 어떤 일을 겪었는지 이야기해주었다. 그는 어느 행성 개척단의 일원이었는데, 그만 그가 탔던 우주선이 중간에 조난을 당했다고 한다. 개척단은 근처 행성에 불시착해 구조선이 올 때까지 4년 동안이나 버티며 살아남았다.

그는 그 이야기를 꽤 담담하게 했다. 너무 차분해서, 나는 그가 무언가 핵심적인 이야기를 빼놓고 이야기한다는 느낌이 들었다. 나는 결국 궁금증을 참을 수가 없어서 물었다.

"다 끝났나? 그게 이야기의 전부인가?"

친구는 기다렸다는 듯이 고개를 저었다.

"아니, 다는 아니야. 물론 내가 겪은 일은 대단한 일이었고 우리가 불시착한 행성은 학자들에게 금광맥과 같을 걸세. 하지만 지금 자네에게 해주고 싶은 건 보다 개인적인 다른 이야기라네."

그리고 그는 이야기를 시작했다.

자네도 알다시피, 난 아버지와 사이가 좋지 않았다네. 모든 면에 완벽하고 위대한 인물을 아버지로 둔 기분은 당사자가 아니면 모를 걸세. 나는 태어났을 때부터 아버지를 경쟁상대로 두고 살아야 했네. 내가 무슨 일을 하건 간에 아버지와 비교가 되었어.

문제는 내가 결코 아버지를 이길 수가 없었다는 것이네. 아무리 내가 발버둥 치면서 뛰어도 아버지를 따른다는 건 불가능했네. 공부에서건 실생활에서건 마찬가지였어. 심지어 지그소 퍼즐을 하는 데 있어서도 그랬다네. 내가 한 시간 동안이나 못 찾아 머리를 썩이던 그림 조각을, 그것도 바로 내 코앞에서 집어 올리던 아버지의 얼굴이 생각나는군. 아버지는 조각을 빈자리에 끼워 맞추면서 이랬다네.

"얘야. 모든 일에는 지름길이 있는 법이다. 그런데 넌 언제나 먼 길로 돌아가려고 해. 그런 식으로 백날 찾아봐야 머리만 아플 뿐이다."

그러면서 아버지는 미로 속의 생쥐를 보듯 나를 내려다보며 얼굴을 찌푸렸어.

자네는 내가 그럭저럭 꽤 잘해나가던 행동심리학 전공을 버리고 엉뚱하게 우주항법사 시험을 치른 걸 언제나 이상하게 생각했었는데, 그것도 사실은 아버지 때문이었네. 그때서야 나는 아버지에게서 멀리 도망치는 것만이 유일한 탈출구라는 사실을 알았어. 내 적성이 어떻건, 전공에서까지 아버지 뒤를 따른다면 내 인생이 어떻게 끝날지 뻔했네.

10년 동안은 그럭저럭 꾸려갈 수 있었네. 나는 차근차근 경력을 쌓아갔고, 점점 더 큰 우주선으로 자리를 옮겨갔네. 계속 나갔더라면 지금쯤 웬만한 우주선의 선장은 되어 있었을 걸세.

개척단 자원은 순전히 내 자신의 선택이었네. 꽤 그럴듯해 보이는 생각이었지. 행성 개척단은 수입도 좋은 데다가, 무엇보다도 아버지하고도 떨어져 지낼 수 있지 않나! 당시엔 어딜 가도 아버지의 이름과 부닥쳤다네. 그리고 약 올리듯 뻔질나게 오는 아버지의 안부 전화에는 소름이 끼칠 지경이었거든. 개척지에서는 전화 연락 걱정은 안 해도 되지. 통신비가 엄청나니까.

그랬으니, 내가 개척단 우주선 안에서 아버지와 마주쳤을 때 얼마나 놀랐을지 상상해보게! 한참 동안 나는 숨이 막혀 죽는 줄 알았네.

"놀랐지?"

그 양반은 어린애처럼 활짝 웃으며 말했어.

"놀래주려고 일부러 연락을 안 했다. 어때? 일은 할 만하니?"

"여기는 왜 오셨어요?"

나는 간신히 물었어.

"나도 자원했다. 책만 읽어서는 소용없어. 직접 부딪쳐야지. 학문 세계란 늙은이라고 봐주지 않는단다. 우리가 가는 행성의 생물에 대해 이야기해줄까? 흥미로운 사실들이 많아……."

끔찍했네. 우주선의 이상이 발견될 때까지 나는 화가 나서 제대로 일도 할 수 없었네. 그렇다고 그게 내 책임이었다고는 말하지 말게. 그건 불가항력이었네. 거의 광속으로 내닫는 어떤 물체가 우리 우주선을 스치며 일어난 사고였어. 보고서를 읽은 몇몇 학자들은 그게 아마 다른 지성체의 우주선이 아니었을까 추측하더군. 난 모르겠네. 알고 싶지도 않아. 그 때문에 우리 우주선이 심각한 손상을 입었다는 것만 알면 충분하네.

우리는 가까스로 우주선을 유지하면서 수리할 방도를 찾기 시작했네. 하지만 방법이 없었어. 우리가 취해야 할 선택은 하나밖에 없었네. 그래서 우리는 그 선택을 취했네. 가장 가까운 태양계의 적당한 행성에 불시착한 것일세. 간신히 성공하기는 했지만 우주선은 거의 완파되었고 개척단 인원의 3분의 1이 죽었네. 그것도 대부분 중요한 전문가들이.

그 행성의 광경을 어떻게 묘사할 수 있을까? 나로서는 쉽지 않네. 단지 지옥이 있다면 이런 곳일 거라는 생각이 들었어. 인광을 내는 두꺼운 대기가 하늘을 막고 있었고, 바다와 대륙 그 어느 쪽도 안정적이지 못했네. 어딜 가도 방사능은 표준치 이상이었지. 우리는 거의 절망적이었네. 마지막 도약 전에 조난신호를 보내기는 했지만, 구조대는 최소한 8,700개의 태양계가 포함된 넓은 지역을 조사해야 했네. 평균 잡아 10년은 기다리며 살아남아야 했네. 에너지도 테크놀로지도 없이 말이야.

이렇게 묘사를 해놓았으니, 자네는 이 행성에 생명체가 하나도 없었을 거라고 믿겠지. 하지만 아니었네. 그곳에는 생명체들이 살았어. 놀랍게도 그들 중에는 지성체도 포함되어 있었다네.

일단 그 행성의 생태계가 지구나 우리가 아는 그 밖의 다른 행성과는 몇 가지 점에서 다르다는 점을 설명해야 하겠네. 우선 그 행성에서는 종 구분이란 별로 소용이 없었네. 그곳 생물들은 형태 면으로 보았을 때 극도로 불안정했네. 급격하게 변하는 험한 환경과 방사능이 그 원인이었던 것 같네. 그들은 끊임없이 돌연변이를 만들어냈고 그것들 중 유리한 것만이 살아남았네. 이러니 종 분류표는 일기도만큼 일시적이었단 말이야. 당연히 우리와 같은 복잡한 번식 행위는 불가능했지. 그들의 대부분은 단성생식이었어. 그런데도 꼭 닮은 개체는 하나도 없었으니 알 만하지 않은가?

이 모든 사실을 조난 직후에 알았다고 말하는 건 아니네. 20여 일 동안 우리는 늪 속으로 가라앉는 우주선에서 물건들을 꺼내고, 은신처를 마련하느라 정신없어서, 늪에 꼬물락거리는 작은 생물들 이외에 다른 것들이 있다고는 상상도 하지 못했고, 그런 상상을 할 시간도 없었네.

24일째 되는 날(우리 시간으로 말일세. 그 행성의 하루는 겨우 14시간 정도밖에 되지 않았거든. 그 별에서 몇 년간 버텨나갔지만 우리는 끝끝내 그 행성의 시간에 익숙해질 수 없었네), 우리는 그들과 마주쳤네. 굵은 꼬리를 바짝 세우고 걷는 모양이 꼭 작은 두 발 공룡처럼 보이더군. 하지만 공룡이라면 그렇게 머리가 둥글지도 크지도 않았을 것이고 앞발이 그렇게 정교하지도 않았을 걸세. 그들은 한 천 마리쯤 되어 보였는데, 모두 투박한 모양의 무기들을 들고 있었네. 총처럼 생긴 실린더도 보이는 걸로 보아, 그들의 기술은 원시적인 것만도 아닌 듯싶었네. 그들은 천천히 우리들을 포위하기 시작했어.

누군가가 나와 그들을 맞이해야 할 것만 같았네. 그리고 그 누군가는 바로 나였지. 높은 양반들이 다 죽어버렸기 때문에, 당시 개척단의 단장은 나였다네. 마침 그들 중 대장처럼 보이는 생물 하나가 부하 두 명을 이끌고 우리 은신처로 걸어오고 있었네. 나는 기관장과 아버지를 데리고 그들을 맞으러 나갔다네. 아버지는 우리 탐사단의 외계생물전담부장이었으므로 최초 접촉은 그의 임무이자 권리였네.

그들은 호기심 때문에 온 것이 아니었네. 다양한 종족들이 워낙에 많았기 때문에 우리라고 예외 취급을 받아야 할 이유가 전혀 없었던 거야. 그들은 우리가 어떤 동물인지 따위엔 아무런 관심도 없었네. 단지 우리가 자기 부족의 영역 안에 들어왔음을 알려주러 왔을 뿐이야. 그들은 휘파람 소리와도 같이 높은 외침을 단속적으로 질러대며 우리와 의사소통을 하려 했는데, 우리가 알아듣지 못하자 짜증이 난 모양이었네. 아버지가 없었다면 더 짜증이 날 뻔했지. 하지만 아버지의 명성이 거저 얻어진 것은 아니었네. 그는 최초 접촉을 위한 일종의 기본 의사소통 모델을 만들고 있었는데, 그 모델은 이번 접촉에서 꽤 효율적으로 이용되었다네. 한 시간 동안 애를 쓴 끝에, 우리는 간신히 우리가 조난당했다는 사실을 전하고 우리 종족들이 올 때까지만 머물러 있게 해달라고 요청했네. 그들은 거드름을 피우면서 승낙하고 돌아갔어.

아버지는 열광했네. 우리가 처한 상황 따위는 더 이상 중요한 일이 아니었네. 그는 행성 탐험용 자동차를 두들겨 고쳐서 사방을 돌아다니며 이 행성의 주민들과 접촉했네. 돌아올 때마다 아버지는 한 보따리씩 새 정보들을 얻어왔네. 그 공룡같이 생긴 동물 이외에 다른 지성체가 있다는 사실을 발견한 사람도 아버지였고, 이 대륙에 서식하는 지성체들의 공통어를 번역한 사람도 아버지였네.

아버지 덕분에 우리는 통역기를 만들었고, 그들과의 의사소통은 기술적인 면에서 더 이상 문제가 없었네. 그들에 대해서도 보다 많이 알게 되었지. 실망스럽게도 이곳 지성체들은 우리와 친절한 이웃이 될 만한 친구들이 아니었네. 훈족들도 그들 앞에서는 다리가 저릴 만큼 그들은 호전적이었었어. 모두가 그랬지. 그들에게 싸움이란 숨 쉬는 것과 밥 먹는 것만큼 자연스럽고 필수적인 일이었네.

그리고 다들 극단적으로 폐쇄적인 종족들이었네. 종족 안의 결속력과 다른 종족에 대한 증오심 모두가 굉장히 강해서, 그들의 삶은 다른 종족과의 전투로 점철되었고 평화란 있을 수가 없었네. 단지 열전과 냉전뿐이었어.

아버지는 생태학적인 이유를 들어 이들의 호전성과 폐쇄성을 설명했네. 그들은 유전적으로 아주 불안한 존재들이네. 애당초부터 같은 종으로만 구성된 무리를 이룬다는 것 자체도 대단한 일이네. 그러므로 일단 생물학적으로 동일한 무리들이 군집을 이룬다면 그 종족의 순수성을 유지하기 위해 발버둥 친다는 것일세. 그러니까 돌연변이 아이들이 태어나면 죽이거나 내쫓고, 먼저 공격받기 전에 다른 종족들을 몰살해야지. 그러나 아무리 발버둥 쳐도 한 '종'이 우리 시간으로 500년 이상 유지하기는 힘들었고, 인구도 대부분 십만 명 이상 늘지 못했네.

우리가 만난 종족들은 상당히 큰 무리로 벌써 430년의 역사를 헤아리고 있는 장수 종족이었네. 인구도 그 정도 역사를 지닌 종족치고는 드물게 많았지. 우리는 하필이면 상대하기 가장 어려운 종족들의 영역에 떨어진 셈이네.

나는 걱정이 되었네. 과연 우리가 그들과 충돌하지 않고 버텨낼 수 있을까? 그 작은 공룡들이 원숭이 비슷한 다른 종족과 벌이는 전투를 목격한 뒤로는 그 걱정이 더 커졌다네. 휴전이나 항복이란 그들의 머릿속에 애당초부터 없는 것 같았네. 그들은 그 전투에서 승리하자, 그 종족들을 말 그대로 멸종했네. 그들은 패자들의 가죽으로 옷을 만들었고 고기는 소금에 절여 먹었으며 피는 애들에게

젖 대신 먹였어. 언젠가 그들이 우리의 가죽을 벗겨 입을지도 모른다는 생각이 들더군. 우리가 손가락이라도 하나 잘못 놀린다면 말일세. 우리는 그들과 전쟁은커녕 달아날 기력도 없었네. 대부분의 대원들이 앓고 있었고, 에너지는 떨어져 가고 있었네. 그럭저럭이라도 작동되는 기계는 아주 소수였어. 만일의 상황을 대비해 대원들에게 자살용 독약이라도 나누어주어야 하지 않을까 하는 생각도 해보았지.

아버지 역시 그런 생각으로 머리가 가득 차 있었네. 하지만 그는 될 수 있는 한 조용히 있자는 내 생각에는 반대였네. 아버지는 그들도 지성체이므로 이성적인 토론이 통할 것이라고 주장했네. 아버지는 자기를 외교관으로 파견해달라고 나에게 졸라댔네. 그는 그들을 설득할 수 있다고 생각했네. 우리를 도와준다면—그리고 구조선이 우리를 찾아낸다면—그들 종족에게 엄청난 이익이 있을 것이란 사실을 설명할 계획이었네. 지구의 생물학 지식을 이용하면 그들 종족은 영원히 유지될 수도 있네. 이것이야말로 그들이 꿈속에서도 원하는 일이 아니겠나?

나는 불안했지만, 결국 아버지를 사절로 파견했네. 아버지는 이제 심하게 덜컹거리는 자동차에 올라타고 의기양양하게 그들의 요새를 향해 달려갔다네. 나는 뒤에서 손톱을 물어뜯으며 자동차의 뒤꽁무니를 바라보고만 있었네.

태양이 네 차례나 뜨고 졌지만, 아버지는 돌아오지 않았네. 점점 걱정이 되기 시작했네. 그제야 아버지의 논쟁 방식이 어떤 것이었는지 기억이 되살아나더군. 아버지는 학자이지 외교관이 아니었네.

그는 상대방 생각의 허점을 잡고 물고 늘어지는 데 도사였고, 자기가 보기에 조금이라도 멍청해 보이는 생각은 절대로 용납하지 않았네. 돌 맞아 죽기 딱 좋은 성격 아닌가?

다섯 번째 해가 뜨자, 나는 더 이상 참지 못하고 수족이 멀쩡한 사람들을 골라 정찰대를 파견했네. 부자의 정 때문이었다고는 생각하지 말게. 무엇보다 상황을 빨리 알아차리는 게 중요했네. 그리고 아버지 역시 우리 생존에 누구보다도 중요한 인물이었고.

일곱 시간 뒤, 그들은 반쯤 정신이 나간 것처럼 보이는 아버지를 끌고 허둥지둥 우리 은신처로 돌아왔네. 아버지는 자동차도 없이 그 끔찍한 늪지대를 가로질러 달아나고 있었던 거네. 내가 보낸 정찰대를 만나지 않았다면 중간에 탈진해서 죽어버렸을지도 몰랐네.

간신히 정신이 들자 아버지는 더듬더듬 그동안 일어났던 일을 설명했네.

처음에는 아버지의 계획대로 잘되어가는 듯 보였네. 특히 그들은 고정된 종이라는 생각에 깊은 흥미를 보였다고 하네. 그들에게 그건 불사나 다름없는 것이니까. 분위기는 점점 우리에게 유리한 쪽으로 기울어졌네.

그러나 세 번째 밤에 사태를 완전히 뒤집어엎는 사건이 일어났네. 누군가가 우두머리의 자식을 칼로 찔러 살해한 걸세. 혐의는 당연히 아버지에게 돌려졌네. 그들은 자살이란 행위가 가능하다고는 상상도 할 수 없었고('자살'이란 단어 자체가 없었다네), 자기 종족을 살해한다는 것도 그만큼이나 말도 안 되는 일이었네. 아버지는 사태를 파악하고 그들이 잡기 전에 먼저 자동차로 달아났다고 하네.

자동차는 중간에 고장이 나버렸고 그 나머지 길을 정신없이 뛰어오다가 정찰대를 만난 거지.

하늘이 무너지는 것 같았네. 아버지 역시 죄의식으로 완전히 쭈그러들었네. 아버지는 우리에게 전쟁을 몰고 온 것이네. 나는 살인범을 저주하고 아버지를 저주했네. 나는 생각나는 모든 표현을 동원해 아버지를 비난했네. 솔직히 말하자면 어느 정도 가학적인 쾌락까지 느꼈다네. 나는 드디어 아버지의 어리석음을 비난할 위치에 서 있었으니까.

“내가 모든 책임을 지겠다.”

아버지는 실오라기만큼 작은 목소리로 나에게 변명했네.

“책임? 어떻게 책임을 지시겠다는 거지요? 아버지 혼자서 도대체 무엇을 하실 수 있다는 거지요?”

“넌 전에도 나에게 기회를 주었다. 그러니 단 한 번만 기회를 더 주렴. 단 한 번만이야. 어차피 손해 보는 일은 아니잖니.”

반대해야 했을까? 그러나 난 그러지 않았네. 무언가 물고 늘어질 게 필요했네. 그리고 나에겐 아버지 말고는 달리 다른 희망도 없었네.

그들은 이미 우리들 코앞에 와 있었네. 그들이 쏜 총탄이 우리 보초들의 머리 위로 날아가고 있었네. 하지만 전면적인 공격은 아니었어. 그들은 적어도 선전포고란 걸 할 정도의 매너는 지니고 있었거든.

우리는 다시 그들의 우두머리를 만나야 했네. 그는 전에 본 적이 없는 은목걸이를 하나 걸고 있었는데 아마 상장 비슷한 것이었나

보네. 목걸이에 보석 대신 죽은 자식의 안구가 달려 있었으니까.

그는 부하들과 함께 은신처에 들어와 엄숙한 목소리로 자기가 우리를 머물게 한 건 실수였다고 말했네. 그는 우리가 믿을 수 없는 종족이고 허황된 거짓말로 전쟁을 피하는 비겁한 무리라고 비난했네. 그러므로 그들은 우리를 다른 종족과 다름없이 취급할 것이며, 그가 밖으로 나가는 즉시 전쟁이 시작될 것이었네. 그의 말투는 너무나도 분명해 통역기 없이도 충분히 의미를 짐작할 수 있을 정도였네.

그때 아버지가 뛰어나왔어. 아버지는 휘청거리며 우두머리의 앞에 섰다네. 손에 작은 물체가 들려 있었지만, 손바닥 안에 단단히 숨겨져 있어 그게 무엇인지 보이지 않았네. 그는 털썩 그 자리에서 무릎을 꿇고 주저앉더니 부들부들 떨리는 목소리로 말했네.

“이 모든 일들은 다 제가 저지른 실수입니다. 제 동료들까지 책임을 지게 하지 마십시오. 저에게만 책임을 물으십시오. 저는 이미 준비가 되어 있습니다!”

그리고 그는 손에 숨기고 있던 것을 쭉 펼쳤네.

그건 열선 절단기였어. 절단기가 켜지자 흰색 광선이 톱날처럼 빛을 내기 시작했네. 우두머리가 열선 절단기가 뭔지 알 리가 없었겠지. 하지만 그게 위협적인 무기이며, 이 추한 동물이 그것으로 자기를 죽여달라고 말한다는 것쯤은 알아차렸던 것 같네. 그의 이빨이 드러났네. 웃고 있었던 것일세. 그러나 그는 곧 웃음을 싹 거두고 아버지에게 대답했네. 매끈하게 번역할 수는 없지만 대충 이런 말이었네.

“너를 죽인다고 무엇이 달라지겠는가? 아직 너의 종족들이 남아 너의 모습을 후세에게 남기지 않겠는가? 내가 왜 내 아이의 원수의 얼굴을 참고 보아야 하느냐?"

아버지는 우리에게 고개를 돌렸네. 그리고 갑자기 내 이름을 불렀네.

영문도 모른 채 나는 두려움으로 떨고 있는 사람들 사이에서 밀려 나왔네. 아버지는 아직도 웅웅 소리를 내는 절단기를 손에 들고 천천히 나에게 다가왔어. 그는 통역기를 꺼서 그가 하는 말을 공룡들이 못 듣게 하더니 힘없이 웃으면서 말했다네.

"얘야, 네가 나를 죽여주렴. 혼자서 내 목을 자를 수는 없지 않겠니? 그러기엔 내 팔이 너무 짧아."

그는 그러면서 절단기 손잡이를 내 손에 쥐여주었다네.

당시 어떤 기분이었냐고 묻지 말게. 전혀 기억이 안 난다네. 내가 느꼈던 감정에 대한 기억이 전혀 없어. 하지만 내가 무엇을 했는지, 어떤 감각을 느꼈는지는 기억이 나네. 나는 절단기를 휘둘러 아버지의 목을 잘라버렸네. 손잡이를 통해 손바닥에 스며들던 열과 절단기를 휘두르던 내 손이 아버지의 옷깃을 스칠 때 느꼈던 감촉, 아버지의 머리와 몸이 바닥에 떨어질 때 났던 쿵 하는 소리, 그 모두가 기억나네. 마치 냉정하고 객관적인 제3자가 되어 외부에서 내 행동을 관찰한 것처럼.

나는 절단기를 끄고 아버지의 목을 집어 우두머리에게 내밀었네. 사방은 쥐 죽은 듯 조용했네. 우두머리는 너무 놀라 얼음처럼 굳어 있더군. 그의 눈을 보고야 나는 내가 기적을 행했다는 사실을 알았네.

나는 기적을 행한 것일세. 알겠나? 지구인들에게 존속 살인은 단순히 부도덕한 일이네. 나쁜 일이지만 종종 일어나는 일이지. 그래서 윤리적 규정을 마련해 규제하는 것이네.

하지만 그들에게 근친 살인이란 애당초 불가능했네. 혼자서 자기 몸을 토막 내는 일만큼, 아니 호수 위를 걷고 물을 포도주로 만드는 일만큼 불가능했네. 처음부터 그렇게 두뇌가 프로그래밍되어 있었던 것이라네. 그들의 결속력이 얼마나 강한지 이미 이야기했지? 자신의 종족을 해치는 일은 곧 자기를 해치는 일이었네. 하물며 자기 부모를 해치는 일은 더욱더 일어날 수 없는 일이었네. 그런 그들의 본능은 끊임없이 일어나는 돌연변이에도 변하지 않고 뇌 한구석에 살아남아 이 행성의 생명체들을 그 험난한 행성 위에서도 살아갈 수 있게 만들어주었던 것이지.

그런 그들 앞에서 우리는 그 불가능한 일을 해치운 거라네. 어떤 반응이 올까? 나는 궁금했네. 그들은 내가 한 일을 도덕적으로 평가할 수는 없을 것이네. 그렇다면 그들은 무엇을 느낄까? 혐오감일까? 경외감일까?

그들은 경외감을 택했네. 우두머리는 나에게 정중하게 고개를 숙이더니 부하들을 데리고 우리 은신처에서 빠져나갔네. 한 시간도 못 되어 그들은 우리 시야에서 모습을 감추었네.

그들이 사라지자, 지금까지 모여 있던 대원들도 하나둘씩 나를 남겨두고 떠나갔네. 곧 나와 아버지 둘만 그 방에 남았네. 나는 아직까지 들고 있던 아버지의 목을 들어 얼굴을 들여다보았네. 아버지의 눈은 감겨 있었지만 아직도 입술 끝은 살짝 들려진 채 웃고 있었다네.

"식사 중이었는데, 자네 입맛을 망친 게 아닌지 모르겠군."

그는 돌처럼 무표정한 얼굴로 말했다.

"그다음에 어떻게 되었나?"

내가 물었다.

"아, 그들은 그 뒤로 우리 근처엔 얼씬도 하지 않았네. 다른 종족들도 마찬가지였어. 소문이 쫙 퍼졌던 모양일세. 가끔 그들과 마주칠 때가 있었는데, 그들은 우리의 모습이 보이자마자 고개를 수그리고 꽁지에 불이라도 붙은 것처럼 잽싸게 달아나곤 했어. 육체적인 위협 때문은 아니었어. 일종의 종교적인 감정이었다고 생각하네.

전쟁 위협은 없어졌지만 그렇다고 우리 문제가 모두 해결되거나 하지는 않았어. 우리는 끊임없이 질병에 시달렸고 굶주렸으며 추위와 무더위에 시달렸네. 살기 위해서는 미친 듯이 뛰어다녀야 했네. 다른 생각을 할 여유가 없었어.

하지만 구조선이 오고 숨을 좀 쉴 만해지자 나는 슬슬 죄의식으로 달아오르기 시작했네. 나는 그 꼬마 공룡들이 아니야. 몇십 년 동안 지켜왔던 도덕률이 있어. 아무리 미워했던 아버지라도, 그리고 그의 자청에 의한 것일지라도, 존속 살인은 용서받지 못할 죄였네. 구조선의 정신과 의사에게 치료를 받았지만 그의 약보다 죄의식 쪽이 더 강했네.

그러나 치료는 역시 도움이 되었네. 내가 깜박 잊고 있었던 의문점을 다시 지적해준 사람이 바로 그 의사였거든. 자네도 잊고 있었을 걸. 이거 말일세. '누가 우두머리의 아이를 죽였을까?'

그들은 자기 종족들을 죽이지 않네. 그리고 다른 종족의 자객이 숨어들어 그를 살해할 수도 없네. 경비가 삼엄하고 무엇보다 숨기가 힘들거든. 고릴라가 사람들 사이에 숨기가 쉽지 않듯이 말이네. 그렇다면 결국 아버지밖에 다른 용의자가 없지 않나?"

"말도 안 되는군. 왜 부친께서 그런 미친 짓을 하셨겠나?"

그는 고개를 저었다.

"미친 짓이 아니기 때문이네. 내 생각을 말해볼까? 아버지는 그들이 그런 상황에서 어떤 행동을 취할지 너무나 잘 알고 있었네. 아버지는 우리가 그들 틈바구니에서 살아날 수 있는 방법은 그들의 종교적 경외감을 이용하는 방법밖에 없다고 생각한 것일세. 그리고 그런 쇼를 연출한 거야. 우연히도 그와 같은 배를 탄 어리숙한 아들이 충실한 손 노릇을 하며 피날레 장면을 연기한 셈이지!

알겠나? 언제나 그랬던 것처럼 이번에도 아버지는 내 머리 위에서 춤추며 놀았네! 아들이 평생을 죄책감으로 시달리거나 말거나 그 영감탱이는 신경도 쓰지 않았을 걸세! 최소한…… 빌어먹을, 더러운 이야기는 이 정도면 충분히 했어. 이제 다른 이야기를 하세."

나는 허겁지겁 화제를 돌렸다. 왜 그가 분뇨통에 그렇게 흥미를 가졌는지는 끝끝내 물어보지도 못했다. 물어봐야 대답해주지도 않았으리라.

그 크고 검은 눈

1

흩어진 별의 시체가 하늘의 절반을 덮고 있었다. 검은 종이를 물들이는 장밋빛 수채물감처럼, 그것은 천천히 주위의 암흑을 물들여 갔다.

지금까지 엘모라드 성운은 암흑뿐만이 아니라 지성체가 살았던 태양계를 3개나 잡아먹었다. 그러나 그렇다고 아름답다는 사실마저 부인할 수는 없다. 적어도 우주선 꼭대기에 있는 조망실 안에서 아무런 위험 없이 바라보는 우리들에게는 정말 장관이었다.

우주선의 주인은 성운에 별다른 흥미가 없는 모양이었다. 그녀에게는 오히려 우리들이 더 흥미로운 대상이었다. 노쇠현상이란 온갖 기묘한 기형을 만들어내는 법이니까. 죽을 때까지 육체적으로 거의 늙지 않는 페를레니들에게 우리들은 서커스의 괴물처럼 보일 것이다. 그녀에게는 너무 구운 고기처럼 쪼아버린 지구인인 나나, 반대로 나이를 먹으며 끊임없이 뚱뚱해져 이미 몸무게가 1톤이 넘어가버린 블라카낭족 판사나, 팔이 늘어져 네발 동물이 되어버린 바녹족 외교관이나, 연체동물처럼 뼈가 물러져 이제는 뱀처럼 배를 붙이고 기어 다니는 바히누족 추장이나 다 똑같은 괴물이리라.

선주는 우리에겐 행운의 여신이었다. 그녀를 만나지 않았더라면 우리는 은하계의 10분의 1을 요트로 가로질러야 할 판이었다. 그러는 대신 우리는 요트를 이 호화찬란한 개인 우주선의 격납고 안에 처박아두고 여유 있게 성운의 장관을 즐기고 있다. 죽어가는 노인네들에게 내려진 마지막 축복이다.

"12년 전에도 전 이 근처를 지난 적이 있었습니다."

선주가 갑자기 말을 꺼냈다.

"그때 이 자리에서는 아직도 엘모라드 초신성이 마지막 숨을 내쉬는 모습이 보였습니다. 관측 계기들이 모조리 고장 나버린 요트 안에 갇혀 있던 저에게는 그 초신성이 나를 구해주려고 어딘가 성스러운 곳에서 날아온 천사처럼 보였지요."

우리는 조금 놀랐다. 페를레니들은 무모한 모험가들이 아니다. 그들의 준비성은 놀라웠고, 기계들은 절대적으로 안전했다. 나는 지금까지 페를레니들의 우주선이 사고를 당했다는 이야기를 들어본 적이 없다.

"제가 아주 젊었을 때의 일입니다."

그녀는 변명하듯이 잽싸게 덧붙였다.

"제 첫 번째 반려가 아이를 낳은 지 일 년도 안 되던 때였답니다. 저는 새로 딴 학위증을 목에 걸고 작은 요트로 우주 이곳저곳을 쏘다니던 이름 두 개짜리 철부지였습니다. 그 나이 또래의 아이들은 대부분 흥분되어 있지요. 저 역시 그런 상태여서 무언가 모든 정신을 몰입할 만한 것이 필요했습니다. 그렇지 않으면 무슨 짓을 저지를지도 몰랐으니까요.

레이크족 친구 하나가 그런 자리를 마련해주었습니다. 일종의 리포터 비슷한 일이었습니다. 연방의 변경 행성들을 방문하면서 그곳의 상황을 파악하는 일이었지요. 그런 거야 파카투 행성의 컴퓨터들이 다 하는 일이지만 친구의 상관은 일종의 인상비평을 원하고 있었던 모양입니다.

저는 48개의 행성을 배정받았습니다. 그렇게 재미있는 곳들은 아니었습니다. 새로 생긴 행성들은 다 비슷비슷하지요. 우주선 위에서 내려다보면 다 똑같아서, 혹시 좌표 계산을 잘못해서 출발했던 곳으로 돌아온 게 아닌가 생각이 들 정도입니다. 개발회사들이 대량으로 찍어낸 멋없는 기성품 건물들 때문이랍니다.

카르사노프 행성도 그런 별들 중 하나였습니다. 그곳 광경을 다른 행성들과 차별화해서 설명하기가 몹시 힘들군요. 다만 더 더러웠고 기계들이 더 말을 안 들었으며 공기가 더 탁했습니다.

제가 도착했을 때 그 행성에는 약간의 정치적 혼란이 감돌고 있었습니다. 개발회사의 임원들과 지구인 거주자들—교수님은 아시겠지만 그곳은 지구인들에게 개발권이 주어진 세 번째 행성입니다—사이의 충돌이 점점 심해져 드디어 거주자 대표들이 회사 건물을 무력 점령하는 사태로까지 발전했던 것이지요.

지구인들은 저를 건물 안으로 들여보내지도 않았고, 임원들과 인터뷰할 기회도 만들 수 없었습니다. 저는 주위의 상황을 대충 파악해 형식적인 보고서를 써 보냈습니다. 슬슬 이 일에도 진력이 나기 시작했었지요. 빨리 일을 끝내고 돌아가 제가 받은 아이를 보고 싶더군요."

선주는 말을 멈추었다. 눈이 피곤했는지, 그녀는 반투명한 속눈까풀로 새까만 눈을 덮었다. 이제 그녀는 진짜 조상처럼 보였다.

"새로 생긴 행성들이야 다 그렇지만."

그녀는 말을 이었다.

"그곳에도 온갖 종류의 종족들이 득실득실했습니다. 모두 신천지로 나가 한몫 잡아보려는 이들이었습니다. 비행장은 우주선 전시장을 방불케 했습니다. 그중 많은 것들이 제조회사도 알아차리지 못할 정도로 심하게 개조되어 있었습니다. 선원들은 우주선이 검사를 받는 동안 몰려나와 끼리끼리 모여서는 자기네들의 방언으로 떠들어대곤 했습니다.

그 생물을 발견한 곳도 바로 그 비행장이었습니다.

겉보기에 그것은 아주 커다란 흰색 벌레처럼 보였습니다. 몸 전체가 네 개의 부분으로 나뉘어 있었고 각각의 도막에는 가느다란 다리들이 두 개씩 삐져나와 있었습니다.

그 동물은 척 보기에도 기형으로 보였습니다. 일단 다리부터 그랬습니다. 8개의 다리가 모조리 모양과 크기가 달랐습니다. 다리뿐만이 아니라 몸 전체가 전혀 대칭을 이루고 있지 않아 마치 어린아이들이 대충 빚어놓은 진흙 덩어리 같았습니다.

그러나 무엇보다도 그것을 기형으로 보이게 만든 것은 머리에 달린 두 개의 눈이었습니다. 겉보기에 그것들은 작은 접시와 같이 딱 머리에 붙어 있어 다른 하등동물의 눈과 전혀 다를 것이 없어 보였습니다. 하지만 가까이서 들여다보면 놀랍게도 그 안에 분명한 지성의 흔적이 꿈틀거리는 것을 볼 수 있었습니다.

그것은 어느 지저분한 지구인의 소유였습니다. 해고당한 선원이었을까요? 첫눈에 보기에도 몹시 취해 있었습니다. 다섯 걸음마다 비행장 바닥에 가래를 뱉으면서 정처 없이 비틀비틀 걸어가고 있었지요. 가끔가다 그는 그 생물의 목에 달린 밧줄을 잔혹하리만큼 세차게 잡아당겼습니다. 생물은 끽끽 소리를 지르면서 어떻게든 목의 고통을 줄이려고 짧은 다리를 서둘러 놀렸지만 언제나 헛수고였습니다.

'모두 이리 와봐!'

그는 갑자기 비행장 중간에 뚝 멈추어 서더니 고함을 질렀습니다.

'모두 와서 이놈 좀 보라구……. 보기엔 이래도 말이야…… 이게 꽤 영리하단 말이거든…….'

그는 갑자기 그것의 머리와 배를 발로 걷어차더니 외쳤습니다.

'이 벌레 같은 녀석아! 여기 계신 신사 숙녀 여러분에게 4의 제곱이 몇인지 계산해드려!'

생물은 꺅꺅 소리를 내며 규칙적으로 짖기 시작했습니다. 나는 무의식적으로 그 소리를 헤아려보았습니다. 그것은 꼭 16번을 짖더니 멈추었습니다.

'사기야.'

그의 근처에 서 있던 다른 지구인이 말했습니다.

'흔한 속임수야. 자네의 몸짓을 알아보고 멈춘 것에 불과해. 그런 시시한 사기로 우릴 속이려 하나?'

'거기 똑똑한 친구, 그렇게 똑똑하시다면 이리 와서 확인해보시구려. 자, 난 눈 감고 있겠어. 등도 돌리겠고. 당신이 직접 물어보지 그래? 수화를 써도 좋고 종이에 써도 좋아. 어떻게든 소리나 안 나게 해보라고.'

'그 똑똑한 친구'는 잠시 머뭇거리다가 종이에 커다랗게 '2+12'라고 써서 생물의 눈앞에 내밀었습니다. 그 생물은 앞발을 쳐들고 바닥의 흙먼지 위에 연방어 숫자로 '14'라고 썼습니다.

그때부터 구경꾼들이 모여들기 시작했습니다. 질문이 던져질수록 문제의 수준도 올라갔습니다. 곱셈 계산은 제곱으로, 제곱에서 세제곱으로, 세제곱에서 보다 복잡한 방정식으로 넘어갔습니다. 그리고 그 기묘한 괴물은 놀랄 만한 정확성으로 그 질문에 답변을 했습니다.

저 역시 흥미가 당겼습니다. 그것은 분명히 어느 정도 지성을 지니고 있었습니다. 연방어를 상당히 이해하고 있는 것도 확실했습니다. 그렇다면 이것은 대발견일 수도 있습니다. 아직까지 저런 형태의 지성체는 발견된 적이 없었으니까요. 그리고 그것이 지성체라면—아니, 설령 지성체가 아니더라도—저 지구인의 행위는 불법이었습니다. 그러나 그때까지 그런 생각은 들지 않더군요.

저는 구경꾼들이 흥미를 잃고 흩어질 때까지 기다렸습니다. 사람들이 다 가버리자, 저는 구경꾼들이 던져준 돈을 세고 있는 그에게 다가갔습니다.

'안녕하세요.'

저는 조심스레 물었습니다.

'안녕하슈.'

그는 얼굴도 들어 올리지 않더군요.

'이 생물은 어디서 발견하셨죠, 아저씨?'

'아가씨가 알 바 아니지.'

그는 퉁명스럽게 내뱉었습니다.

'하지만 이건 중요한 일이에요. 이 생물은 지금까지 알려진 적이 없는…….'

'아하…….'

그는 지저분한 손가락으로 내 볼을 쿡 찔렀습니다.

'난 당신네들의 수법을 알아. "이건 당신네들에게도 이로운 일이에요", "이렇게 하면 당신도 돈을 벌 수 있어요" 이러면서 은근슬쩍 내 벌레를 빼돌릴 작정이지. 결국 아무도 읽지 않는 책에 내 이름 하나만 올라가고 끝이지. 나한테 떨어지는 떡고물은 아무것도 없고 말이야.'

그는 주먹을 휘두르며 외쳤습니다.

'난 이놈을 가지고 한밑천 잡아야겠다! 그러니 썩 꺼져! 또 그딴 수작을 부리면 머리를 날려버릴 테다!'

좋은 의도로 말했는데도 이런 협박을 들으니 화가 나더군요. 저도 맞고함을 질렀습니다.

'좋아요! 마음대로 하세요! 하지만 어떻게 한밑천을 잡겠다는 거죠? 벌레에게 숫자 묘기를 시켜서?'

'당신이 알 바가 아니야.'

그러더니 그는 휙 몸을 돌려 걸어가기 시작했습니다. 벌레도 꽥꽥거리면서 그의 뒤를 따랐습니다. 저는 너무나 기분이 나빠서 한동안 멍하니 그 자리에 서 있었습니다.

그제야 지적 생물을 저렇게 괴롭히는 것이 범죄행위라는 생각이 떠오르더군요. 저는 제 우주선으로 돌아와서 어떤 못돼먹은 지구인 하나가 미발견 지성체임이 분명한 생물을 무참하게 학대하고 있다는 내용의 편지를 써서 연방 생물학협회로 보냈습니다. 그리고 개발관리국에도 그 남자의 출국을 금지해달라는 요청서를 보냈고요. 편지 두 통을 다 쓰고 나니 그제야 속이 좀 후련해졌답니다."

"그래서 그 생물을 구해냈습니까?"

내가 물었다.

선주는 고개를 저었다.

"아닙니다. 전혀 엉뚱한 일이 일어나 편지들을 쓸모없게 만들어 버렸지요.

다음 날 아침 제가 이륙 허가를 받고 출국담당소를 나서는데 경찰관 두 명이 저를 기다리고 있었습니다. 그들 중 한 명이 저를 멈추어 세웠습니다.

'어제 사고가 생겨서 목격자를 찾고 있습니다.'

경찰관은 주머니에서 제가 어제 본 지구인의 사진을 꺼내며 말했습니다.

'이 사람을 만나신 적 있으시지요? 전에 안타티카 화물선의 선원이었던 김문권이라는 지구인입니다.'

'네, 있어요. 무슨 일이지요?'

경찰관들은 서로의 얼굴을 쳐다보더니 어깨를 으쓱했습니다.

'어제 살해되었습니다. 누군가가 그 사람 심장에다 구멍을 뻥 뚫어놓았지요.'

다른 경찰관이 마치 별일이 아닌 것처럼 말했습니다.

'벌레는요?'

'벌레……가 뭡니까?'

'그 사람이 데리고 다니던 애완동물이요. 길이가 당신네 키의 하나 반 정도 되는 벌레처럼 생긴 하얀 동물요. 그건 지금 어디 있죠?'

'무슨 말인지 모르겠군요. 그런 것에 대한 보고는 전혀 없는데요. 저희들은 당시 비행장에 있던 사람들을 일일이 만나 당시 행적을 조사하고 있는 중입니다. 그 사람은 23시 04분에 살해당했습니다. 그때 어디 계셨습니까?'

그때 난 초공간 통신으로 편지를 송신하고 있었습니다. 고맙게도 제 개인 신원 코드를 이용해서요. 믿을 만한 연방 기관 두 군데가 내 알리바이의 증인이 된 셈입니다. 경찰관들은 곧 그 사실을 확인하더니 저를 풀어주었습니다.

저는 출국을 포기하고 그날 오후를 그 벌레를 찾는 데 바쳤습니다. 정말 미친 듯이 돌아다녔었죠. 하지만 허사였습니다. 벌레는커녕 그것의 발자국도 발견할 수 없었습니다. 저는 포기하고 우주선으로 돌아올 수밖에 없었습니다.

2차 성변이기에 접어들 무렵의 다른 아이들처럼 저는 그 당시 신경이 무척 예민한 상태였습니다. 문을 열자마자 저는 누군가가 침입해왔다는 사실을 알 수 있었습니다. 냄새를 맡지 않아도, 바닥 군데군데에 난 발자국을 보지 않아도 말입니다.

커억 하는 소리가 부엌에서 들려왔습니다. 저는 주머니에서 전자총을 꺼내 켠 다음 천천히 안으로 들어갔습니다.

벌레가 있었습니다. 그것은 상체를 세우고 뒤의 네다리로만 꽤 맵시 있게 서 있었습니다. 이제 자유로워진 앞의 네발로는 식품저장실에서 꺼낸 건조식품을 들고 있었고요. 건조식품은 수돗물에 젖어 잔뜩 부풀어 올라 있었습니다. 사방에 그 끈적끈적한 것들이 달라붙어 있어 부엌은 몹시 지저분했습니다.

'안녕.'

저는 조심스럽게 그것에게 말을 걸었습니다.

벌레는 내 말을 알아들었는지 고개를 옆으로 살짝 기울였습니다.

'네 걱정을 많이 했단다.'

저는 말을 이었습니다.

'너…… 내 말을 알아들을 수 있겠니?'

벌레는 다시 그 갸웃 하는 동작을 되풀이했습니다. 그것의 눈은 전에 보았을 때와는 달리 유리 눈처럼 공허했습니다.

눈 말고도 달라진 것들이 있었습니다. 그것의 피부는 점점 색소를 잃어가고 있었습니다. 전에 보았을 때에는 눈처럼 불투명한 흰색이었습니다. 그러나 지금은 투명한 피부 속의 내장이 고스란히 드러나 보였습니다. 그 안에는 6개의 다른 다리가 숨어 있었습니다.

저것들이 삐져나온다면 저 벌레는 다리를 14개나 가지게 되겠죠. 저 상태가 저들 종족에게 정상적인지 비정상적인지는 알 수 없었지만 저에겐 기형으로 보였습니다.

'어떻게 도망쳤니?'

저는 다시 입을 열었습니다.

하지만 질문은 이어지지 못했습니다. 누군가가 제 등에 차가운 금속 막대기를 들이댔기 때문이었습니다."

2

"'가만히 있으면 당신을 해치지 않아.'

거칠고 쉰 목소리가 명령했습니다.

'들고 있는 전자총을 떨어뜨려. 좋아, 이제 두 팔을 위로 올려. 손가락들을 모두 펴! 좋아……. 이제 돌아서.'

나는 천천히 몸을 돌렸습니다.

자그마한 필로인 노인이 빔 절단기처럼 보이는 긴 막대기를 나를 향해 겨누고 있었습니다. 눈에는 진물이 고여 있었고, 배주머니는 한창 때 물건을 너무 많이 집어넣고 다녔던 탓인지 축 늘어져 있었습니다. 저는 의사는 아니었지만 그가 죽을 날이 멀지 않은 노인이라는 정도쯤은 알아차릴 수 있었습니다.

그는 배주머니에서 수갑 두 개를 꺼내 제 손목과 발목을 묶었습니다. 그러는 동안에도 벌레는 컥컥 소리를 내면서 물에 젖은 건조식품을 집어삼키고 있었습니다.

'당신이 그 지구인을 죽였나요?'

제가 물었습니다.

'내가 죽였소.'

그는 아까보다는 조금 부드러워진 목소리로 대답했습니다.

'왜 담당 경찰관에게 자수하지 않았죠? 당신네 필로인들에겐 면책특권이 있잖아요.'

'보다 급한 일이 있으니까. 난 저것들, 아니 저것과 함께 어딜 가봐야 하오. 당신 우주선을 잠시 빌렸으면 좋겠소. 알겠소?'

'원하신다면.'

저는 쏘아붙였습니다.

그는 부엌에서 걸어나갔습니다. 철컥 하고 밖에서 문을 잠그는 소리가 들리더군요. 벌레는 그런 것 따위엔 상관 않고 먹어대고 있었습니다. 저는 바닥에 누운 채 그가 제 우주선 조종간의 조종사 인식장치를 건드려 경보벨이 울리기를 기다렸습니다. 하지만 산전수전 다 겪은 늙은 선원에게는 그따위 보안장치는 아무것도 아니었던 모양입니다. 우주선은 제 기대를 배신하고 카르사노프의 대기권을 벗어났습니다.

저는 될 수 있는 한 편한 자세를 취하고 앉아 어떻게 하면 수갑을 풀 수 있을까 생각했습니다. 총은 그가 가져가 버렸지만, 부엌에는 그래도 쓸 만한 도구들이 꽤 많기는 했습니다. 저는 비틀거리며 일어나 서랍을 뒤져, 요리용 부분가열기를 꺼냈습니다. 저는 그것을 입에 물고 손목을 묶고 있는 수갑의 사슬에다 겨냥해 쏘았습니다. 사슬은 잘 녹지 않았지만 그래도 한참 동안 열을 받으니 힘을 주어

끊을 수 있을 만큼 물러졌습니다. 손이 자유로워지니까 발목 수갑을 푸는 것은 일도 아니더군요.

그러는 동안에도 벌레는 계속 제 비상식량을 비우고 있었습니다. 그것은 정말 필사적으로 먹어댔습니다. 식품저장실에 빈 공간이 늘어날수록 그것의 몸도 풍선처럼 부풀어 올랐습니다. 몸속에 숨겨진 다리들도 슬슬 꿈틀거리면서 피부 안쪽을 긁고 있었습니다. 변태 중인 모양이었습니다.

지금은 그런 걸 생각할 때가 아니었습니다. 우선 우주선을 되찾아야 했습니다. 저는 가열기로 자물쇠를 녹여 부수고 손잡이를 끼워 소리 나지 않게 천천히 돌렸습니다.

문을 절반쯤 열었을 때, 문제가 생기고 말았습니다. 벌레가 먹다만 건조식량 통을 바닥에 집어던진 것입니다. 쨍그랑하는 소리가 열린 문을 넘어 온 우주선에 울려 퍼졌습니다. 심장이 얼어붙는 것만 같았습니다.

조종실에서는 아무 반응도 없었습니다. 식량 통이 굴러가다 벽에 부딪힐 때 다시 소리를 냈는데도 그쪽은 조용했습니다. 저는 문을 열고 조종실로 조심스럽게 걸음을 옮겼습니다.

필로인 노인은 수동조종간의 손잡이를 움켜쥔 채 의자에 앉아 있었습니다. 귀에서 초록색의 진물이 뚝뚝 흘러나와 바닥에 작은 못을 만들고 있었습니다. 제가 어깨에 손을 얹자 그는 나무토막처럼 머리를 조종간에 박았습니다. 목 뒤를 만져보았습니다. 아무런 진동도 느껴지지 않았습니다. 그는 죽어 있었습니다. 필로인의 제1 사망원인인 급작스러운 조직마비였지요.

저는 그를 밀쳐내고 조종석에 앉아 컴퓨터를 호출했습니다. 하지만 기계는 아무리 불러도 대답을 하지 않았습니다. 하이퍼 통신기도 말을 듣지 않았고, 좌표계도 작동하지 않았습니다. 계기판을 보니 더 어이가 없었습니다. 그 미친 영감은 죽기 전에 좌표도 계산하지 않고 장거리 도약을 적어도 세 번 이상 한 모양이었습니다. 그리고 나중에 다른 사람이 검토할 만한 자료들을 모조리 영구 제거해버렸습니다. 우주선은 눈과 귀가 완전히 멀어버린 우주 미아였습니다.

너무나 기가 막혀 웃음이 나왔습니다. 왜 그랬을까요? 남들이 추적하지 못하도록? 그렇다면 자기는 어떻게 목적지에 도달하려 했던 것일까요? 그냥 자살할 생각이었을까요? 하지만 정상적인 필로인이라면 결코 혼자 죽으려 하지는 않을 겁니다. 도대체 어떤 악마가 이 영감을 이렇게 돌게 만들었을까요?

잠시 이 일에 대해서는 생각하지 않기로 했습니다. 수리 불가능할 정도까지 우주선을 부술 수는 없었겠지요. 어떻게든 고칠 수는 있을 겁니다. 그러니 우주선이 관성 비행을 하도록 내버려두고 잠시 엉망이 된 부엌이나 청소하는 편이 나을 거라는 생각이 들었습니다. 벌레에게 테이블 매너를 가르쳐주면 더욱 좋고요.

저는 노인의 시체를 끌고 부엌으로 돌아갔습니다. 벌레는 여전히 먹고 있었습니다. 나는 시체를 코팅해 냉동창고 구석에 집어넣었습니다. 그리고 식품저장고의 문을 닫은 다음 청소기를 꺼내 벌레의 눈앞에 들이밀고 말했습니다.

'자, 좋은 시절은 다 끝났다. 청소 끝날 때까지 구석에 처박혀 있어!'

벌레는 어리둥절한 듯 빤히 나를 쳐다보았습니다. 게걸스럽게 음식을 입 안으로 집어넣던 턱도 움직임을 멈추었습니다. 그것은 먹고 있던 음식을 뱉어내고 천천히 뒷걸음질쳐 벽에 달라붙었습니다.

겁을 먹었다고 생각했지만 착각이었습니다. 벽에 달라붙어 위태롭게 서 있던 벌레의 배에서는 투명한 액체가 희미한 틈을 통해 새어 나오고 있었습니다. 두 번째 마디의 살갗이 찢겨나가더니 마치 서류 집게처럼 생긴 발톱이 끝에 달라붙은 다리가 삐져나왔습니다.

그를 시작으로, 다른 다리들이 연속적으로 비집고 나왔습니다. 그것들은 나오자마자 몸을 둘러싸고 있는 겉껍질을 닥치는 대로 찢어발겼습니다. 찢어진 틈 사이로 반투명하고 진득한 액체가 콰르르 쏟아져 내렸습니다. 그와 동시에 이제 불필요해진 받침대 모양의 작은 뼈들과 다른 조직들도 빠져나왔습니다.

그것은 더 이상 단일체가 아니었습니다. 지금은 각각의 마디가 독자적인 두뇌를 가진 독립된 생물로 분리되어 있었습니다. 그들을 아직 하나로 연결해주는 것은 쉽게 끊어질 것 같아 보이는 네 가닥의 신경선이었습니다. 마디마다 달린 8개의 까만 눈들이 저를 뚫어져라 쳐다보고 있었습니다. 그것들은 크기만 하고 공허했던 저번 눈과는 달리 생명력으로 번들거리고 있었습니다.

새로 나온 다리들이 각각의 머리 위 마디를 움켜쥐더니, 그들은 곡예사들처럼 저에게로 다가왔습니다. 처음에는 뒤뚱거리면서 어설프게 다가오더니만, 갑자기 속도를 내면서 제 몸을 덮쳤습니다. 저는 뒤로 넘어져 그 밑에 깔려버리고 말았습니다. 그것들은 엄청나게 무거웠고 몸을 조여오는 팔들은 기계처럼 무자비했습니다. 얼마나 저항했는지는 기억나지 않습니다만, 기절할 때까지 그다지 오래 끌지는 않았던 것 같습니다."

3

"마치 두터운 안개층을 벗어나는 기분이었습니다. 의식이 뚜렷해질수록 눈앞을 가린 안개도 점점 얇아지고 숨쉬기도 편해졌습니다. 나는 바깥 눈꺼풀만 살짝 쳐들고 위를 올려다보았습니다.

작고 아름다운 얼굴 하나가 제 시야의 절반을 덮고 있었습니다. 귀를 살짝 열자 어린아이 특유의 지분거리는 듯한 속삭임도 들려왔습니다. 저는 안도의 한숨을 내쉬었습니다. 무슨 일이 일어났는지는 몰라도, 그 끔찍한 상황은 지나간 모양이었습니다. 아니, 일어난 적이 없었는지도 모릅니다. 눈을 마저 뜨면 저는 반려의 집에서 제가 받은 아기와 함께 누워 있겠지요.

하지만 저희들의 아기가 지금 그렇게까지 클 리가 없다는 사실이 제 착각을 방해했습니다. 주위를 끈질기게 맴돌면서 코를 자극하는 암모니아 냄새도 또 다른 방해꾼이었습니다. 저는 눈을 마저 뜨고 현실 세계로 돌아왔습니다.

저는 다시 묶여 있었습니다. 이번에는 팔다리에 수갑을 채운 정도가 아니었습니다. 마무리 매듭을 아주 교묘하게 지은 듯한 탄소섬유가 온몸을 그물처럼 칭칭 감고 있었습니다. 등에서는 딱딱함과 한기가 동시에 느껴졌습니다. 저는 거실 구석에 눕혀 있었습니다.

저를 내려다보고 있었던 아이는 마치 8살 난 페를레니 아이처럼 보였습니다. 얼핏 보기엔 꽤 그럴 듯했습니다. 하지만 그 아이 얼굴을 물들이고 있는 녹색은 피부 안에서 비쳐나온 것이 아니라 피부 표면의 녹색 색소 때문이었고, 몸에서는 아이들 특유의 상쾌한 향기 대신 다소 역한 암모니아 냄새가 배어나오고 있었습니다.

'깨어났어, 두목.'

그 아이가 뒤를 돌아다보며 말했습니다.

저걱저걱거리는 발소리와 함께 두 번째 얼굴이 제 얼굴 위에 나타났습니다. 이번 동물은 필로인을 모방한 모양이었지만 아까 처음 보았던 아이처럼 정교하지는 않았습니다. 대충 털가죽들을 주워 모아 엉성하게 짜 맞춘 모형 같았습니다.

'당신 우주선은 우리가 접수했다.'

'두목'이 꺽꺽거리는 목소리로 말했습니다.

'당신은 지금 우리 포로다. 우리가 목적지까지 도착하면 당신을 풀어주지. 하지만 그때까지는 그러고 있어야겠다. 불편하겠지만 당신 불평을 들어줄 생각은 없으니까 입 닥치고 있어.'

'입 닥치고 있어!'

시야 밖에 있는 세 번째 생물이 킬킬거리면서 '두목'의 말을 따라했습니다. 저는 상체를 일으켜 그쪽으로 고개를 돌렸습니다. 그것은 비만증에 걸린 지구인의 수컷과 비슷한 모습을 하고 있었는데, 다리가 무척 짧았고 아래로 늘어진 성기가 너무 길어, 걸을 때는 그것이 바닥에 질질 끌렸습니다.

'너나 닥쳐, 이 뚱보야!'

두목은 그것에게 날카롭게 쏘아붙였습니다. '뚱보'는 그 말에는 전혀 충격을 받지 않은 듯 여전히 깐죽거리면서 냉장고에서 꺼낸 양념 통을 더러운 손으로 휘저었다가 입 안에 쑤셔 넣었습니다.

이제 저는 대충 상황을 파악할 수 있었습니다. 기절해 있는 동안 벌레의 네 마디는 꾸준히 변태를 거듭해 지금의 모습으로 성장했던 것입니다. 아직도 몸의 일부가 옛 모습을 유지하고 있어 그것들의 전신을 대충 파악할 수 있었습니다. '두목'은 머리가 달렸던 첫 번째 마디였고, '뚱보'는 세 번째 마디였습니다. 그리고 '꼬마'는 두 번째 마디가 성장한 것이었지요.

지성의 여파는 꼬리 부분에까지 미치지 않은 모양이었습니다. 그것은 예전과 다름없는 모습으로, 짧은 두 다리에 힘을 주고는 깡통에 머리를 박고 있었습니다. 바닥 군데군데에 그것의 배설물처럼 보이는 녹회색의 덩어리들이 굴러다니고 있었습니다.

꼬마가 물이 든 잔을 가져다주었습니다. 물은 미지근하고 냄새가 났지만 저는 억지로 물을 집어삼켰습니다.

'우린 잠시 당신 우주선을 빌릴 뿐이에요.'

꼬마는 달콤한 목소리로 속삭였습니다.

'당신을 해치지 않아요. 단지 우린 시간이 없어요.'

'급한 약속이라도 있니?'

제가 물었습니다.

꼬마는 예의 바르게 작은 폐로 한숨을 내쉬더니 고개를 저었습니다.

'당신은 이해 못 해요. 이해해서도 안 되고요. 이건 우리만의 문제예요. 다른 종족들이 알아서는 안 돼요.'

‘아까 죽은 그 필로인은? 그는 뭔가 알고 있었잖아.’

‘오, 그는 달라요. 라스타크는…….’

꼬마는 뭐라고 말하려고 했지만 두목이 거칠게 그녀를 뒤로 잡아끌었습니다. 꼬마는 거칠게 벽에 부딪히더니 미끄러지듯 주르르 바닥에 쓰러졌습니다. 무척 아팠는지 눈에는 눈물이 글썽거렸습니다. 곧 아이는 소리 죽여 울기 시작했습니다.

‘젠장!’

두목은 혀를 찼습니다.

‘도대체 내가 저것들하고 어떻게 한 몸에서 살아왔지? 바보천치에다, 울보에다, 먹보에다! 쓰레기들이야, 하나같이 다 쓰레기들이라니까!’

‘두목은 천재야.’

뚱보는 분위기도 모르고 자랑했습니다.

‘너무 머리가 좋아서 저렇게 화를 자주 낸다고. 지금까지 생각하는 건 모두 다 두목이 했거든. 두목은 뭐든지 알아. 그렇지, 두목?’

두목은 뚱보의 엉덩이를 발로 걷어차면서 뭐라고 욕을 내뱉었습니다. 뚱보는 뭐가 좋은지 계속 히히 웃어댔고요. 결국 두목은 포기했다는 듯이 두 손을 번쩍 치켜들고 조종실로 들어갔습니다. 안에서 철컥하고 문을 걸어 잠그는 소리가 들렸습니다.

꼬마는 울음을 멈추고 눈물을 닦고 일어났습니다. 그녀는 벽장에서 청소기를 꺼내 서툴게 놀리며 바닥에 떨어진 배설물들을 치웠습니다. 자기 배설물들이 없어지는 걸 보자 꼬리는 꺽꺽 소리를 내면서 청소기를 공격했습니다. 그것은 자기가 싼 것과 먹을 것도 구별을 못했습니다.

'아까 하던 말 계속 해주겠니? 라스타크는 왜 너희들을 도와주었니?'

제가 물었습니다.

'말해서는 안 돼요.'

꼬마는 도리질을 하며 저에게서 도망치듯 거실 구석으로 청소기를 몰고 갔습니다."

4

"제 상황은 조금 나아졌습니다. 저는 무거운 물건들을 단 사슬들을 질질 끌면서 돌아다닐 정도의 자유는 얻을 수 있었습니다. 자기 배에서 그런 혜택에 만족해야 했다니 서글픈 일이었지요. 그러나 적어도 남의 도움 없이 화장실에 갈 수는 있었습니다.

그들은 분명히 구체적인 목적지를 정해놓고 있었습니다. 두목의 행동을 보아도 그건 분명했습니다. 그는 3차원 지도를 펼쳐들고 뭔가 계산하느라 바빴습니다. 그는 초보적인 항법사 지식도 가지고 있는 모양이었습니다. 라스타크가 죽인 그 지구인 선원에게서 배웠겠지요.

저는 어떻게든 그들의 목적지가 어디인지 알아내려고 했지만 그 노력은 번번이 허탕으로 돌아갔습니다. 뚱보는 아무것도 몰랐고, 꼬마는 그 이야기가 나올 때마다 전기 충격이라도 받은 것처럼 비명을 지르며 달아났습니다.

가장 역겨웠던 것들은 바로 그 꼬리들이었습니다. 우주선이 정체도 알 수 없는 목적지를 향해 날아가는 동안, 꼬리들은 죽어라고 먹고 싸고 번식을 해댔습니다. 이제 수십 마리의 꼬리들이 우주선 이곳저곳을 싸돌아다니고 있었습니다. 먹을 것을 관리하는 뚱보가 더 이상 그것들에게 먹이를 주지 않자, 그것들은 서로를 잡아먹었습니다. 마침내 참다못한 꼬마는 그들을 맨 아래층 창고에 몰아넣고 문을 잠가버렸습니다.

가끔가다 나는 꼬마와 뚱보가 속삭이는 말들을 엿들을 수 있었습니다. 꼬마는 틈만 나면 두목에 대해 불평을 했습니다. 하지만 맨날 두들겨 맞는데도 불구하고 뚱보는 두목을 거의 신처럼 떠받들고 있었습니다. 두목이 하는 일은 언제나 옳았고 꼬마의 불평은 무조건 나빴습니다.

'그래도 난 거기 가기 싫어.'

꼬마는 말하곤 했습니다.

'그곳에 돌아가기엔 난 너무 어려.'

'두목이 옳아. 우리가 이 꼴로 뭘 하겠어?'

뚱보는 쏘아붙였습니다.

'넌 바보야. 넌 아무것도 몰라. 그곳에 가면 우린 죽는 거야. 알아? 난 좀 더 살고 싶어!'

'우린 안 죽어.'

'우리에겐 그게 죽는 거란 말이야. 모르겠어?'

꼬마와 뚱보의 논쟁은 언제나 이 말로 끝이 났습니다.

꼬마는 언제나 저와 가까워지려고 노력했습니다. 저 역시 아이가 그들 중에서 가장 편했습니다. 꼬마는 페를레니의 기준으로 보아도 상당히 귀여운 아이였습니다. 그리고 형제들과는 달리 어떻게든 자신의 육체를 페를레니의 기준에 맞추려고 노력했습니다. 실제로 아이는 시간이 지날수록 점점 더 우리들과 비슷해졌습니다.

꼬마가 살짝 흘린 정보에 따르면 그들 종족은 의식적으로 다른 종족의 육체를 모방할 수 있었습니다. 그 생물에게 있어서 그것은 아주 중요한 재능이었습니다. 지금 이 상황에서는 별 소용이 없는 짓이었기 때문에 뚱보나 두목은 간단한 모방으로 만족했지만, 꼬마는 모방에 필사적이었습니다. 아이는 틈만 나면 패션 잡지에서 따온 듯한 복잡하고 예쁘장한 옷들을 재단하는 데 시간을 보냈습니다. 저 역시 그 일을 도왔습니다. 처음에는 정보를 얻을 생각으로였지만 나중에는 진심이었습니다. 꼬마는 여전히 그들의 목적을 이야기하는 것을 꺼렸기 때문에 우리는 될 수 있는 한 해 없는 소재들인 패션, 음악, 무용과 같은 것들에 대해서만 이야기했습니다.

저는 감금된 지 5일째 되는 날 2차 성변이를 맞았습니다. 그동안 강한 스트레스를 받았기 때문에 그때 증상은 대단했습니다. 복통은 엄청났고 사방에 피가 흘렀습니다. 두목과 뚱보가 끽끽 웃어대며 놀려대는 동안 꼬마는 물과 약을 찾아 헤매느라고 분주히 움직였습니다.

'미안해요.'

그 애는 제 몸에 묻은 피를 닦아내면서 속삭였습니다.

'제 탓이에요. 제가 이러지만 않았어도 여기서 이러지 않아도 되었을 텐데.'

'네 탓이 아니야.'

저는 영문도 모르면서 아이를 위로했습니다. 하지만 꼬마는 목이 떨어져 나갈 만큼 심하게 도리질을 했습니다.

'아니에요. 제 탓이에요. 제가 이러고 있지만 않았어도 우리는 이미…….'

그때 두목이 꼬마를 노려보았습니다. 꼬마는 얼굴이 순식간에 창백해지더니 말을 중간에 멈추고 화장실로 달아났습니다. 두목은 아이를 따라가는 대신 심각한 표정으로 화장실의 문을 노려보았습니다.

저는 그때서야 그들의 계획에 어떤 차질이 있다는 사실을 확신할 수 있었습니다. 그렇지 않다면 이 여행이 이렇게 오래 걸릴 이유도 없었습니다. 그들은 갈팡질팡하고 있었습니다. 목적지가 어디에 있는지 모르고 있는 것일까요? 하지만 두목의 행동을 보면 그렇지도 않은 것 같았습니다. 목적지에 대해 이야기할 때마다 그의 표정은 언제나 자신감에 차 있었습니다.

저는 슬슬 꼬마와 두목 사이에 감돌고 있는 긴장감이 단순한 두목과 부하의 관계 이상이라는 사실을 눈치챌 수 있었습니다. 분명히 두목은 꼬마를 의심하고 있었습니다. 그리고 그것은 그들의 문제점과 관련되어 있었습니다. 그 애가 '제가 이러지만 않았어도……'라는 말을 무심코 내뱉었을 때, 그 의심은 어느 정도 확고부동해졌습니다. 궁금한 점은 그가 왜 그러면서도 꼬마를 다그치지 않느냐였습니다.

대신 그는 주변에 있는 가구들을 닥치는 대로 부수면서 터져 나오는 분노를 표출했습니다. 화가 극에 치닫자 그는 도끼를 들고 지하실에 내려가서 꼬리들을 학살했습니다. 하지만 꼬리들의 조각난 몸은 도끼날을 떼자마자 순식간에 각각의 독립된 꼬리들로 살아났습니다. 그 일이 더 이상 그를 진정시키지 못하자 그는 제가 코팅해서 보관해놓은 필로인 선원의 시체를 꺼내 우리들이 보는 앞에서 동강 내기 시작했습니다.

꼬마가 비명을 지르면서 눈을 가렸습니다. 두목은 껄껄거리면서 웃더니 꼬마를 시체가 있는 곳으로 질질 끌고 가 그녀의 얼굴을 시체의 절단면에 박았습니다.

언제나 두목을 숭배하고 있던 뚱보도 이때는 어떻게 해야 한다는 생각이 든 모양이었습니다. 그는 우물거리는 말투로 꼬마에게 너무 심하게 굴지 않았냐고 말했습니다. 그 답변으로 두목은 도끼날 등으로 그의 머리를 후려갈겼습니다. 뚱보는 기가 죽어서 넘어진 테이블 뒤로 숨었습니다. 두목은 다시 꼬마에게 돌아가 시체 조각을 잘라내 꼬마의 입 안에 쑤셔 넣었습니다.

'그만둬!'

참다못한 제가 외쳤습니다.

'그럼 당신이 먹겠어?'

그는 손가락으로 시체 조각을 긁어내더니 저에게 내밀었습니다. 하지만 저는 어렸을 때 교육 길드에서 어떤 종류의 혐오감이라도 의식적으로 없애는 방법을 배운 적이 있었습니다. 그가 진짜로 그걸 먹인다고 하더라도 눈 하나 깜짝하지 않을 자신이 있었습니다.

'두목이라면 두목답게 구는 게 어때?'

저는 냉정하게 대꾸했습니다.

그는 킥 웃었습니다.

'두목이라면 어떻게 해야 하지? 7천 년 동안 정치 길드에게 모든 일을 떠넘긴 너희들이 두목이 무슨 일을 해야 하는지 어떻게 알아?'

'적어도 두목이라면 자기 일은 제대로 할 줄 알아야지. 넌 아무것도 못 하고 있어. 넌 네가 무슨 일을 해야 하는지도 모르잖아.'

'아니야!'

그는 고래고래 고함을 질렀습니다.

'아니긴 뭐가 아니야? 그럼 왜 지금까지 은하계 한가운데를 떠돌며 방황하고 있지? 이 요트가 그렇게 고물인 줄 알아? 나 같으면 벌써 구상성단까지 가고도 남았겠다.'

'난 모든 것을 알아! 난 이 우주선을 조종할 수 있어!'

'그래? 그렇다면 왜 좌표 계산할 때마다 늘 공간보정을 빼먹고 있지?'

이 말은 사실은 그냥 멋대로 내뱉은 소리에 불과했습니다. 제가 그가 좌표 계산을 어떻게 했는지 어떻게 알았겠어요? 그리고 공간보정 계산은 제 요트와 같이 공간 엔진이 하나밖에 없는 우주선한테 전혀 쓸모가 없는 것이었지요.

그러나 그의 반응은 대단했습니다. 얼굴이 완전히 얼어붙은 채로 그는 엉덩방아를 찧으며 바닥에 주저앉았습니다. 도끼가 손에서 미끄러져 테이블 쪽으로 굴러갔습니다. 뚱보가 재빨리 도끼 자루를 잡았습니다. 이제 그도 두목이 전지전능하지 않다는 사실을 알아차렸던 겁니다.

'넌 지금까지 허세를 부리고 있었어.'

저는 그 틈을 이용해 그를 계속 추궁했습니다.

'떨어져 나가기 전에 우연히 머리 쪽에 달라붙어 있었다고 모든 것을 다 할 줄 아는 척해왔지만, 네 머릿속에 든 것은 쓰레기들뿐이야. 그것들을 이용할 수 있는 능력은 너에게 없어!'

두목은 일어났습니다. 그는 아직도 시체 근처에 몸을 웅크리고 있는 꼬마에게 달려가 꼬마의 목을 움켜쥐었습니다.

'이 치사한 계집 같으니!'

두목은 외쳤습니다.

'네가 그 지식을 감추고 있었어! 넌 이 우주선을 조종하는 방법을 알고 있으면서도 내가 갈팡질팡하는 동안 뒤에서 가만히 웃고 있었어! 감히 나한테 그런 일을 저지르고 무사할 줄 알아? 말해! 어떻게 계산하는 거야?'

꼬마는 할딱거리면서도 그의 질문에는 대답하지 않았습니다. 그는 그녀를 벽 저쪽에 집어던지고 저에게 다가왔습니다. 그는 주머니에서 작은 세라믹 칼을 꺼내 내 목에 들이댔습니다. 꼬마는 그때서야 흐느끼며 울기 시작했습니다.

'더 이상 아무 말도 않겠다.'

그는 말했습니다.

'셋까지만 세겠어. 그 이후엔 네 가짜 엄마의 목을 잘라버리겠다. 하나, 둘…….'

'멈춰, 두목! 내가 하겠어!'

꼬마가 울부짖었습니다.

'지금 해!'

꼬마는 비틀비틀 일어났습니다. 아이는 두목이 지금까지 쓰고 있던 계산기와 출력기를 챙겨들고 창가로 가더니 서툰 손놀림으로 계산을 하기 시작했습니다. 저에겐 그 애의 계산이 수십 년이 걸리는 것 같았습니다. 벌써 칼끝이 목을 긁어대 피가 흐르고 있었습니다.

한 시간이 넘어서야, 꼬마는 출력기가 뽑아낸 종잇조각을 두목에게 들이댔습니다. 두목은 종잇조각을 빼앗고 대충 훑어보았습니다. 그는 만족한 모양인지 저를 밀어내고 조종실로 달려갔습니다. 조종실 문이 닫히자 꼬마는 허둥지둥 저에게 달려왔습니다.

'미안해요, 미안해요…….'

아이는 코를 제 가슴에 박고 계속 그 말만을 되풀이했습니다.

우주선의 조명이 희미해지고 몸무게가 가벼워졌습니다. 우주선이 도약을 준비하고 있었습니다. 저는 거의 반사적으로 아이를 끌어안았습니다. 우주선은 요동치면서 초공간 안으로 돌진했습니다."

5

"두목은 도약이 끝난 지 한참 뒤에야 다시 모습을 나타냈습니다. 이제 그는 웃고 있었습니다.

'자, 이제 쇼가 시작됐다.'

그는 이렇게 외치면서 거창한 동작으로 우주선 벽에 숨어 있는 모니터를 잡아당겼습니다. 그는 창문들을 모조리 가리고 모니터를 켰습니다.

화면 한가운데에는 갈색 행성이 떠 있었습니다. 나는 화면 아래 측정자를 읽었습니다. 페를렌 행성의 10배 정도였습니다. 우리가 보고 있는 동안에도 행성은 점점 커지고 있었습니다.

'저기가 목적지야?'

제가 물었습니다.

'그래.'

그는 이제 더 이상 감출 필요도 없다는 듯이 시원스럽게 말했습니다.

'고향 별?'

'맞아.'

'왜 거기서 떠나왔지?'

'당신은 알 필요 없어.'

그는 바보처럼 실없이 낄낄거리면서 다시 조종실로 들어갔습니다.

저는 아직도 저에게 안겨 있는 꼬마를 내려다보았습니다. 그 애의 몸은 얼음장처럼 차가웠고 얼굴은 겁에 잔뜩 질려 있었습니다.

'왜 그렇게 겁을 먹고 있니?'

제가 물었지만 꼬마는 대답도 하지 않고 계속 흐느끼기만 했습니다. 저는 뚱보를 바라보았습니다. 그는 아직도 도끼를 부여잡고 멍한 표정으로 모니터를 응시하고 있었습니다. 그에게도 꼬마의 두려움이 서서히 전염되어가고 있는 듯했습니다.

이제 그 행성은 화면의 전면을 가득 채우고 있었습니다. 우주선이 천천히 행성의 낮 부분으로 돌아서자 저는 그 행성을 보다 잘 관찰할 수 있었습니다.

행성의 표면을 갈색으로 물들이고 있는 것은 바다였습니다. 육지와 같은 것은 보이지 않았습니다. 멀리서 보기에도 매우 점성이 강할 것 같아 보이는 그 액체는 정신병자의 낙서처럼 보이는 다양하고 혼란스러운 무늬를 행성 전면에 만들고 있었습니다.

금속성의 물체가 화면 앞을 스치고 지나갔습니다. 저는 꼬마를 한 팔로 감싸 안은 채 모니터를 조종해 그 물체를 뒤쫓았습니다. 우주선이었습니다. 연방에서 150년 전까지만 해도 대량생산했던 중형 화물선의 일종이었습니다. 조명은 완전히 꺼져 있었고 중력장도 작동되는 것 같지 않았습니다. 그것은 유령선처럼 그냥 궤도 위를 떠돌고 있을 뿐이었습니다.

곧 수십여 개의 다른 위성들이 눈에 들어왔습니다. 모두가 우주선이었습니다. 어떤 것은 박물관에 기증해도 될 만큼 구식이었고 다른 것은 공장에서 막 나온 신품이었습니다. 모두 동력이 꺼진 채로 조용하게 궤도 위를 돌고 있었습니다.

조종실의 문이 열렸습니다. 두목의 얼굴은 환희로 가득 차 있었습니다. 그는 배우처럼 과장된 동작으로 모니터를 가리켰습니다.

'봐! 우리를 보고 있어!'

모두의 시선은 두목이 가리키는 행성의 한 점으로 모였습니다. 처음에 그것은 보통의 검은 얼룩처럼 보였습니다. 하지만 보고 있는 동안 그것은 원형으로 부풀기 시작했습니다. 저는 눈을 의심했습니다. 어처구니없는 일이었지만 저에게는 그것이 3차원의 형태로 보였습니다. 눈이 착각한 것이 아니라면 저는 페를렌 행성만 한 공이 바다에서 떠오르고 있는 광경을 보고 있었습니다.

저는 최면에라도 걸린 것처럼 공을 관찰했습니다. 공은 천천히 ―하지만 거리를 고려해보면 무서울 정도로 빠른 속도였겠지요―우주선 쪽으로 다가오고 있었습니다. 마침내 중심에 있는 노란색 점이 모니터 정면을 향했을 때, 저는 제가 믿을 수 없을 만큼 거대한 눈을 보고 있다는 사실을 알았습니다.

그 크고 검은 눈 역시 저희를 보고 있었습니다. 우주선이 그것에 점점 가까워질수록 그런 느낌이 강해졌습니다.

뒤에서 꾸르륵거리는 소리가 들려왔습니다. 두목의 입에서 누런 거품이 새어나오고 있었습니다. 그의 얼굴은 천천히 뒤틀리면서 아래로 늘어지기 시작했습니다. 그의 몸 역시 물이 든 자루처럼 출렁거리고 있었습니다. 뚱보는 헉헉거리는 숨을 내쉬면서 도끼를 움켜쥐었습니다. 그 역시 천천히 변형되고 있었습니다.

그 순간, 꼬마는 내 품에서 떨어져 나와 번개처럼 조종실로 돌진했습니다. 그녀는 두목이 채 말리기도 전에 비상 도약 장치의 손잡이를 잡아당겼습니다. 우주선은 행성의 중력 때문에 심하게 휘청거리면서 초공간으로 뛰어들었습니다.

두목은 비명을 질렀습니다. 그리고 머리끝부터 녹아내렸습니다."

6

"두목의 몸은 도약이 채 끝나기도 전에 완전히 녹아 바닥에 구정물처럼 가라앉았습니다. 남은 것은 반투명한 뼈대와 두개골 속에 아직 박혀 있는 안구들뿐이었습니다. 근육과 살들이 녹아내리자 뼈

다귀들은 와르르 바닥에 떨어지더니 산산조각이 나 사방으로 흩어졌습니다.

뚱보 역시 사정은 다를 것이 없었습니다. 그의 몸은 이제 한 덩어리의 진흙덩이에 불과했습니다. 붕괴되는 몸이 옆으로 기울었고, 도끼를 움켜쥐고 있던 그의 손이 툭 떨어져 나갔습니다.

저는 뚱보의 옷을 뒤져 절단기를 꺼내 제 몸을 묶고 있는 사슬들을 잘라내고 조종실로 뛰어들었습니다. 꼬마는 아직 살아 있었습니다. 그 애는 숨을 가쁘게 내쉬면서 작은 두 손으로 조종간을 움켜쥐고 있었습니다. 온몸은 돌처럼 경직되어 있었습니다.

저는 접는 침대를 꺼내 꼬마를 눕히고 조종간을 잡았습니다. 기기들은 전보다 상태가 훨씬 나빴고 남은 에너지는 서너 차례의 도약을 할 만큼밖에 없었습니다. 도약 자료들은 여전히 지워지고 없었고요. 저는 잠시 심호흡을 하고 구상성단과 라인세르트 성운을 등대로 삼아 대충 도약을 감행했습니다.

두 번째 도약이 끝나자 조종실의 모니터를 통해 엘모라드 초신성의 화려한 빛이 안으로 밀려들어 왔습니다. 눈물이 나오더군요. 그때 저에게 초신성은 정말로 천사처럼 보였습니다. 저는 간단한 암산 세 번만으로 우주선의 위치를 알아낼 수 있었습니다.

저는 다시 꼬마에게로 돌아갔습니다. 아이의 상태는 갈수록 나빠지고 있었습니다. 제가 아는 몇몇 약을 먹여보았지만 전혀 말을 듣지 않았습니다. 아이는 죽어가고 있었습니다. 저는 초공간 통신으로 구조 신호를 보내고 그곳에서 가장 가까운 연방 성군으로 뛰어들었습니다.

표준시간으로 3시간이 지나자 필로인들 구조대가 우주선으로 들어왔습니다. 그들은 난장판이 된 우주선을 보자 질겁했습니다. 페를레니의 우주선에서 이런 풍경을 볼 수 있을 것이라고는 감히 상상도 하지 못했던 모양이죠. 저는 그들이 필로인의 시체를 보고 놀라지나 않을까 걱정을 했었는데 그 시체 역시 어느 사이엔가 녹아 없어지고 말았습니다. 나중에 내려가 보니, 아래층 창고에 가두어 둔 꼬리들도 누렇고 끈적끈적한 액체로 변해 있었습니다.

그들은 저와 꼬마를 엘바인 행성의 병원으로 실어갔습니다. 곧 다양한 종족들로 구성된 생물학자들이 도착했습니다. 그들은 꼬마의 몸을 검사하고 모두 고개를 절레절레 흔들었습니다. 그 아이의 몸은 자살 중이었습니다. 몸속에서 일어나고 있는 모든 체내 활동은 이제 몸을 해체하는 쪽으로만 진행되고 있었습니다. 그들은 그 작용을 잠시 억제시킬 수는 있었지만 막을 수는 없었습니다.

꼬마는 수십 종류의 약에 의지하면서 꼭 열이틀을 더 살았습니다. 그동안 저는 정말 엄마처럼 그녀의 옆을 떠나지 않았습니다. 저는 어떻게든 살아 있는 동안 아이를 행복하게 해주려고 노력했습니다. 그 노력이 어느 정도는 성공했다고 생각합니다. 꼬마가 내 품 안에서 숨을 거둘 때 아이의 입가에 아주 작지만 분명히 구별할 수 있는 미소를 머금고 있었습니다."

선주는 이야기를 멈추었다. 우리는 계속되는 이야기를 기다렸지만 그녀는 말없이 우리를 바라보고만 있었다. 잠시 침묵이 흘렀다.

"그래서 어떻게 되었습니까?"

참을 수가 없어진 내가 물었다.

"네? 아, 저는 그 행성에 남아서 과학자들의 연구가 어떻게 진척되는지 관찰했습니다. 그들은 우주선에 굴러다니는 시체 조각들을 긁어모아 실험실에 보냈습니다. 그들의 분석결과에 따르면 내 우주선을 탈취한 그 라스타크라고 하는 필로인도 다른 넷과 같은 종족이었다고 합니다. 알고 보았더니 라스타크는 필로인 사이에서는 상당히 유명한 사람이더군요. 세상을 상당히 잘 속여온 셈입니다. 심지어 죽음의 신까지 속인 셈이지요. 그는 필로인의 병으로 죽었으니까요.

그리고 제가 짐작했던 것과 마찬가지로 라스타크를 제외한 다른 이들은 처음부터 심한 기형이었습니다. 만약 그들이 정상이었다면 라스타크처럼 능숙하게 다른 종족의 모습으로 변신할 수 있었겠지요.

제가 보았던 그 갈색 행성에 대해서는 연방 지식 도서관에서도 자료를 찾아낼 수 없었습니다. 하긴 아직도 은하계에는 우리가 알지 못하는 별들이 많지요."

"그 아이는 죽기 전에 도움이 될 만한 이야기를 하지 않았나요?"

판사가 물었다.

"했습니다. 하지만 꼬마도 확실한 정보를 가지고 있지 않았습니다. 꼬마가 좌표 계산을 했으므로 저는 아이가 행성의 위치를 알고 있다고 생각했지만 아니었습니다. 아이는 단지 두목의 계산을 수정한 것에 불과했습니다. 계산은 완벽했지만 그 결과가 무엇을 의미하는지 잘 알지 못했습니다. 아이에겐 지식은 부족했지만 두목에게는 없었던 응용능력이 있었던 겁니다.

꼬마가 우리에게 자세히 말해줄 수 있었던 것은 자신의 욕구였습니다. 그들은 필사적일 정도로 강압적인 지식 습득의 욕망을 가지고 있었습니다. 그들이 사등분된 이후로 그런 욕망은 시들었지만 꼬마는 자신이 벌레의 일부였을 때 느꼈던 강박관념을 아직도 자세히 기억하고 있었습니다. 그리고 무언가 거대하고 강력한 대상에 소속되려고 하는 욕망 역시 있었습니다.

꼬마는 자신이 고향 행성을 떠날 때의 일을 기억하지 못했습니다. 기본적인 기억들은 모두 두목의 몫이었으니까요. 하지만 아직 벌레였을 당시 라스타크가 한 말은 기억하고 있었습니다. 그는 그들이 무언가 잘못되었으며 곧장 고향별로 되돌아가 다른 가족들과 한 몸이 되어야 한다고 말했답니다."

"그래서요?"

내가 재촉했다.

"그리고 지금까지 연방력으로 14년이 흘렀습니다."

선주는 말을 이었다.

"이제 저는 그들에 대해 꽤 많은 사실을 추정할 수 있게 되었습니다. 제가 보았던 그 행성의 바다는 거대한 하나의 생명체였던 것 같습니다. 바다는 지식을 습득하기 위해서 자신의 몸의 일부를 떼어내어 다른 생물로 위장시켜 은하계 이곳저곳에 파견합니다. 세월이 흘러 그들의 머리가 새 정보들로 가득 차면 그들은 다시 원래 그들이 일부였던 그 행성으로 돌아가지요.

제가 만났던 불쌍한 4인방은 몸의 기형 때문에 그 임무를 올바로 수행할 능력이 없었습니다. 그래서 라스타크가 그들을 발견할 때까지 구경거리가 된 채 은하계의 이곳저곳을 방황하고 있었겠지요."

"하지만 그 죽은 아이는 고향 행성으로 돌아가기 싫다고 말했잖습니까?"

내가 물었다.

"그렇습니다. 꼬마의 경우는 후천적으로 습득한 취향이 선천적인 욕망을 억누르고 왜곡한 대표적인 경우라고 할 수 있겠지요. 꼬마는 페를레니의 삶을 열망했습니다. 당연히 독립적인 자아를 가지고 페를레니로서 살고 싶었겠지요. 그 애에게는 거대한 전체 안에 통합되는 것은 죽음이었습니다. 그래서 두목이 허탕을 치고 있는 중에도 가만히 그를 보고만 있었고 행성에 도착했을 때는 어떻게든 탈출하려고 했던 것입니다. 그러나 그런 경우는 극히 희귀했을 겁니다. 꼬마가 기형이었기 때문에 그런 일이 가능했겠지요."

"그래서 그 행성을 찾았습니까, 자매?"

추장이 물었다.

"아뇨. 연방에서는 계속 탐사대를 이곳저곳에 보냈지만 그 행성을 발견할 수 없었습니다. 아무래도 그 생물은 태양계 전체를 은폐하는 방법을 터득하고 있는 것 같습니다. 그렇다면 일반적인 방법으로는 그 행성을 찾을 수 없겠지요.

저는 다른 방법을 생각해냈습니다. 무턱대고 행성을 찾아 헤매는 대신 그 행성으로 돌아가는 귀향객들을 찾자는 것이죠. 그들은 우선 노인들이겠고, 상당수가 자신들의 뛰어난 능력을 이용해 사회적으로 높은 위치에 올라가 있을 것입니다. 그리고 쇠약해진 몸을 이끌고 위험한 장거리 우주여행을 하려고 하겠지요."

나는 그만 들고 있던 음료를 옷 위에 흘리고 말았다. 나는 후들거리는 손으로 세척기를 꺼내 벌써 옷에 스며들기 시작한 액체를 빨아내려고 했지만 잘되지 않았다. 선주는 그런 나를 못 본 척하면서 말을 이었다.

"그들을 만나면 무엇보다 그들의 욕망에 대해 이야기를 듣고 싶습니다. 어떻게 자신의 자아를 다른 자아의 일부로 추락시키는 것이 가능한가? 어떻게 그런 것을 자발적으로 원할 수 있을까? 저는 가끔 내 품 안에서 죽어간 그 불쌍한 아이를 생각합니다. 만약에 그들이 그것을 불사의 방법이라고 생각한다면……."

간신히 옷이 마르자, 나는 자리에서 일어났다.

"이야기 잘 들었습니다."

나는 떨리는 목소리로 말했다.

"그리고 여기까지 태워주신 데에 대해 진심으로 감사드립니다. 하지만 우리는 곧 이 우주선을 떠나야 할 것 같습니다. 늙은이들에게 모처럼 이렇게 넓은 아량으로 친절을 베풀어주셨는데 그 친절을 더 즐길 수 없다는 건 정말 유감이군요."

선주는 웃었다.

"이해하겠습니다. 지금 출발하십니까? 제가 격납고의 직원들에게 연락해드릴까요?"

우리는 마중하려는 선주를 물리치고 허둥지둥 조망실을 빠져나왔다. 격납고 앞 복도에 도착하자, 헐떡거리며 내 등 뒤를 쫓아오던 판사가 숨을 몰아쉬며 말했다.

"이럴 필요가 있을까? 저 여자는 이미 모든 사실을 다 알고 있네.

우리가 운이 좋아 그녀를 따돌리더라도, 귀향하는 다른 동지들을 찾아 다시 시작하면 그만이야. 차라리 모두 털어놓고 같이 가는 편이 낫지 않나? 언제까지 은하계 전체로부터 고립되어 살 수는 없어!"

아무도 대답하지 않았다. 우리는 저항할 수 없는 육체의 명령과 이성 사이에 어정쩡하게 끼인 채 우리를 기다리는 요트를 바라보고만 있었다.

비잔티움

제 1 장

이니스프리 호의 날씬한 선체는 아직도 뒤에서 아지랑이처럼 한들거리고 있는 초공간의 작은 구멍으로부터 미끄러지듯 빠져나왔다. 도약 중 안전을 위해 잠시 꺼져 있던 선실 조명이 다시 들어왔다. 우주선은 커다란 활 모양을 그리면서 앞에 떠 있는 붉은 행성을 향해 천천히 날아갔다.

“곧 목적지에 도착합니다. 잊으신 물건이 없나 확인하시고 검역증을 준비해주십시오.”

우주선 로비의 스피커를 통해 서비스 로봇의 건조한 목소리가 울려 퍼졌다. 잠시 뒤, 조종실로 통하는 문이 열리고 그 목소리의 당사자가 동글동글한 플라스틱 몸을 민첩하게 놀리면서 나왔다. 로비에는 승객이 두 명밖에 없었지만 로봇은 다른 때와 마찬가지로 엄격하고 우아한 태도로 그들의 검역증을 체크했다.

"검역증에는 이상 없습니다. 에다인—드—로나인 박사님, 그리고 작은 아가씨."

로봇은 체크한 검역증을 그가 입고 있는 작은 정복의 호주머니에 집어넣었다.

"아시다시피 이곳은 개인 행성이라서 궤도 스테이션이 없습니다. 그래서 조금 불편하시더라도 여기서 직접 셔틀선을 타고 내리셔야 합니다. 도착지까지는 약 15분간의 비행이 소요됩니다. 지금 격납고로 가시겠습니까?"

"아뇨, 우린 한동안 여기에 있겠어요."

교장은 딱딱한 어조로 답변했다.

"알았습니다. 궤도에 도착하는 즉시 스피커로 다시 연락드리겠습니다."

로봇은 정중하게 허리를 숙여 절을 하고 다시 조종실로 사라졌다. 교장은 검역증을 체크받는 동안 잠시 열려 있던 핸드백을 닫고, 창가에 딱 달라붙어 점점 커지는 붉은 행성을 내려다보고 있는 그녀의 피후견인의 어깨에 손을 얹었다.

"저 행성이 우리의 목적지인 비잔티움이란다. 이 이름을 어디서 들어본 적이 있지 않니?"

교장이 물었다.

"지구에 있었던 고대 제국의 도시예요."

아이는 얌전하게 대답했다.

"맞아, 동로마 제국의 수도였어. 역사 시간에 아주 잘 배운 모양이구나."

아이는 창가에서 눈을 떼고 교장의 얼굴을 올려다보았다.

"왜 증조할아버지는 저 행성에 그 이름을 붙였지요?"

교장은 어깨를 으쓱했다.

"모르겠다. 아마도 단순한 변덕 때문이겠지. 너의 증조할아버지는 다소 괴팍한 사람이란다. 다소 정신이 이상하지 않았나 하는 사람도 있어.

증조할아버지는 십여 년 전까지만 해도 우리가 알고 있는 우주에서 가장 부유한 사람 중 한 명이었어. 레다 성군의 일급 예술가들 중에서 그의 후원을 받지 않은 사람이 없을 정도였단다. 그런데 그런 사람이 전 재산을 팔아 저 아무짝에도 쓸모가 없는 행성을 사들이고 거기서 왕 노릇을 하고 있는 거야. 아마도 자기 자신을 동로마의 황제로 생각하고 있을지도 모르겠다."

교장은 핸드백에서 빗을 꺼내 도약 도중 흐트러진 아이의 머리칼을 다시 빗겨주었다.

"그 사람이 너를 만나려고 하는 이유를 나는 아직도 모르겠다. 나도 보름 전에 티르—난—오그 행성의 변호사 사무실에서 갑작스럽게 연락을 받았을 뿐이거든. 하긴 그는 죽어가는 노인네이고 너는 생존해 있는 그의 유일한 직계 후손이니 만나고 싶어하는 것은 당연한 일일지도 몰라."

교장은 이제 아이의 주먹만큼 커진 붉은 행성을 슬쩍 바라보았다.

"그러고 보니 저 행성도 곧 너의 것이 되겠구나. 이런 말을 해서는 안 되는 것일지도 모르지만, 그 양반이 제정신으로 죽었다면 너는 알려진 우주에서 가장 부유한 꼬마가 될 뻔했어."

"저는 죽은 사람의 돈 같은 건 필요 없어요, 교장 선생님."

에다인—드—로나인 교장은 아이의 대답을 다소 서글픈 어조로 되받았다.

"펠뎀, 언제부터 나를 이모라고 부를래?"

이니스프리의 셔틀선은 말라붙은 비잔티움 행성의 작은 고원 위에 사뿐히 내려앉았다. 아까까지만 해도 고원의 흙을 거침없이 깎아내던 모래바람도 서서히 사그라들고 있었다. 행성 자체가 이 작은 방문객을 맞이하기 위해 잠시 자제하는 것 같았다.

"저기 그들이 옵니다."

서비스 로봇이 말했다.

펠뎀은 모니터를 통해 바깥을 바라보았다. 둔탁한 타원체 모양을 한 갈색 비행차가 모래 먼지를 일으키면서 셔틀선 쪽으로 날아오고 있었다. 비행차는 셔틀선 바로 앞까지 오자, 한쪽 벽에서 원통 모양의 통로를 뽑아 셔틀선의 입구에 들이댔다.

입구가 열렸다. 포터 로봇 두 대가 먼저 승객들의 짐을 들고 비행차 안으로 들어갔다. 서비스 로봇은 모자를 벗고 정복의 주름을 다시 손가락으로 훑은 다음 에다인—드—로나인 교장과 펠뎀에게 경례했다.

"안녕히 가십시오. 이니스프리 여행사의 우주선을 이용해주셔서 감사합니다!"

교장은 보일락 말락 고개를 까닥해 답례하고는 조카의 손을 잡고 타원체 안으로 들어갔다.

지저분한 겉모양과는 달리 비행차의 안은 깔끔하고 쾌적해 보였다. 그들이 들어가자 구석에서 포터 로봇에게 물건을 어디다 놓을지 지시하고 있던 작달막한 켄타우로스형 네발 로봇 하나가 그들에게 달려와 네 개의 무릎을 45도로 모두 꺾으며 인사했다.

"에다인—드—로다인 박사님? 펠뎀—드—레다 아가씨? 환영합니다. 저는 에오닌—드—레다 나으리의 집사인 푸카입니다."

"주인님의 상태는 지금 어떤가요?"

교장이 물었다.

"제가 여기로 오기 전까지만 하더라도 매우 위독한 상태였습니다. 며칠을 못 넘기실 것 같습니다. 한 달 동안 거의 의식불명인 상태이셨습니다."

교장은 얼굴을 찌푸렸다.

"그렇다면 누가 변호사 사무실에 연락했지요?"

"제가 했습니다. 박사님. 주인님께서는 이런 일이 일어날 때를 대비해서 저희에게 지시서를 남겨두셨습니다. 어서 앉으십시오. 곧 출발하니까요."

그는 허둥지둥 조종실로 되돌아가려다가 갑자기 멈추어 서서 고개를 뒤로 돌렸다.

"그런데, 박사님, 저 로봇들에게도 팁을 주어야 합니까?"

비행차는 다시 거세지는 모래바람을 뚫고 짜증 날 정도로 천천히 날았다. 펠뎀은 바깥 경치를 보고 싶었지만 산화철로 붉게 물든 모래가 창문을 내리치는 것 이외에는 아무것도 볼 수가 없었다.

'지루하고 평범해.'

그녀는 실망했다.

'왜 증조할아버지는 이런 행성에 전 재산을 쏟아부었을까? 앞으로 이 행성이 정말 내 것이 된다면 난 고스란히 연방정부에 기증해 버릴 거야. 난 정말 이런 것이 필요 없어.'

그녀는 갑자기 혼잣말을 멈추었다. 무언가 하얀 것이 모래바람을 뚫고 휙 지나가는 것을 본 것 같았기 때문이었다. 그녀는 눈으로 재빨리 뒤를 좇았지만 그것은 곧 어둠 속으로 사라져버렸다.

"이곳에도 생물이 사나요?"

펠뎀은 푸카에게 물었다.

"작은 이끼 비슷한 식물들이 몇몇 종 자랄 뿐입니다. 그 이외에는 없어요. 제가 가끔 주인님에게 다른 행성의 생물들을 들여와 생태계를 조성하는 것이 어떠냐고 여쭈어본 적이 있습니다만, 그분은 지금 이 상태가 더 좋다고 하셨습니다."

"큰 동물은 없어요? 크고 하얀 새 같은 거요. 아까 그렇게 생긴 걸 보았는데."

"잘못 보셨나 보군요. 아마 인광 덩어리가 바람에 날리는 걸 보고 착각하셨나 봐요. 여기서는 그런 게 흔합니다."

"하지만 난 정말 보았어요!"

펠뎀은 우겨댔지만 푸카는 여전히 실실 웃을 뿐이었다. 펠뎀은 화가 나서 의자 쿠션에 몸을 깊숙이 박았다. 그녀는 분명히 날개 달린 하얀 생물을 보았다. 인광 덩어리 따위를 잘못 본 게 아니었다.

“저기가 뮬란 맨션입니다.”

푸카가 손가락을 들어 앞을 가리켰다. 희미하게 반구형의 돔이 모래 속에 반쯤 묻혀 있는 것이 보였다. 비행차가 점점 가까이 가자 주변에 쌓여 있던 모래가 날리면서 작은 입구가 드러났다. 비행차는 허둥지둥 그 안으로 뛰어들었다. 차가 안에 들어오자 문이 성급하게 닫히더니 벽에 장치된 펌프가 모래 먼지로 범벅이 된 밖의 공기를 빨아들인 뒤 깨끗한 산소가 섞인 새 공기를 내뱉었다. 공기가 교체되자 홀로 연결된 차고 문이 덜컥 열렸다.

교장과 펠뎀은 푸카의 뒤를 따라 비행차에서 나와 무동력 계단을 올랐다. 돔 안의 공기는 건조하고 차가웠다. 펠뎀은 주위를 둘러보았다. 벽은 섬세하게 만들어진 모자이크 무늬로 덮여 있었다. 모두 추상적인 도형들이었고 자연을 모방한 것은 하나도 없었다. 그녀는 벽을 손가락으로 살짝 쓸어보았다. 벽면은 마치 새로 만들어진 것처럼 까칠까칠했다.

푸카는 네 다리를 열심히 놀려 계단을 오르면서 발만큼 열심히 입을 놀렸다.

“우선 머무실 동안 쓰실 침실로 안내해드리지요. 배가 고프실 테니 그다음에 식당에 가서 늦은 저녁을 드세요. 이미 우리 요리 팀들이 티르—난—오그 행성식 요리를 준비했습니다. 전 음식에 대해서는 모르지만 분명히 입맛에 잘 맞으실 거예요. 그다음에는…….”

“우선 우리는 이 애의 증조부를 만나고 싶은데요.”

푸카는 잠시 움찔하는 것 같았다.

"그분은 이미 의식이 없으신걸요. 어차피 대화도 못 하세요. 식사를 하시고 만나셔도 늦지 않습니다."

"이봐요, 푸카, 우리는 그 노인을 만나러 410광년을 날아왔어요!"

푸카는 잠시 고개를 갸웃거리며 어쩔까 생각하다가 이윽고 포기한 듯 고개를 얌전히 쳐들었다.

"알았습니다. 그럼 먼저 주인어른께 안내해드리겠습니다."

그것은 껑충껑충 뛰면서 계단 끝까지 올라가 손가락 대신 머리에 달린 뿔로 벽에 달린 스위치를 눌렀다. 잠시 뒤 한쪽 벽이 주르륵 말려 올라가면서 작은 승강기가 나타났다.

그들은 승강기를 타고 25층으로 올라갔다. 25층은 다소 냉랭하고 기계적이었던 아래층에 비해 보다 작고 아늑한 느낌이 들었다. 벽에 드문드문 걸린 길쭉길쭉한 풍경화들이 그런 아늑하고 인간적인 느낌을 강조했다.

"에두아르 뷔야르의 그림들이야. 43세기 전에 그려진 그림들이란다."

교장은 감탄하면서 외쳤다.

"네, 정말 옛날 그림이지요. 물론 맨션에는 뷔야르 말고 프랜시스 베이컨과 라파엘로, 마르가레테 폰 드렉셀의 그림들도 있습니다. 주인님께서는 아주 멋진 미술품들을 많이 가지고 계세요. 나중에 안내해드리겠습니다."

푸카는 기회는 이때다 하고 생각했는지 한참 신 나게 떠들다가 갑자기 멈추어 서서 작은 목소리로 말했다.

"여기예요."

그것은 슉슉거리는 작은 목소리로 속삭이면서 옆에 있는 문을 뿔로 가리켰다.

"시끄럽게 떠들지 마세요. 기침도 하지 마시고요. 주변에 놓인 의료기계들도 손대지 마세요. 자, 그럼……."

푸카는 문을 열었다.

그곳은 나무와 황동으로 꾸며진 고풍스럽고 우아한 침실이었다. 침실의 한가운데에는 휘장이 달린 구식 침대가, 주변에는 다소 방 분위기와 어울리지 않는 하얀색의 의료기계들이 잔뜩 놓여 있었다.

교장은 펠뎀의 손을 잡고 안으로 들어갔다. 그녀는 의료기계들에 옷이 걸리지 않게 조심하면서 휘장을 걷었다.

침대 위에는 하얀 잠옷을 입은 자그맣고 깡마른 노인이 누워 있었다. 그의 몸에 난 모든 구멍들에는 의료기계들에 연결된 파이프가 달려 있었다.

펠뎀은 발돋움을 하고 증조부의 의식 없는 얼굴을 쳐다보았다. 여성적이고 섬세한 얼굴이었다. 레다 행성의 주민들이 대부분 그렇듯 콧망울이 없는 매부리코였고 피부는 밝은 다갈색이었다.

"영감, 여전하군. 전혀 안 변했는데."

교장이 속삭였다.

"전에도 만나신 적이 있으신가요, 박사님?"

푸카는 궁금한 모양이었다.

"아, 아주 오래전에. 별로 즐거운 만남은 아니었어요. 자, 펠뎀,

이제 가자. 이제 얼굴을 보았으니 되었어. 피곤하겠지만 자기 전에 뭐라도 먹어두는 게 낫겠다."

"일곱 시! 일어날 시간!"

펠뎀은 갑작스러운 외침에 허둥지둥 눈을 비비면서 일어났다. 하지만 침대 주변에는 아무것도 없었다. 그녀는 어리둥절해져서 잠시 꿈을 꾼 것이 아닐까 생각했다. 그녀는 하품을 하면서 다시 베개에 얼굴을 박았다. 그러나 그녀가 막 눈을 감기도 전에 아까 그 목소리가 다시 외쳤다.

"일곱 시 일 분! 일어나야 할 시간!"

그녀는 소리가 난 쪽을 올려다보았다. 그녀 침대의 머리맡에는 작은 황금색 횃대가 놓여 있었고 그 위에 금속으로 만든 새가 앉아 그녀를 노려보고 있었다.

"네가 말했니?"

펠뎀이 새에게 물었다.

"일곱 시 일 분! 일어나야 할 시간!"

그 새가 대답했다.

"네 이름이 뭐니?"

"일곱 시 일 분 삼십 초! 나는 황금시계 새야! 나는 비잔티움의 숙녀들과 신사들을 위해 과거와 현재와 미래에 대해 노래해! 지금은 일어나야 할 시간!"

황금시계 새는 다소 멍청한 로봇이었다. 하지만 그 새를 자세히 들여다본 뒤 펠뎀은 비웃음을 싹 거두었다. 그 로봇은 모두 톱니바퀴와 지렛대 같은 작은 기계 부속품들만으로 구성되어 있었다. 전자 부품 같은 것들은 보이지도 않았다. 횃대 일부가 투명하게 처리되었고 현미경이 그 위에 달려 있었는데, 안에서는 미생물만 한 톱니들이 꼬물락거리면서 움직이고 있었다.

"주인님이 가장 아끼시던 수집품이지요!"

펠뎀은 깜짝 놀라 뒤를 돌아다보았다. 푸카였다. 그 로봇은 어느새 식판을 들고 침실로 들어와 있었다.

"정말 대단하지요? 14세기 전에 지구의 어떤 장인이 만들었답니다. 그 뒤부터 지금까지 단 한 번도 멈추어본 적이 없다고 합니다. 주인님께서는 아가씨가 만약에 상속을 거부해도 이 시계만큼은 받아가시기를 바라셨어요. 그래서 제가 아가씨의 침실에 이 새를 옮겨왔지요. 참, 아침을 가져왔습니다. 어제 학교에 전화를 걸어서 아가씨가 가장 즐겨 드시는 음식들을 알아왔어요. 여기 다 있어요. 유니콘 뿔 젤리, 직녀성의 인공 온실에서 키운 빵 열매, 올리고당으로 맛을 낸 우유도 있습니다."

"이제 무엇을 해야 하지요?"

펠뎀은 젤리를 스푼으로 뜨면서 물었다.

푸카가 대답했다.

"주인님께서는 아무래도 오늘이나 내일 돌아가실 것 같아요. 돌아가실 때까지는 이 행성에 계셔야 해요. 꼭 그 침실 안에 들어가 계실 필요는 없지만요. 돌아가신 뒤에 유언장의 발표가 있습니다. 아가씨는 그 지시대로 따르면 됩니다. 그 일들은 아주 중요해요."

펠뎀은 한숨을 내쉬었다. 중요한 일일지는 몰라도 그녀에게는 몹시 지루하게 느껴졌다.

"이 행성에는 다른 사람들은 없나요?"

푸카는 고개를 저었다.

"죄송합니다만 주인님과 저희뿐입니다. 주인님은 사람들을 만나는 것을 별로 좋아하시지 않으셨어요. 특히 말년에는요. 그래서 이 비잔티움 행성을 사셨답니다. 하지만 시간을 보낼 만한 곳은 많아요. 미술관이나 서재에 가보세요."

"로봇차를 타고 밖에 나가면 안 되나요?"

로봇은 허겁지겁 만류했다.

"안 돼요! 바깥은 안전하지 않아요! 맨날 모래바람이 불고 주변의 지각도 불안해서 쉽게 허물어져요. 방사능도 안전치 이상이고요. 그냥 안전한 뮬란 맨션 안에 계세요. 이곳은 아주 넓으니까 갑갑하지는 않을 거예요."

펠뎀은 실망했지만 그 실망을 얼굴에 드러내지 않았다. 그녀는 밖으로 나가 그녀가 보았던 그 하얀 새를 찾아볼 생각이었다. 하지만 나갈 수 없다면 어쩔 수 없지.

펠뎀은 아침을 건성으로 먹어 치우고 교장 선생님을 찾아 나섰다. 한참 헤맨 끝에 펠뎀은 증조부가 누워 있는 침실에서 그녀를 발견했다.

"뭐하고 계세요?"

펠뎀은 이모에게 물었다.

"이 노인네와 이야기하고 있었어."

교장이 대답했다.

"하지만 증조할아버지는 아무 소리도 못 들으시잖아요."

"그래, 그래서 바보같이 나 혼자만 떠들고 있었단다."

"전에 증조할아버지를 만나신 적 있으세요?"

교장은 잠시 말없이 생각하다가 이윽고 입을 열었다.

"단 한 번. 그 후로 나는 너의 증조할아버지를 아주 싫어하게 되었단다. 하지만 지금은 너에게 그 일에 대해 설명을 해줄 수 없을 것 같구나. 너에게 설명하기는 좀 곤란한 문제 때문이었거든. 하여간 그 뒤로 나는 이 영감의 우유부단함과 냉정함을 몹시 증오하게 되었어. 그는 사람보다 물감 칠한 캔버스와 돌조각들을 더 사랑하는 사람이었어.

그래서, 내가 변호사들의 만류를 무릅쓰고 너를 따라온 거란다. 그는 너에게 무슨 일인가를 시키려고 해. 그 일이 무슨 일인지는 나도 몰라. 하지만 그것이 아주 좋은 일이 아니라는 것은 직감적으로 알 수 있어. 나는 유언장이 발표될 때 네가 올바른 생각을 할 수 있게 도와주는 사람이 네 옆에 있어야 한다고 생각했단다."

펠렘은 이제는 시체처럼 누워 있는 노인의 얼굴을 바라보면서 이모가 이야기한 그 냉정함을 읽어보려고 했지만 헛수고였다. 증조부의 얼굴은 죽어 있었다. 그녀는 결국 포기했다.

"저는 미술관에 가서 프랜시스 베이컨의 그림들이나 구경해야겠어요."

그녀는 아직도 시선을 노인의 얼굴에 고정한 채 침대 옆에 앉아 있는 이모를 남겨두고 조용히 방을 빠져나왔다.

조카가 떠난 뒤에도 교장은 한동안 노인의 얼굴에 시선을 고정한 채 조각상처럼 꿈적도 하지 않고 앉아 있었다. 그녀는 노인을 바라보면서 어떻게든 아직까지 남아 있는 증오심을 다시 불태우려고 노력해보았지만 아무 소용이 없었다. 증오가 이어지기에는 너무 오랜 시간이 흘러버렸다. 그녀는 여전히 노인을 미워했지만 젊은 시절, 결코 잊지 않겠다고 이름 있는 모든 우상들에 대고 맹세했던 그 감정은 더 이상 다시 살아나지 않았다. 그녀는 감정이입 교육을 받은 일인극 배우가 아니었다. 아무것도 듣지도, 보지도 못하는 살덩어리를 증오할 수는 없었다. 적어도 그것이 그녀의 말을 듣기는 해야 했다.

그녀는 침대 주변에 놓여 있는 의료기계들을 내려다보았다. 모두들 침대 위에 놓인 살덩어리를 살리기 위해 쿵쿵거리며 움직이고 있었다. 이들 중 노인의 뇌를 자극해 그를 잠시만이라도 깨울 수 있는 기계가 있을 것이다. 그녀는 그를 깨우기로 결심했다. 그녀는 그를 만나러 410광년이나 날아왔다. 그를 말 한마디 하지 않고 죽게 내버려둘 수는 없었다. 저런 환자에게 뇌에 자극을 주면 치명적일 수도 있다는 사실을 알고 있었지만 어차피 그는 죽을 날을 기다리는 노인이었다.

그녀는 침대 밑에서 그 기계를 발견했다. 그것은 아주 교묘하게 휘장에 가려져 있어서, 뇌에 연결된 전선이 그 기계에 연결되어 있지 않았다면 그녀는 그 기계를 찾지 못했을 것이다.

그녀는 기기를 들어 올려 사용법을 읽어보았다. 사용법에는 일시적인 자극을 위해서는 붉은색 버튼을 누르라고 되어 있었다. 그러나 그 전에 기계의 안전을 위해 모니터를 체크해서 자극을 주기 전 상황 기록을 백업해야만 했다. 그녀는 모니터를 켰다.

모니터 화면을 보고 교장은 놀라서 그만 기계를 떨어뜨릴 뻔했다. 화면은 반짝임이나 빛의 진동 없이 조용했다. 기계가 이상이 있는 것이 아닐까 생각해서 껐다가 다시 켜보았지만 마찬가지였다. 노인은 죽어 있었다. 그것도 아주 오래전에. 지금까지 그녀가 욕을 해댔던 것은 숨 쉬는 시체에 불과했다. 노인의 뇌는 활동을 정지한 지 오래였다. 하지만 푸카는 왜 노인이 아직까지 살아 있다고 거짓말을 했을까?

교장은 잠시 동안 푸카가 노인을 살해한 것이 아닐까 생각해보았지만 곧 그 가능성은 지워버렸다. 로봇은 사람을 죽이지 않는다. 그리고 그것이 만약 거짓말을 한다면 그것은 단지 주인의 명령 때문이다.

그녀는 무릎을 꿇으면서 털썩 바닥에 주저앉았다. 자극기는 그녀의 손에서 떨어져 다시 침대 밑으로 굴러 들어갔다.

"에오닌, 당신 지금 무슨 일을 하고 있는 거야?"

그녀는 시체에게 물었다.

제 2 장

교장과 펠뎀은 지나치리만큼 넓고 깨끗한 뮬란 맨션의 14층 식당에서 다섯 명이나 되는 로봇들의 시중을 받으며 저녁을 먹었다. 기숙 학교의 간소한 식단에 익숙해져 있는 그들에게 푸카가 수다를 떨면서 내놓는 화려한 진수성찬들은 오히려 부담스러웠다. 이 성찬들을 먹을 사람들이 그들밖에 없다는 사실을 알자 그 부담은 더욱 커졌다.

푸카는, 새로운 요리를 설명하고 시중드는 로봇들을 지휘하느라고, 손님들의 무언가 속이고 있는 듯한 경직된 표정을 알아차리지 못했다. 그들은 푸카가 등을 돌릴 때마다 발로 상대방의 구두 끝을 툭툭 건드리거나 말소리는 내지 않고 입술만 잽싸게 놀려 서로에게 신호를 보냈다.

식사가 끝나고 그들은 각자 자기들의 침실로 돌아갔다. 그러나 5분도 지나지 않아 펠뎀이 자기 방에서 뛰어나와 교장의 침실로 들어갔다. 교장은 탁자 옆 의자에 앉아 그녀를 기다리고 있었다. 펠뎀은 문을 걸어 잠그고 교장에게 다가가 속삭였다.

"선생님께 해드릴 이야기가 있어요."

"나 역시 그렇단다. 누가 먼저 할까?"

"선생님께서 먼저 하세요."

교장은 펠뎀에게 의자를 권했다. 펠뎀이 자리에 앉자 그녀는 다시 입을 열었다.

"푸카가 우리에게 거짓말을 했다. 너희 증조할아버지는 이미 뇌사 상태야. 뇌파측정기의 기록들을 체크했는데, 이미 연방력으로 두 달 전부터 그런 상태였어. 법률상으로 그의 마지막 유언장은 두 달 전에 공개되었어야 해. 그런데 변호사 사무실에서는 보름 전에야 우리에게 연락을 했고 푸카와 다른 로봇들은 모두 우리에게 거짓말을 하고 있어. 너도 알다시피 로봇들은 자발적으로는 거짓말을 하지 않는단다. 그러니 결론은 하나야. 너희 증조할아버지가 우리에게 무언가를 꾸미고 있는 거야. 자, 네가 하고 싶은 말은 뭐지?"

"푸카가 거짓말을 했어요."

펠뎀이 말했다.

"그건 내가 막 이야기했었잖아."

"아뇨, 다른 거짓말이에요. 어젯밤에 제가 하얀 새 같은 생물을 보았다고 이야기했었죠? 푸카는 비잔티움엔 이끼밖에 없고 제가 인광 덩어리가 날리는 것을 잘못 보았다고 대답했었어요. 하지만 그건 다 거짓말이었어요. 그 생물은 정말로 있었어요. 그것 말고도 다른 생물들도 많아요."

"너 밖에 나갔었니?"

교장은 놀라서 외쳤다.

"아뇨."

펠뎀은 성급하게 고개를 흔들었다.

"전 미술관에서 시간을 보내고 있었어요. 선생님께서 훌륭하다고 말씀하셨던 프랜시스 베이컨의 그림은 끔찍하더군요. 복도에 걸린 뷔야르의 풍경화 연작들이 더 좋았어요.

미술관은 무척 넓고 복도와 출구가 많아서 전 그만 길을 잃고 말았어요. 간신히 승강기를 하나 찾았지만 그건 지하실 직행이었어요. 전 지하실로 내려간 다음에 로비로 올라가서 다시 제 방으로 돌아갈 생각이었어요.

하지만 맨션의 지하층은 위로 올라간 것만큼 깊더군요. 그냥 2, 3층이 아니라 지하 27층에 가서야 멈추는 거예요. 전 그냥 막막해져서 다시 올라가려고 했었어요. 그런데 그때 복도 구석에서 그것들을 발견한 거예요."

"그 새였니?"

"아뇨. 다른 것이었어요. 그래도 하얗고 끈끈한 피부는 새와 비슷했어요. 새라기보다는 다리가 긴 쥐의 태아처럼 보였어요. 작지만 무척 징그럽고 끔찍하게 생긴 동물이었어요. 하지만 행동철학 선생님께서는 혐오감이란 선입관에서 유발된 어리석은 반응이므로 현명한 사람은 언제나 그것을 무시할 수 있어야 한다고 말씀하셨지요. 저는 승강기에서 내려 꿈틀거리면서 달아나는 그것들의 뒤를 쫓았어요.

그것들은 지하 통로의 계단을 통해 아래로 내려갔어요. 점점 더 아래로 내려갈수록 공기가 축축해졌어요. 은하 백과사전에 나온 비잔티움 관련 자료는 모두 달랐어요. 생물이 있을 뿐만 아니라 지하엔 물도 있는 것 같아요.

저는 막다른 끝에 도착했어요. 그 생물들은 벽에 난 작은 틈 사이로 들어갔어요. 틈이 너무 좁아서 저는 들어갈 수 없었어요. 하지만 틈새를 통해 안을 들여다볼 수는 있었어요.

어두워서 잘 볼 수는 없었지만 그 안은 정교한 장식들이 있는 동굴 같았어요. 벽과 바닥의 일부가 갈라져 있었고 그 틈을 통해서 제가 아까 본 하얀 생물들이 들락날락하고 있었어요. 그 쥐처럼 생긴 생물 말고 제가 전에 본 큰 새 같은 생물도 있었고, 뱀처럼 다리가 없는 것들도 있었어요. 모두들 징그럽고 형체도 엉망이었어요. 좌우 대칭이 잘 잡혀 있는 생물은 하나도 없었어요. 그것들은 쉴 새

없이 상대방들을 물어뜯으면서 뒹굴고 있었어요. 곳곳에 동강 난 몸들이 꿈틀거리면서 돌아다녔고요. 전 더 이상 참을 수가 없어서 다시 승강기를 타고 위로 올라갔어요. 이상이에요."

"동굴을 보았다고 했니?"

교장이 물었다.

"저절로 생긴 동굴이 아니라 인공적인 통로 같았어요. 무슨 조각 같은 것도 있었고요. 하지만 뮬란 맨션의 일부는 아니었어요. 구체적으로 설명할 수는 없지만 연방의 건물과는 좀 달랐어요. 그러고 보니 이 행성에는 지성을 가진 생물들도 있었나 봐요. 백과사전은 맞는 게 하나도 없군요."

"그곳을 다시 찾아갈 수 있겠어?"

펠뎀은 주머니에서 작은 종잇조각을 꺼냈다.

"네, 나가면서 지하실의 약도를 그려두었어요. 그리고 지하실로 내려가는 승강기는 미술관의 몬드리안 그림들이 모여 있는 곳에 있었어요."

교장은 잠시 생각했다. 에오닌 노인은 분명히 무언가를 꾸미고 있었다. 하지만 펠뎀이 보고 온 것들은 노인의 성격과 잘 맞지 않았다. 그는 비밀스러운 애완동물을 기를 사람이 아니었다. 그에게는 심한 결벽증이 있어서 잘 훈련된 개나 고양이 같은 동물들을 보아도 질겁했다. 살아 있는 것들보다는 돌조각과 금속 장식들이 그에게는 더 어울렸다.

그녀는 의자에서 일어났다.

"아무래도 내일 내가 한번 내려가 보아야겠구나."

“저도 같이 갈게요.”

“넌 여기 그냥 남아 있는 게 좋겠어. 혹시 위험할지도 모르니까.”

“혼자서 가시는 건 더욱 위험해요. 게다가 전 이미 한 번 내려갔으니까 길을 알잖아요. 제가 그린 약도는 너무 간단해요. 전 약도에 그려진 것 말고도 많은 걸 보았어요. 나중에 도움이 될지도 몰라요.”

그러나, 그들이 다음 날 아침 몬드리안의 그림 옆의 승강기를 찾아냈을 때, 그것은 폐쇄되어 있었다.

허겁지겁 펠뎀의 방으로 돌아온 그들은, 아침 식사를 가지고 온 푸카에게 시치미를 뚝 떼고 승강기에 대해 물어보았다. 로봇은 여전히 유쾌한 표정으로 대답했다.

“그 승강기요? 보수 때문에 오늘 아침부터 잠시 폐쇄했습니다. 그리고 그 승강기는 화물 전용이라 지하에 있는 동력실로밖에 안 가는걸요.”

“다른 승강기들도 있어요.”

푸카가 나가자 펠뎀이 약도를 꺼내면서 말했다.

“지하실에서 보았어요. 두 개를 보았어요. 바로 여기하고 여기요.”

교장은 약도를 들고 펠뎀이 표시한 승강기의 위치를 미술관 지도와 대조해보았다. 지하실의 승강장 표시들 중 하나와 대치되는 위치에 작은 나무 문 하나가 있었다. 지도에는 창고라고 표시되어 있었다.

“또 다른 거짓말이야.”

교장이 쏘아붙였다.

“여덟 시! 아침 식사 시간!”

황금시계 새가 끼어들었다. 교장은 어처구니가 없다는 듯 그 귀찮은 새를 올려다보았다.

“저건 뭐니?”

“황금시계 새래요. 톱니바퀴로만 움직이는 로봇이에요. 증조할아버지께서 가장 좋아하셨던 물건이래요.”

교장은 일어나서 황금시계 새의 금속 깃털을 쓸어보았다. 새는 그녀의 손이 닿자마자 간지럽다는 듯 킥킥 웃으면서 몸을 수그렸다.

“나에게 무슨 생각이 떠올랐는지 아니?”

교장은 천천히 새에게서 손을 떼면서 말했다.

“바로 이 새야말로 너희 증조할아버지의 진짜 취향이구나, 라는 것이었어. 그는 사람들을 포함해서 살아 있는 생물들 중 어떤 것도 좋아하지 않았어. 언제나 그는 한 발자국 뒤로 물러서서 세상을 보았단다. 그가 예술품 수집가였던 가장 큰 이유는 그에게 있어서 예술품들은 세상을 안전하게 볼 수 있게 적당히 가려주는 필터였기 때문이야. 그는 평생 그림자만을 보고 살았어. 그는 자연에 존재하는 진짜 새 대신 바로 이 바보 같은 금속 새가 필요했던 거야.”

그녀는 조카에게 다시 고개를 돌렸다.

“네가 보았던 그 생물들도 결코 그의 취향이 아니었어. 그가 그것들을 몰래 키우고 있었을 리가 없어. 오히려 그는 그것들을 제거하려고 했을걸.”

“여덟 시 이 분! 빨리 아침을 먹어요! 빨리 먹지 않으면 음식이 식어요!”

새가 또 참견했다. 짜증이 난 교장은 새에게 고함쳤다.

"이 바보 같은 용수철 덩어리야! 넌 네가 뭔지나 알고 있니?"

"나는 황금시계 새! 나는 비잔티움의 숙녀들과 신사들을 위해 과거, 현재, 미래에 대해 노래해!"

"그건 노래가 아니야! 할아버지 벽시계의 종소리도 네 목소리보다 아름답겠다!"

새는 자존심이 상했는지 잠시 몸을 움츠리더니 갑자기 노래를 부르기 시작했다. 아까와는 달리 새의 노래는 구식 오르골이 내는 소리처럼 맑고 예뻤다. 노래는 표준시간으로 2분 동안 계속되다가 마치 태엽이 풀린 것처럼 서서히 사그러들었다.

"여덟 시 오 분! 빨리 먹어요!"

새는 노래를 마치자마자 거칠게 결론지었다.

"어느 나라말로 부른 거죠? 제가 모르는 말이에요."

펠뎀이 물었다.

"고대 영어란다. '나는 더 이상 자연을 흉내 내지 않으리'라니! 정말 에오닌—드—레다의 소유물답구나!"

"빨리 먹어요!"

새는 다시 외쳤다.

"도대체 왜 우리 음식에 그렇게 관심이 많지?"

교장이 물었다.

"주인님께서 손님들을 잘 돌보라고 했어요!"

"기억력도 좋구나, 몇 달 전에 한 말을 아직도 기억하고 있다니."

새는 고개를 저었다.

"보름 전에 그러셨어요. 주인님께서 푸카에게 말씀하셨고 푸카가 우리에게 말했어요!"

"주인님은 두 달 전에 죽었어. 푸카가 네 주인의 시체를 저렇게 방치해두는 것은 연방 위생법 위반이란다. 알고 있니?"

"주인님은 돌아가셨어요. 하지만 주인님은 언제나 살아계세요!"

"저 새는 자기가 무슨 말을 하는지 모르고 있어요."

펠뎀이 자신 없는 목소리로 속삭였다. 그러나 교장은 이미 상황을 파악하고 있었다.

"아니. 저 새는 나름대로 자신이 알고 있는 일을 이야기했어. 무슨 뜻인지 모르겠니? '주인은 언제나 살아 있다.' 물론 너의 증조할아버지는 죽었어. 하지만 저 바보에게는 주인은 살아 있어. 저 새가 한 말은 이미 저 새의 소유권이 다른 사람에게 넘어갔다는 거야. 뮬란 맨션은 이미 새 주인이 지배하고 있어. 바로 그 사람이 보름 전에 우리에게 연락을 했고 푸카에게 명령을 내렸어."

"하지만 왜요?"

"모르겠어. 하지만 더 이상 가만히 있을 수는 없어. 푸카를 부르겠어."

그녀는 말을 마치자마자 벽에 달린 호출벨을 눌렀다. 1분도 지나지 않아서 푸카가 딸각거리는 발소리와 함께 달려왔다. 교장은 푸카의 요란한 인사를 무시하고 단도직입적으로 물었다.

"푸카, 왜 우리에게 거짓말을 했어요?"

푸카의 표정이 그대로 딱 굳어버렸다. 로봇은 고개를 푹 수그리고 말없이 앞발로 바닥을 긁었다.

"왜 우리에게 거짓말을 했어요?"

교장은 되물었지만 푸카는 여전히 대답하지 않았다. 당황하고 있구나, 그녀는 생각했다. 거짓말을 하라는 명령은 들었지만 거짓말을 했다는 사실을 부정하라는 명령은 듣지 않은 것이다. 거짓말은, 특히 이중의 거짓말은 지성적인 로봇한테도 커다란 스트레스를 준다. 푸카는 의무감과 원칙 사이에서 어느 쪽을 택해야 할지 망설이는 중이었다. 교장은 이럴 경우 어떻게 해야 하는지 알고 있었다. 그녀는 보다 단순하게 질문의 방식을 바꾸었다.

"푸카, 우리에게 거짓말을 했지요?"

"네."

푸카의 목소리는 모기 소리만 했다.

"누가 그러라고 시켰지요?"

"주인님께서요."

"그 주인님이 누구죠?"

"말할 수 없어요!"

로봇은 울먹이기 시작했다.

"왜요? 주인님이 말하지 말라고 했나요?"

"그런 말씀은 하지 않으셨어요! 하지만 제가 말하지 말기를 그분이 바라신다는 것을 알아요. 아아, 난 어떻게 해야 할지 모르겠어요!"

푸카는 부들부들 떨면서 뒷걸음질치다 힘없이 그 자리에 푹 엎어지고 말았다. 펠뎀은 푸카에게 달려가서 머리를 만져보았다. 푸카는 아무 말도 못 하고 입만 빼끔거리고 있었다.

교장은 벨을 다시 눌러서 같은 층에 든 로봇들을 모두 불렀다. 다섯 대의 로봇이 짧은 다리를 놀리면서 달려왔다. 교장은 먼저 로봇 두 대에게 푸카를 치료하라고 지시했다. 그들이 푸카를 끌고 나가자 그녀는 남은 로봇에게 말했다.

"푸카가 나에게 말했어요. 이제 모든 것을 밝힐 때가 되었다고 주인님이 푸카에게 명령했답니다. 하지만 나에게 주인님이 어디 있는지 다 말하기도 전에 푸카가 기절해버렸어요. 우리는 빨리 주인님을 만나야 해요. 그분은 어디 있지요?"

그들은 잠시 동요했다. 하지만 '주인님이 말했다'는 교장의 말이 그럭저럭 효력을 발휘했다. 로봇 하나가 미적거리면서 앞으로 걸어나왔다.

"그분은 지금 지하실에 계십니다."

"지하 27층에 있는 통로예요?"

"네 그렇습니다. 전 주인님께서 돌아가신 뒤에는 계속 그곳에 머물러 계십니다."

"우릴 안내해줘요. 아니, 그쪽으로 갈 수 있는 승강기가 어디 있는지 가르쳐줘요."

그 로봇은 천천히 돌아서더니 그들을 복도 저쪽 끝에 있는 작은 나무 문 앞까지 안내했다. 로봇의 손 안에서 작은 바늘 비슷한 것이 나와, 문에 달린 구식 열쇠 구멍 안에 들어갔다. 딸깍거리는 소리와 함께 문이 열렸다. 로봇은 작은 막대기 하나를 교장에게 내밀었다.

"주인님께서 어디에 있는지 알려주는 기구입니다. 삑삑 소리가 커지는 쪽으로만 걸어가세요. 그분은 자주 산책을 즐기시기 때문에 이것 없이는 찾기가 힘들어요."

교장은 재빨리 그 막대기를 빼앗고 승강기를 작동했다. 막 안전문이 닫히려고 할 때 달그락거리는 발소리가 들렸다. 푸카가 다시 깨어난 것이다. 그러나 푸카의 코끝이 막 시야에 들어오기도 전에 승강기는 인공중력을 켜고 자유낙하의 일곱 배로 가속하며 하강하기 시작했다.

"가엾은 푸카."

펠뎀이 중얼거렸다.

"지금은 그 로봇 입장까지 생각할 여유가 없어. 게다가 지금은 멀쩡해 보이는걸. 우린 우선 그 주인이란 사람을 찾아야 해."

교장이 말했다.

"하지만 주인은 누구지요? 비잔티움에는 증조할아버지밖에 살지 않았잖아요. 또 다른 로봇일까요?"

"주인이 로봇이었다면 왜 아까 그 가엾은 것이 기절까지 했겠니? 로봇의 명령은 그다지 큰 힘을 발휘하지 못하잖아."

푹 소리와 함께 승강기가 멈추었다. 교장은 안전문을 옆으로 밀고 바깥문의 손잡이를 돌려 열었다.

그들의 눈앞에 펼쳐진 승강기 바깥의 광경에, 펠뎀과 교장은 그만 그 자리에 얼어붙고 말았다. 그 광경은 그들이 예상했던 그 어떤 것들과도 달랐다.

그들은 네 갈래로 갈라진 거대한 지하 통로가 모인 광장에 서 있었다. 벽에 그려진 규칙적인 줄무늬와 바닥의 포석, 사방에서 투명한 빛을 내고 있는 보이지 않는 조명기구들이 그 통로가 인공적이라는 사실을 증명했다.

그러나 통로가 인공적이었기 때문에 그들이 놀란 것은 아니었다. 그들을 놀라게 한 것은 그 통로가 거의 신성한 후광처럼 내뿜고 있는 압도적인 아름다움이었다.

그곳은 거대한 미술관과도 같았다. 그러나 일부러 미술품들을 모아서 다시 배열한 인간들의 미술관과는 달리 통로를 이루고 있는 구성물들은 너무나 완벽하게 전체적으로 조화를 이루고 자연스럽게 존재하고 있어서 아주 작은 일부분 하나만 빠져도 그 조화가 완전히 흔들리고 말 것 같다는 느낌을 주었다.

구성물들의 일부는 벽화이기도 했고 또 다른 일부는 부조이기도 했다. 때때로 벽에서 완전히 독립적으로 떨어져 나온 조상들도 볼 수 있었다. 그들 중 몇몇은 분명히 무언가를 나름대로 묘사한 것이었다. 어떤 것은 덩굴식물이었고 또 다른 것은 정체를 알 수 없는 동물이었다. 그러나 교장과 펠뎀에게는 그것들이 무엇을 표현하려고 했는지는 중요하지 않았다. 그것들은 그것 자체로서 아름다웠고 그 아름다움 이외에 다른 어떤 가치가 있다는 것을 믿을 수 없었다. 다른 행성이나 문화권의 미술품에서 느낄 수 있는 낯설음과 거부감도 이 안에는 찾아볼 수가 없었다. 그것은 거의 수학적이라고 할 수 있는 아름다움이었다. 아주 한참 만에야 교장은 그 사실을 알아차릴 수 있었다. 이것은 인간성과 생물학적인 감정이 결여된 아름다움이었다. 순수한 형체들의 조화만으로 이루어진 차가운 걸작품.

"제가 어제 본 곳도 바로 이곳의 일부 같아요."

펠뎀이 멍한 목소리로 말했다.

“하지만 이런 곳인 줄은 상상도 못 했어요.”

“그 생물들은 어디 있지?”

교장이 물었다.

펠뎀은 어깨를 으쓱했다. 통로에는 생물들은 찾아볼 수가 없었다. 그녀는 차라리 다행이라고 생각했다. 만약에 그런 흉물스러운 생물들이 여기서 꿈틀거리고 있었더라면 그녀는 정말 그들을 증오했으리라.

그들은 자신들이 불경스러운 일을 행하는 것이 아니라는 사실을 억지로 인식시키면서 막대기가 가리키는 통로로 천천히 발걸음을 옮겼다. 안으로 점점 들어갈 때마다 통로는 새로운 모습을 드러냈다. 그 변화는 너무나 리드미컬하고 새로우며 지속적이어서 통로가 마치 살아 있는 생물처럼 느껴질 정도였다.

“도대체 얼마나 넓을까요? 가도 가도 끝이 없는 것 같아요.”

펠뎀이 속삭였다.

“과연 끝이 있기나 할까?”

교수가 말했다.

“설마!”

“미친 생각일지는 몰라도, 난 이 통로들이 행성 전체를 그물처럼 덮고 있을 것이라는 생각이 든단다. 이성적이 아닐지도 몰라도 미학적인 면을 고려해보면 그럴 수밖에 없다는 생각이 들어. 하지만 과연 이것이 인간과 같은 필멸하는 동물이 만든 건축물일까? 한 생물의 상상력에서 이런 다양하고 거대한 작품이 나올 수 없어. 그리고 여러 독립적인 생물의 두뇌에서는 이 통로가 보여주는 지나칠 정도로 완벽한 조화가 나올 수는 없어. 이것은 마치…… 한가한 신의 아기가 장난을 친 것 같아.”

“하지만 이것은 신의 작품이 아닙니다, 박사님!”

낯선 목소리가 천장 어딘가에서 외쳤다. 목소리가 들리자마자 교장의 손에 쥐어져 있던 막대기가 삑삑거리면서 울리기 시작했다.

제 3 장

그 낯선 사람은 천장 근처에 달린 발코니 비슷한 구조물 위에 서 있었다. 그 사람은 키가 작고 깡마른 젊은 여자였다. 정확한 나이는 알 수 없었지만 18살보다 많을 것 같지는 않았다. 그녀의 목소리는 카랑카랑한 금속성이었고 깔끔하게 손질된 머리칼은 너무나 인공적인 느낌을 주어서 마치 작은 헬멧을 쓰고 있는 것 같았으며 까만 풀오버에는 먼지 하나 묻어 있지 않았다.

그녀는 마치 마술과도 같이 손쉽게 아래로 뛰어내렸다. 그녀의 얼굴을 본 교장은 헉하고 숨을 들이마셨다. 그 낯선 여자의 얼굴은 에오닌—드—레다의 얼굴과 너무나도 닮아 있었다.

“환영합니다. 에다인—드—로나인 박사님 그리고 펠뎀—드—레다 아가씨, 전 데이나—드—비잔티움입니다.”

그녀는 교장의 놀란 표정을 알아차리고 잽싸게 설명했다.

“에오닌 노인은 제 아버지입니다.”

“에오닌 영감이 또 언제 결혼을 했지요?”

교장이 묻자, 그 낯선 여자는 간결하게 씩 웃었다.

"아버지는 정상적인 결혼을 할 수 없었던 사람이었습니다. 아시겠지만 아버지의 결혼은 23일짜리 재앙이었습니다. 저는 생물학적인 조작의 산물입니다. 푸카가 아버지의 생식세포에서 뽑아낸 유전자들을 조합해서 저를 만들었습니다."

"왜 그렇게 수고해서까지 당신을 만들었지요? 에오닌 노인은 아이들을 아주 싫어하는 것으로 유명했는데?"

교장이 물었다.

"그럴 만한 절실한 이유가 있었습니다. 제가 여러분을 부른 이유와 비슷하지요. 책임 회피 때문이었습니다."

달그락거리는 발자국 소리와 함께 푸카가 통로로 나타났다. 푸카는 주인을 보자 끼익 소리를 내면서 멈추어 섰다. 로봇은 죄인처럼 고개를 조아리며 외쳤다.

"제가 말하지 않았어요, 주인님! 저는 주인님께서 시키시는 대로만 했어요!"

"됐어, 푸카! 네가 잘못한 건 하나도 없어!"

주인의 그 말에 푸카는 진정이 되었는지, 일어나서 손님들 뒤로 살짝 물러났다. 주인은 다시 손님들에게로 고개를 돌렸다.

"저희 로봇들의 거짓말을 용서해주시기 바랍니다. 다 제가 시킨 일입니다. 그리고 그렇게 한 데는 나름대로 이유가 있었습니다.

여러분들에게 해드릴 이야기가 아주 많습니다. 처음부터 하나하나 이야기해드리기로 하죠. 좀 긴 이야기가 될 겁니다. 그러니 먼저 편하신 곳에 앉으세요.

우선 이 거대한 구조물이 어떻게 이루어졌는지 궁금하시겠지요?

이 건축물은 어떤 자비로운 지적 생물들이 이룩한 문명의 산물입니다. 그 문명은 우주 이곳저곳을 날아다니며 적절한 행성을 발견하면 그곳에 생명을 심었습니다. 비잔티움 말고도 그들이 가꾼 행성이 다섯 군데 이상 발견되어 있으며 그 문명에 대한 연구가 여러 학자들에 의해 연구되고 있습니다. 최근에 나온『은하생물학회보』제8호에도 이 문명에 대한 논문이 6편이나 실려 있습니다. 물론 그들 중 누구도 비잔티움에 대해서는 모릅니다.

그 문명의 목적은 결코 제국주의적인 것이 아니었습니다. 순전히 창조적인 욕구를 만족시키기 위한 것이었지요. 그래서 그들은 일을 마치면 될 수 있는 한 자신들의 흔적을 말끔하게 지우고 행성을 떠났습니다.

그들의 방식은 단시간 내에 자기 행성의 생물들을 이용해 생태계를 만드는 것도, 작은 씨앗을 뿌려 몇억 년의 시간을 통해 그것들이 진화하기를 기다리는 것도 아니었습니다. 그들은 나름대로 각 행성에 맞는 생명체를 창조하는 독특한 방법을 가지고 있었습니다.

아버지는 그것을 '폭발 생성'이라고 이름 지었습니다. 그들은 거대한 인큐베이터를 만들고 그 안에 거대한 원질을 넣어두었습니다. 인큐베이터는 행성의 현재와 미래 상태를 연구 조사해서 그 원질을 개량합니다. 그렇게 해서 마침내 준비가 되면 인큐베이터는 붕괴하고 그로 인해 행성 표면에 흩어져 나온 조각난 원질들은 각각의 종들로 진화하는 것입니다. 이들에게는 이미 인큐베이터의 조작에 의해 진화의 방향이 설정되어 있기 때문에 진화는 놀랄 만큼 신속하게 이루어지게 됩니다."

"제가 본 그 하얀 생물들이 그 원질에서 나온 것인가요?"

펠뎀이 물었다.

"맞아요. 아직 진화 초기지요. 더럽고 추잡한 동물들입니다. 5천 년쯤 지나면 그럭저럭 견딜 만한 동물들이 될 겁니다."

"하지만 인큐베이터의 잔해는 어디 있죠?"

그녀는 서글프게 웃었다.

"인큐베이터는 아직 부서지지 않았습니다. 적어도 완전히는요. 우리들이 있는 바로 이 터널이 그들이 만든 인큐베이터입니다. 정확히 말하자면 인큐베이터의 산소 공급 통로지요. 아까 박사님의 의견을 엿들었는데, 하신 추정은 정확했습니다. 이 인큐베이터는 행성 전체를 덮고 있습니다."

"그럼 이 장식들은?"

교장이 물었다.

"그들은 이 인큐베이터에 하나의 의식을 부여했습니다. 그리고 아시다시피 인공 지성은 창조자의 영향권에서 벗어날 수 없습니다. 창조자들은 예술가였으므로 인큐베이터의 의식 역시 예술가가 되었습니다. 그것은 본능에 따라 이 모든 작업을 수행했습니다. 그것에게는 수천 년의 무료한 시간과 행성 전체를 인식할 수 있는 지성이 있었습니다. 행성 전체를 덮는 예술품이 나오는 것은 예정된 행로였습니다.

이제 아버지가 왜 이 별을 사셨는지 짐작하시겠지요? 아버지는 생애를 통해 진정으로 갈망했던 것을 얻었습니다. 인간을 넘어서고 인간과 무관하며 인간의 것이 아닌 걸작을 손에 넣은 겁니다."

"그러나 아무리 근사한 작품이라도 그건 날달걀 위에 그린 그림에 불과하잖아요. 언젠가는 부서질 텐데……."

펠뎀이 참견했다.

"맞아요. 펠뎀. 아버지는 바로 그 점 때문에 고민했습니다. 아버지가 이 별을 산 뒤 인큐베이터의 붕괴가 곧 시작될 것이라는 사실을 알았습니다. 아버지는 처음엔 인큐베이터의 의식을 설득해서 붕괴를 막아보려고 했습니다. 하지만 그것과는 의사소통이 불가능했습니다. 애당초부터 그 의식에는 의사소통에 대한 욕망도, 그럴 능력도 없었습니다.

그래서 아버지는 편법을 썼습니다. 아버지는 몇몇 장비들을 써서 원질의 진화를 억제했습니다. 그 덕분에 인큐베이터는 붕괴되지 않고 지금까지 남아 있을 수 있었습니다.

아버지가 보다 모진 사람이었다면 원질을 죽여 없앴을 겁니다. 하지만 아버지는 그러지 않았습니다. 단지 동면시켰을 뿐입니다."

"죄의식 때문이겠죠!"

교장이 쏘아붙였다.

"무슨 뜻이지요?"

주인은 어리둥절해했다.

"죄의식 때문이었다고요. 그는 70만 명이나 되는 사람들의 목숨을 미술관과 맞바꾼 사람이었어요. 시리우스인들이 직녀성의 왕립 미술관을 방패로 삼고 전투기지를 세웠을 때, 당시 연방의원이었던 그는 폭격안에 거부권을 던졌어요. 그 때문에 직녀성의 70만 명이나 되는 거주민들이 목숨을 잃었어요. 그리고 그중에는 바로

이 애의 부모도 포함되어 있었단 말이에요. 알아요? 그 악당은 자기 손주보다도 물감 칠한 나무조각들을 더 중요하게 생각한 사람이에요!"

펠뎀의 얼굴이 새파랗게 질렸다. 교장은 훠청거리는 조카를 꽉 감싸 안고 주인을 바라보았다. 주인은 이 폭로에 몹시 흥분했는지 두 주먹을 꽉 쥐고 주변을 빙빙 돌기 시작했다. 그러나 그 흥분은 분노나 연민과는 거리가 멀었다.

"지금까지 이해되지 않았던 모든 것들이 설명되는군요. 아버지는 생명의 가치에 대해 결코 감상적인 생각 따위는 가지고 있지 않았습니다. 그런 사람이 저 흉물을 죽이지 못하고 계속 머뭇거린 데에는 분명히 다른 이유가 있을 거라고 전에도 생각했었습니다. 감사합니다. 이제 모든 것들을 알았어요. 왜 아버지가 이 결정을 나에게 맡겼는지도요."

"무슨 결정요?"

"원질의 동면 상태를 푸는 것 말입니다. 아버지는 저 아름다운 통로를 차마 자신의 손으로 붕괴시킬 수 없었습니다. 그렇다고 동면 상태를 그대로 유지시킬 수도 없습니다. 원질의 반항이 시작되고 있었으니까요. 이미 몇몇 징그러운 독립체들이 원질에서 분리되어 인큐베이터의 이곳저곳을 싸돌아다니고 있습니다. 그 때문에 통로의 일부도 파손되었고요.

그래서, 아버지는 저를 만들었습니다. 아버지가 죽은 뒤에 대신 동면을 풀라고 말입니다. 음흉한 책임 회피였습니다. 하지만 아버지가 계산하지 못한 것이 하나 있었습니다."

“그게 뭐죠?”

주인의 얼굴은 다소 서글퍼 보였다.

“저 역시 결단을 내릴 수 없었습니다. 저는 푸카에게서 교육을 받았습니다. 아시다시피 로봇들은 생명에 대해 인간보다 더 큰 경외감을 가지고 있습니다. 저는 그 경외감을 푸카에게서 물려받았습니다.

그러나, 저는 그와 함께 이곳에 대한 사랑도 키워갔습니다. 저는 이곳에서 태어나고 이곳에서 자랐습니다. 저에게 이곳은 고향이며 어머니와도 같습니다.

아버지가 죽은 뒤, 선택권은 저에게 넘어왔습니다. 이제 더 이상 시간이 없었습니다. 누군가가 억제장치를 끄지 않는다면 원질은 죽습니다. 죽으면서 그것의 시체는 팽창하여 인큐베이터를 파괴할 것입니다. 신속하게 원질을 죽여 인큐베이터를 구하거나 억제장치를 꺼서 원질을 살려야 합니다. 둘 중 하나를 선택하지 않으면 둘 다 잃고 맙니다.

이 딜레마의 가장 곤혹스러운 부분은 이미 제가 정답을 알고 있다는 점이었습니다. 당연히 원질을 살려야 하지요. 그러나 나는 그것을 할 수 없었습니다.

그래서 나는 보다 객관적으로 생각할 수 있는 사람에게 상속권을 이양하기로 결심했습니다. 그래서 펠뎀을 부른 겁니다.”

주인은 말을 마치고 벽에서 솟아 나온 은빛 돌출부에 걸터앉았다. 그녀는 여전히 유쾌하고 냉정한 표정을 짓고 있었으나 교장은 그녀의 손이 땀으로 흠뻑 젖어 있으며 사지의 근육이 바짝 긴장되어 있는 것을 볼 수 있었다.

그녀는 아무것도 못 본 척하면서 계속 물었다.

"그렇다면 왜 노인이 죽은 즉시 저 애를 부르지 않았지요? 그리고 왜 우리가 온 뒤에도 사실을 밝히지 않았어요?"

주인은 서글픈 표정을 지으며 어깨를 으쓱했다.

"우유부단했기 때문이지요. 여기 오신 뒤에도 제가 모습을 드러내지 않은 이유는 여러분이 선입견 없이 이들을 관찰할 기회를 주기 위해서였습니다. 그래서 나는 모습을 감추었고 단서를 남기기 위해 그 수다쟁이 황금시계 새를 펠뎀의 방에 가져다 놓았습니다."

교장은 매섭게 그녀를 쏘아붙였다.

"우유부단했을 뿐만 아니라 비겁하기도 했어요. 당신이 왜 그랬는지 진짜 목적을 말해볼까요? 당신은 우리들이 이 기계와 사랑에 빠지기를 바랐어요. 그래서 당신 대신 원질을 죽이기를 바라고 있었던 거예요. 그렇게 되면 당신은 손 하나 더럽히지 않고 이 기계를 계속 즐길 수 있겠죠. 아닌가요?"

주인은 대답하지 않았다. 교장은 그녀에게 바짝 다가서서 외쳤다.

"난 더 이상 머뭇거리지 않겠어요. 아무리 아름다운 인공물도 생명을 대체할 수는 없어요. 해제기는 어디에 있죠?"

주인은 교장을 말없이 올려보다가 이윽고 입 끝으로만 살짝 웃었다.

"박사님, 한 가지 잊고 계시는 것이 있군요. 상속인은 박사님이 아니라 펠뎀입니다. 결정은 그녀가 내려야 합니다."

"해제기는 어디에 있어요?"

교장은 들은 척도 하지 않고 되풀이했다. 주인은 오른손 엄지와 검지를 부딪쳐서 딱 소리를 냈다. 붉은색의 작은 정육면체가 그들의 눈앞 허공에서 나타나기 시작했다. 손으로 만질 수 있을 정도로 충분히 단단해지자, 그것은 펠뎀 앞으로 날아갔다. 펠뎀은 움찔하면서 뒤로 물러섰다.

"어떻게 작동시키죠?"

교장이 물었다.

"양손으로 잡고 누르면 됩니다. 그렇게 되면 억제장치들은 작동을 멈추고 인큐베이터는 그 즉시 분해되기 시작합니다. 해제기가 작동되는 즉시 우리는 뮬란 맨션으로 달아나야 합니다. 뮬란 맨션은 이곳으로부터 완전히 독립되어 있는 반중력 우주선이기 때문에 안전한 궤도로 도피할 수 있습니다."

"펠뎀, 당장 눌러!"

펠뎀은 그녀 코앞에 떠 있는 붉은색 상자를 노려보았다. 그녀는 아름다운 소용돌이 무늬를 그리는 천장의 반투명한 장식물을 올려다보았다. 그리고 지하실에서 보았던 흉측한 괴물들을 생각했다.

"그녀에게 충분히 생각할 시간을 주세요. 권리는……."

주인은 계속 말을 이으려고 했지만 교장이 거칠게 말머리를 잘랐다.

"의무를 생각해, 펠뎀! 머뭇거리는 것과 생각하는 것은 달라! 넌 이미 해답을 알고 있어!"

펠뎀에게 교장의 외침은 '죽은 네 부모를 생각해!'란 말로 들렸다.

그녀는 이를 악물고 양손으로 상자를 눌렀다. 상자는 그녀의 손

안에서 납작해지더니 픽 소리를 내면서 사라졌다. 그녀는 텅 빈 손을 바라보다가 다시 천장을 올려다보았다. 반투명한 장식물들은 아직도 그대로 있었다. 모든 것들은 그대로였다.

그러나, 곧 반응이 오기 시작했다. 장식들의 표면이 하얀 가루가 되어 날리기 시작한 것이다. 곧 가루는 안개처럼 터널 내부에 가득 찼다.

서서히 터널의 벽이 갈라지기 시작했다. 갈라진 틈 사이로 하얀 진액이 꾸르륵거리는 기분 나쁜 소리와 시궁창에서 나는 것과 같은 악취를 내면서 흘러나왔다.

“자, 모두 달아나요!”

주인이 외쳤다.

펠뎀은 주인의 얼굴을 올려다보았지만 가루 때문에 그녀의 표정을 읽을 수 없었다. 교장은 머뭇거리는 펠뎀의 팔을 잡고 주인이 가리키는 방향으로 뛰기 시작했다. 펠뎀이 넘어지자 뒤에서 따라온 푸카가 그녀를 등에 태우고 달렸다.

그들이 엘리베이터에 도착했을 때, 이미 벽에서 기어 나온 작고 혐오스러운 생물들이 정신없이 터널을 누비고 있었다. 그들은 허둥지둥 문을 닫았지만 그들 중 발 빠른 몇 마리는 재주 좋게 안으로 들어왔다.

엘리베이터의 상승과 동시에 뮬란 맨션 역시 위로 날아오르기 시작했다. 엘리베이터에서 나온 그들은 1층 홀에 생긴 관측창으로 달려가 다이아몬드 창 너머로 비잔티움 행성의 전 표면이 거북이 등껍질처럼 갈라지는 광경을 지켜보았다. 역겨운 하얀 생물들이 틈 사이에서 하얀 피처럼 몰려나와 깨끗했던 행성 표면을 엉망으로 더럽히기 시작했다. 곧 그들은 행성 전체를 점령할 것이고 그들 식으로 배설하고 죽이고 약탈하며 살아갈 것이다. 에오닌 노인의 비잔티움은 종말을 맞고 있었다.

펠뎀은 갑자기 양말이 축축해지는 느낌이 들어 아래를 내려다보았다. 그들과 함께 뮬란 맨션으로 들어온 하얀 괴물들 중 하나가 항문 두 개를 힘주어 벌리고 그녀의 구두와 양말에 멀건 설사 똥을 누고 있었다. 펠뎀은 질겁하면서 뒤로 물러났다.

주인이 서글픈 얼굴로 웃으면서 말했다.

"내버려둬요! 바로 그런 게 생명이니까!"

로렐라이

저 남자가 보이십니까? 격납고 앞 벤치에 우두커니 앉아 드나드는 사람들을 시체처럼 공허한 눈으로 쳐다보고 있는 저 사람 말입니다. 그가 십 년 전에는 연방 우주군에서 가장 훌륭한 비행사였다고 말한다면 믿으실 수 있습니까? 지금은 저렇게 좀비 같은 꼴이 되어버렸지만, 그의 이름은 지금도 비행사들 사이에는 전설입니다. 특히 그의 경력 말년에 이루었던 업적은 대단했죠. 분리주의당 친구들에게 그는 악마 그 자체였습니다. 그랬던 그가 왜 지금은 저 꼴로 나자빠지게 되었는지 지금부터 이야기해드리지요.

저 남자…… 그의 이름을 밝히지 않는 것이 좋겠군요. 그냥 대위라고 해둡시다. 어쨌든 저 남자는 십 년 전 분리주의자들의 본거지를 공습하는 임무에 종사 중이었습니다. 그는 그의 임무를 아주 충실하게 수행했습니다. 솔직히 말하자면 지나치게 충실하게 수행했습니다. 그는 당시에는 최신형이었던 MS—18 전투기를 타고 이미 폐허가 되어버린 본거지 행성을 확인사살하듯 뭉개고 있었습니다. 그에겐 파괴욕은 성욕이나 식욕과 같이 생기면 풀어 없애버려야 하는 것이었습니다. 당시 그는 그 욕구에 굶주려 있었습니다.

그러니 대위가 우리를 피해 몰래 달아나던 적군 전투기 한 대를 발견하자마자 추격하기 시작했던 것은 조금도 이상한 일이 아니었습니다. 그럴 필요가 전혀 없었지만 한창 파괴에 열을 올리고 있던 그는 당연히 그것도 파괴해야 했습니다. 상대방 전투기는 수없이 워프를 해댔으나 연방에서 가장 뛰어난 추적 전문가였던 그를 따돌릴 수는 없었습니다.

적기는 마침내 더 이상 워프를 할 여력을 잃어버리고 마지막 도약 지점에서 가장 가까운 태양계로 달아나기 시작했습니다. 그것은 지름이 지구의 아홉 배쯤 되어보이는 녹색 행성을 발견하자 그 안으로 뛰어들었습니다. 대위 역시 그것의 뒤를 따랐습니다.

대기권에 접어들고 나서야 대위는 그 행성이 액체 행성이라는 것을 알았습니다. 지권은 거의 존재하지 않고 울부짖는 바다만이 행성의 중심까지 지배하고 있는 그런 행성이었습니다. 그리고 그 얄미운 도망자는 그 바다 속으로 숨어버린 것입니다. 하지만 아까도 말했지만 대위는 연방에서 가장 뛰어난 추적 전문가였습니다. 그는 조금도 주저하지 않고 바다로 뛰어들었습니다.

추적은 우주공간과는 달라 상당히 힘들었습니다. 우선 행성 전체를 뒤흔드는 요란한 액체의 요동이 그의 우주선을 괴롭혔습니다.

전파탐지기도 쓸모가 없었습니다. 남은 건 중력장 탐사기뿐이었습니다. 도망 우주선이 일그러뜨리는 인공중력장을 찾아내는 장치 말입니다.

그는 한 시간 가까이 헤맨 끝에 도망 우주선을 찾아냈습니다. 적기의 모습이 바닷물 너머로 드러나자마자 그는 증오의 고함을 질러대며 적기의 뒤에다 광선포를 쏘아붙였습니다.

우주공간이었다면 그것은 한 줌의 재가 되어버렸을 겁니다. 하지만 그들 사이를 가로막은 바닷물이 광선포의 힘을 약화시켰습니다. 광선포는 우주선의 후미에 커다란 구멍 두 개를 뚫었을 뿐이었습니다. 하기는 그것도 치명적이었습니다. 그들은 지금 1,690킬로미터 깊이의 바닷속에 있었습니다. 부서진 우주선은 천천히 수압으로 우그러들기 시작했습니다. 대위는 만족하고 기수를 수면으로 돌렸습니다.

그때 노랫소리가 들려왔습니다.

여자 목소리였습니다. 그 목소리는 아주 작고 나지막한 목소리로 대위가 전에는 한 번도 들어본 적 없는 이상한 멜로디를 흥얼거리고 있었습니다. 그 멜로디는 중심이 없었고 시작도 끝도 없는 것처럼 느껴졌습니다. 파도처럼, 해류처럼 끝없이 위로 아래로 움직이는 그런 음악이었습니다.

그런 음악이 정말로 들릴 리가 없습니다! 그렇지 않겠습니까? 그건 환청이 틀림없었습니다! 그러나 대위의 머릿속에는 다른 생각이, 전혀 이성적이지 않고 위험한 어떤 생각이 떠올랐습니다. 그는 기수를 다시 행성의 중심으로 돌렸습니다. 그리고 점점 행성 중심으로 떨어져 가는 적기를 향해 내려갔습니다.

상대방의 우주선은 발로 밟은 깡통처럼 쭈그러져 있었습니다. 그는 점점 그것을 향해 접근했습니다. 그동안에도 그 이상한 노랫가락은 계속 그의 귀를 지배하고 있었지요. 그는 기수를 틀어 그런대로 원래 형체를 유지하고 있는 조종실 쪽으로 날아갔습니다. 창문에는 아직 불이 켜져 있었습니다.

대위는 그 창문 너머로 대위를 응시하고 있는 여자의 얼굴을 보았습니다. 여자의 피부는 라파엘 전파 화가들이 그린 중세의 공주처럼 투명하고 희었고 머리칼은 검은 폭포수 같았습니다. 그녀는 두 방울의 잉크 자국같이 시꺼멓고 광택 없는 커다란 눈으로 대위를 바라보고 있었습니다.

대위는 비명을 질렀습니다. 그리고 그와 함께 우주선의 경보등이 켜졌습니다. 수압은 점점 높아져, 이미 우주선이 버틸 수 있는 한계를 초과해버렸던 것입니다. 컴퓨터는 이미 조종능력을 상실한 대위의 명령을 기다리지 않고 우주선에게 상승명령을 내렸습니다. 우주선은 천천히 위로 올라가기 시작했습니다. 우주선이 대기권 밖으로 나오자마자 대위는 연거푸 워프를 해댔습니다. 마치 그렇게 하면 아까의 기억에서도 도망칠 수 있는 것처럼…….

그 뒤로 그는 심한 정신적 고통에 시달려야 했습니다. 더 이상 작전 출격에도 참가할 수 없었습니다. 얼핏 보면 원인은 간단했습니다. 그는 자기가 죽이고 있는 사람을 처음으로 보았던 겁니다. 다른 전투기 조종사들처럼 그는 지금까지 자신이 기계를 부수고 있다고만 생각하고 있었지, 사람을 죽이고 있다고 생각한 적은 한 번도 없었습니다. 그러던 그가 그만 피해자의 얼굴을 보았습니다. 그리고 그 피해자는 하필이면 여자였습니다.

그러나 그의 상태는 그렇게 간단하게 설명할 수 없었습니다. 우선 그는 내가 제안했던 정신치료를 거절했을 뿐만 아니라 다시 조종간을 잡으려는 어떤 시도도 하지 않았습니다. 그를 지배하고 있던 것은 그의 양심이 아니었습니다. 그것과는 전혀 다른 일종의 주술과 같은 매혹이었습니다.

나는 병원으로 문병을 갔을 때 그 사실을 알았습니다. 방문을 열고 들어가니 그는 천장을 뚫어지게 쳐다보며 무언가 생각나지 않는 어떤 것을 떠올리려는 것처럼 얼굴을 찡그리고 있었습니다.

"많이 아픈가, 대위? 의사를 불러올까?"

나는 걱정이 되어 물어보았습니다.

"그 노래가 떠오르지 않아요."

그는 헐떡이며 말했습니다.

"무슨 노래?"

"그 여자가 불렀던 노래요. 그 여자가 마지막까지 불렀던 노래요……."

나는 아무리 물속이라도 저쪽 우주선에서 부른 노랫소리가 그의 우주선까지 전해질 수 없다는 것을 설명하려고 애를 썼지만 허탕이었습니다. 훌륭한 조종사 하나를 잃었구나 하는 생각이 들더군요.

결국 대위는 제대하고 말았습니다. 그 이후로 그는 무절제하고 방탕한 생활에 몸을 던졌습니다. 쥐꼬리만 한 연금을 하루 만에 술로 날려버리고 다음 날 인민복지국의 벨을 눌러대는 그런 생활 말입니다. 친구들은 점점 그의 곁을 떠났고, 복지국에서는 경고를 하기 시작했습니다. 그러는 동안에도 그는 행성 중심으로 떨어져 가는 우주선 속에서 그를 응시하고 있던 그 여자의 이미지와 전혀 머릿속에 떠오르지 않는 노래가락 사이에서 방황하고 있었습니다.

하지만 마침내 그도 정신을 차려야 할 때가 왔다는 사실을 받아들일 수밖에 없었습니다. 그는 처음부터 군인으로 태어난 사람이었습니다. 무절제한 삶은 그와 맞지 않았습니다. 그는 알코올중독자 갱생원에 들어갔고 치료가 끝나자 어느 화물수송회사에 취직했습니다.

한 일 년 동안 그는 꽤 그런대로 정상적인 삶을 살 수 있었습니다. 하지만 아직 조종간을 다시 잡을 엄두는 내지 못하고 내근직에만 만족해야 했지요. 가끔씩 그 기묘한 꿈이 되살아날 때면 그는 약을 먹었습니다. 그러면서도 그는 영구적인 기억제거수술은 받지 않았습니다.

그러던 중, 그는 제대한 옛 친구가 연 송년 파티에 초대받았습니다. 그 파티엔 나도 갔었지요. 솔직히 말해 좀 역겨웠습니다. 졸부의 재산과시가 목적인 파티였어요. 주인의 시커먼 뱃속이 다 보였습니다.

그도 나처럼 진력이 나서 파티장 한구석에 쭈그리고 앉아 무알코올 음료만을 들이켜고 있었습니다. 사방에서 떠들며 노래하는 사람들과 파티장 공간을 멋대로 누비는 주먹만 한 비행선들, 조류처럼 규칙적으로 흘러나왔다가 사라지는 방취제 냄새……. 이 모든 것들이 혼란스러웠고 난잡했습니다. 그는 꿈꾸는 듯한 멍한 상태에 빠져 있었습니다.

그때 바로 그 노랫소리가 들려왔습니다. 그 꿈결 같고 시작도 끝도 없는 것 같은 기묘한 노랫소리가. 그는 벌떡 일어났습니다. 이건 분명히 환각이라고 자신에게 말하면서 그는 머리를 흔들었습니다.

그러나 노랫소리는 이어졌습니다. 하지만 저번처럼 속삭이는 어조는 아니었습니다. 현실감 있고 좀 묵직한 낮은 목소리였지요. 게다가 피아노 반주까지 깔려 있었습니다. 그 노래는 가사도 있었습니다. 그것은 예스러운 독일어로, 죽음으로 완성된 사랑에 대해 이야기하고 있었습니다. 대위는 안도의 한숨을 내쉬었습니다. 이 노래는 분위기가 아주 비슷하기는 했지만 전에 들었던 바로 그 곡은 아니었습니다. 무서워할 이유는 조금도 없었습니다. 마음속 어딘가에서는 아쉽기도 했겠지요.

그는 노랫소리를 따라 천천히 걸음을 옮겼습니다. 노랫소리는 파티장에 붙어 있는 작은 회랑에서 들려오고 있었습니다. 그는 그 안으로 들어갔습니다.

그 안에는 그와 비슷한 나이 또래의 몸집 큰 여자 하나가 피아노를 치면서 가볍게 노래를 부르고 있었습니다. 주위에는 노인네 둘이 그 노래를 자장가 삼아 꾸벅꾸벅 졸고 있었지요.

그가 들어온 지 얼마 안 되어 그녀의 노래는 곧 끝이 났습니다. 그 여자는 피아노 위에 놓여 있던 잔에 반쯤 남아 있던 음료수를 들이켰습니다.

"제 형편없는 노래가 안면의 방해가 되었나요?"

그녀는 고개를 돌리지도 않고 갑자기 대위에게 말을 걸었습니다.

"아, 아닙니다. 단지 그 곡을 전에 어디선가 들은 기억이 나서요……. 곡목을 모르겠더군요."

대위는 우물거렸습니다.

"리하르트 바그너. 〈트리스탄과 이졸데〉의 마지막 장면이지요. 이졸데가 죽은 트리스탄 앞에서 부르는 노래랍니다. 제가 망쳐놓기는 했지만 그래도 근사한 곡이에요. 몽환적이고 도취적이고 섹시하죠."

"전 음악에 대해선 잘 모릅니다."

그녀는 고개를 돌려 대위를 바라보았습니다. 평범한 얼굴이었습니다. 뭉쳐 있는 듯한 모양의 우스꽝스러운 주먹코가 다소 눈에 띌 뿐이었지요.

"아, 그렇다면 제가 당신을 무지에서 해방해드리지요."

그녀가 말했습니다.

대위는 의자 하나를 끌고 와 그녀 옆에 앉았습니다. 그리고 그녀가 피아노를 두들겨대며 해대는 바그너 강의를 들었습니다. 그녀가 꽤 재치 있고 우스꽝스럽게 설명을 했기 때문에 대위는 너무나 웃어대 위경련이 일어날 지경이었습니다. 제대 이후 이렇게 즐거워본 적은 단 한 번도 없었습니다. 얼마 전까지 그를 짓누르던 우울한 기분은 완전히 사라져버렸습니다.

"언젠가 다시 만났으면 좋겠는데요."

그녀가 돌아가려고 자리에서 일어나자 그는 진심으로 말했습니다.

"성급하시군요. 우린 서로의 이름도 모르잖아요?"

대위는 자기를 소개하며 명함까지 꺼내 그녀에게 건네주었습니다. 그녀는 눈살을 찌푸리고 그 명함을 노려보더니 핸드백 안에 집어넣었습니다.

"전 로렐라이 아들러예요. 영 안 어울리는 이름이지요? 친구들은 다 로라고 부른답니다."

말을 마치고 그녀는 나가버렸습니다.

그들은 곧 가까워졌습니다. 대위는 그녀에게 아주 열심이었습니다. 그는 그녀만이 악몽에서 자신을 구해줄 유일한 사람이라고 생각했던 모양입니다. 그도 그럴 만한 것이, 그녀에게는 유머와 냉철한 두뇌뿐만 아니라 그녀의 몸무게만큼이나 굳건한 현실감이 있었습니다.

그랬으니 그녀가 대령이 겪은 경험에 대해 누구보다도 객관적인 반응을 보였던 것도 이상한 일은 아니었습니다. 우선 그녀는 그가 정말 그 여자를 보았는지 확신하냐고 물었습니다. 만약 보았다고 하더라도 잘못 본 것일 수도 있지 않을까? 남자인데 여자로 착각했을 수도 있겠지요. 인간이 아닌 다른 외계인일 수도 있어요. 아니면 단지 창문의 얼룩일지도.

그녀의 모든 가설들이 대위의 강한 부정으로 부서지자 그녀는 이번엔 노래 쪽으로 방향을 돌렸습니다. 노래 쪽은 비교적 논리적으로 타파가 쉬웠습니다. 일단 텔레파시나 그런 게 아니라면 그 여자가 부른 노래가 그가 탄 우주선까지 전해질 이유가 없지요. 그가 겪었던 경험의 강도에도 불구하고 로렐라이의 논증이 점점 치밀해짐에 따라 그도 자신이 없어지기 시작했습니다.

그러나 그것도 잠깐이었습니다. 밤만 되면 그 악몽이 되살아났으니까요. 로렐라이에게 모든 사실을 고백한 뒤부터 더욱 심해졌지요. 아마 그녀가 지나치게 밀어붙였는지도 모르겠습니다. 그는 망각제를 남용하기 시작했고, 기억제거수술을 받을 생각까지 하기도 했습니다.

그가 기억제거수술을 받겠다고 하자 로렐라이는 반대했습니다. 사건이 일어난 그 즉시 받았다면 모를까, 이제 너무 늦어 버렸지요. 이렇게 오랜 시간이 지난 뒤에 받는 수술은 환자의 뇌에 큰 영향을 줄 수도 있습니다.

"보다 쉬운 방법이 있어요. 기억제거수술보다 훨씬 안전하고 간단해요. 다만 당신의 공포심이 장애가 될 뿐이죠."

그녀가 말했습니다.

"뭐죠?"

"다시 그 행성으로 돌아가서 그 우주선을 찾아요."

"불가능합니다! 탈출하면서 랜덤 워프를 너무 여러 번 해댔기 때문에 그곳이 어느 태양계인지 알 수가 없어요!"

"하지만 우주군 자료엔 당시 우주선 컴퓨터의 데이터가 보존되어 있겠지요. 그 자료만 있다면 그 태양계의 위치를 근사치로 추정할 수 있다고 들었어요. 게다가 그 태양계는 소형 액체 행성을 포함하고 있지요? 그런 행성은 아주 드물답니다. 쉽게 찾을 수 있어요. 당신도 그것을 알고 있어요. 알면서도 애써 무시하고 있을 뿐이에요."

"하지만 그 우주선을 어떻게 찾지요? 이미 행성 중심부에 있을 텐데?"

"그렇지도 않아요. 그런 행성은 내부의 대류가 아주 활발하니까요. 그 우주선은 끊임없이 대류를 따라 행성 내부를 떠돌고 있겠지요. 우리는 적당한 장비를 가지고 기다리고 있다가 적당한 때에 낚아채기만 하면 돼요."

그녀의 말이 너무나 설득력 있었기 때문에 그는 그 생각을 받아들이기로 마음먹었습니다. 그는 결국 장기 무급 휴가를 신청하고 우주선 하나와 그 밖의 장비를 대여했습니다. 혼자 갈 예정이었지만 로렐라이도 따라가겠다고 우겼습니다.

"누군가 정신이 똑바른 사람이 곁에 있어야 해요."

그녀는 주장했습니다. 하긴 그건 사실이었습니다.

다음 날 그들은 그 태양계를 찾아 출발했습니다. 그들은 옛 데이터를 검토해가며 차근차근 후보 대상들을 줄여갔습니다. 네, 그건 쉬운 일이었습니다. 너무나 쉬운 일이었죠. 대위 같은 일급의 추적 전문가에게는 말입니다. 출발한 지 일주일 만에 그들은 그 액체 행성을 발견했습니다.

정신없고 흥분되어 있었던 그때와는 달리, 대위는 이제 보다 차분하게 그 행성을 검토할 수 있었습니다. 그 행성을 이루고 있는 액체는, 우리 몸의 대부분을 차지하고 있는 그 무색투명한 액체, '물'이었습니다. 대기 상태와 물의 색으로 보아, 생명체도 있는 것 같았습니다.

"저런 녹색 물방울 때문에 그렇게 겁을 먹다니 당신도 보통 겁쟁이가 아니군요."

로렐라이가 장난스럽게 말을 던졌습니다.

"이제 우주선을 찾아야 해요."

대위는 다시 옛 시절의 추적자로 돌아가 흥분하기 시작했습니다.

"저번처럼 쉬운 일은 아닙니다. 더 이상 인공중력을 내고 있지 않기 때문이지요. 하지만 아직도 기기의 일부분은 강한 자성을 띠고 있지요. 불가능하지는 않습니다. 우리가 가지고 있는 기기로도 충분히 탐색 가능해요."

"물론 당신은 할 수 있어요."

그녀가 격려했습니다.

그 모든 탐색의 과정을 다 언급할 필요는 없을 겁니다. 사실 너무 전문적이고 골치 아픈 일이기 때문이죠. 나는 단지 그가 욕조 속의 티끌처럼 천천히 행성 내부를 돌고 있는 우주선을 발견했을 때의 흥분만을 언급하기로 하겠습니다.

그것이 그리고 있는 원은 행성 지름의 3분의 1이나 되었습니다. 발견 당시 그것은 상승 중이었죠. 그들로서는 시간을 많이 번 셈이었습니다. 대위는 두 대의 인공지능 로봇을 내려보내 그것이 가장 높은 곳까지 올라왔을 때 잽싸게 그것을 낚아챘습니다.

이제 그 전투기의 잔해는 우주선에 부착된 두 개의 빨판에 의해 매달려 있었습니다. 그는 관측기를 내보내 잔해의 내부를 투사했습니다. 그리고 그는 시체를 발견했습니다. 그는 화면의 영상을 확대했습니다.

로렐라이는 남자처럼 고개를 뒤로 젖히고 웃음을 터뜨렸습니다.

"당신의 공주님이 바로 저 사람인가요, 대위?"

시체는 이미 상당히 부패해 있었지만 살아 있었을 때엔 상당히 덩치가 큰 남자였을 거라는 사실을 못 알아차릴 정도는 아니었습니다. 대위는 다른 시체가 있을지도 모른다고 생각하고 관측기를 이리저리 돌렸습니다. 하지만 허사였습니다. 시체가 휩쓸려 나갔을 가능성도 없었습니다. 마침내 대위도 웃어대기 시작했습니다. 허상의 마력은 진실과 대면하자 거품처럼 사라지고 말았습니다.

"축배를 들어야겠어요."

로렐라이는 대위를 끌고 식당으로 들어갔습니다. 그들은 냉장고에서 샴페인을 꺼내 축배를 터뜨렸습니다. 대위는 정말 미쳐버릴 정도로 즐거웠습니다. 너무나 오래간만에 들어간 알코올로 그는 폭죽처럼 솟아오르는 기분이었습니다. 그는 거품으로 엉망이 된 옷을 수건으로 닦아내면서, 냉장고에서 통조림들을 꺼내는 로렐라이의 뒷모습을 바라보았습니다. 로렐라이는 통조림을 뜯으며 그들을 연결해준 음악인 〈트리스탄과 이졸데〉의 '사랑의 죽음*Liebestod*'을 흥얼거렸습니다. 대위도 엉터리 독일어로 그녀의 노래를 따라 부르며 탁자를 막 두드려댔습니다.

갑자기 대위는 노래를 멈추었습니다. 그의 머릿속에 근질거리고 있던 어떤 것이 계속 그의 의식을 자극했습니다. 그는 노랫소리를 높이며 그 기억을 지우려 했지만 그것은 점점 더 끈질기게 그에게 다가왔습니다. 그는 노래를 멈추었습니다.

이윽고 그의 머릿속에서는 새로운 노래가 떠올랐습니다. '사랑의 죽음'과 분위기가 상당히 흡사하기는 하지만 전혀 다른 그 노래가. 바로 지금까지 그가 기억해내려고 발버둥 쳤던 바로 그 노래가. 그는 천천히 기억을 되살려 그 노래를 부르기 시작했습니다. 그의 노랫소리는 로렐라이가 부르는 바그너와 섞여 기묘한 화음을 만들어 냈습니다.

머리가 어찔해졌습니다. 그의 몸은 땀으로 젖어갔습니다. 그는 일어나려고 손으로 탁자를 짚으려 했습니다. 하지만 손은 탁자를 뚫고 지나가 버렸습니다. 세찬 물살과도 같은 느낌이 그의 팔을 쳤습니다. 그는 탁자를 내려다보았습니다. 그것은 아직 탁자의 형태를 유지하고 있었지만 더 이상 고체가 아니었습니다. 그것은 엄청나게 빠른 속도로 회전하고 있는 액체의 덩어리였습니다.

그는 주위를 둘러보았습니다. 식당의 네 벽이 모두 폭포수처럼 쏟아져 내리는 물결로 바뀌어 있었습니다. 벽이 녹기 시작하는 것일까요? 아니, 이 우주선에 과연 식당이 있기는 했던가요?

"로……."

그는 쉰 목소리로 그녀를 불렀습니다. 로렐라이는 그를 향해 고개를 돌렸습니다. 그녀의 얼굴은 사방에서 그녀를 에워싸고 있는 물처럼 푸르고 투명했습니다.

"무슨 일이죠?"

그녀는 대위에게 다가왔습니다. 그녀의 목소리는 동굴 속을 흐르는 물소리처럼 맑게 울렸습니다. 그와 동시에 그녀의 짧은 머리칼은 콰르르 등 뒤로 쏟아져 내렸고, 키가 한 뼘 이상이나 솟아올랐습니다. 대위는 침을 삼켰습니다. 2년 동안이나 그를 짓누르고 있던 바로 그 얼굴이 그를 바라보고 있었습니다.

"당신이었군요……."

그는 힘겹게 내뱉었습니다.

"그럼 내가 누구라고 생각했지, 대위? 저 깡통 속에 깔려 있던 뚱보?"

그녀가 대답했습니다.

그녀는 대위의 얼굴을 쓰다듬었습니다. 그녀의 손은 바닷물처럼 차갑고 축축하고 씁쓸했습니다. 대위는 그녀의 몸을 더듬으려 했지만 그의 손은 몸을 뚫고 지나갔습니다.

방 전체가 녹아내리기 시작했습니다. 로렐라이의 몸은 새로 생긴 소용돌이에 휩싸여 부풀어 올랐습니다. 그의 몸은 차갑고 쓴맛 나는 물속에 잠겨버렸습니다. 옛 전설 속의 이름들이 그의 기억 속에서 쏟아져 나왔습니다. 로렐라이, 멜뤼진, 온딘, 라인의 처녀들, 세이렌……. 남자들을 유혹해 물속에 빠뜨렸던 모든 요정들과 괴물들의 이름들을……. 그러나 그의 의식은 더 이상 작동하지 않았습니다. 지금까지 사람의 형태를 취하고 있던 바닷물이 그의 머릿속으로 들어와 대위의 의식을 빨아들였습니다. 그것은 놀랄 만큼 달콤하고 격렬한 쾌락이었습니다. 그는 마침내 그가 여기서 죽어야 한다는 것을, 그리고 그 죽음이야말로 이 황량한 우주 속에서 그를 구해줄 수 있는 유일한 길이라는 사실을 깨달았습니다.

그러나 그의 옛 주인이었던 군대는 그를 내버려두지 않았습니다. 사관후보생이었을 때 심리학자들이 그의 머릿속에 이식했던 군바리들의 2계명이 그를 몰아세웠던 것입니다. 1계명, 상관의 명령에 절대 복종한다. 2계명…… 1항에 어긋나지 않는 한 어떻게든 살아남는다…….

그는 결코 원하지 않았건만 그의 육체는 옛 프로그램에 반응을 보였습니다. 그는 비틀거리며 바닷물의 애무에서 벗어나 문 쪽으로 달아났습니다. 로렐라이의 긴 팔이 그를 잡아당겼습니다만, 역시 물에 지나지 않았습니다. 문은 닫혀 있었지만 그것 역시 쏟아져 내리는 폭포수에 불과했습니다.

그는 문을 뚫고 우주선 안쪽으로 떨어졌습니다. 복도 바닥이 그의 몸을 세게 내리쳤습니다. 그는 에어록 옆에 뒹굴고 있었습니다. 에어록은 안으로 밀려드는 물을 감지하고 서둘러 닫혔습니다. 우주선은 다시 한 번 물 밖으로 뛰쳐나와 그를 구출해냈습니다. 당사자가 멀어져 가는 천국을 향해 갈망의 외침을 질러대건 말건 아랑곳없이…….

우주선 컴퓨터가 보낸 구조신호를 받고 그를 구출한 것은 바로 우리 함대였습니다. 에어록을 열고 안으로 들어갔을 때 그는 손톱이 바짝 닳은 손가락 끝으로 문을 긁어대고 있었지요. 완전히 백치 상태였습니다. 그리고 저번과는 달리 이번엔 결코 회복되지 못했습니다.

지금 그에겐 강아지만큼의 지성도 남아 있지 않습니다. 그가 할 줄 아는 일이라고는 지금 보시는 것처럼 저 격납고 옆 벤치에 앉아 우주선들이 드나드는 것을 바라보는 것뿐입니다. 언젠가 그는 몰래 저 안에 숨어들어 우주선을 탈취해 그를 부르는 천국으로 뛰어들려 하겠지요. 그리고 이 스테이션의 사령관인 나는 그를 막아야만 합니다.

하지만 정말 그럴 필요가 있는지 나는 아직도 의심스럽습니다.

숲의 제단

아버지께서는 언제나 말씀하시곤 했습니다. 머릿속이 하얗게 셀 때까지 수많은 일들을 겪었지만 황제의 우주선이 우리 숲으로 내려왔을 때만큼 웅장한 광경을 본 적은 없다고 말입니다.

우리 행성은 그때까지 미천하고 촌스러운 주변 세계에 불과했습니다. 세상이 어떻게 돌아가는지는 아무도 몰랐습니다. 가끔씩 희미하게 잡히는 제국의 초공간 방송을 통해서나 바깥세상이 어떻게 돌아가는지 간신히 감을 잡을 수 있었지요. 우리에게 세상은 이 행성뿐이었고 우리는 이런 삶에 만족했습니다. 먹을 것과 입을 것을 주는 숲이 있었고 마실 것을 주는 강이 있었습니다. 더 이상 무엇을 바랄 수 있었겠습니까?

그런데, 황제가 옛 제국을 쓰러뜨리고 새 제국을 세웠던 겁니다.

우리는 흥분했습니다. 이 미천한 행성의 작은 농군에 불과하던 그가 우리로서는 헤아릴 수 없을 정도로 넓은 세계의 지배자가 되어서 돌아왔으니까요.

제국의 전령들이 예식 우주선을 타고 내려와 해야 할 일을 일러 주었을 때도 우리는 무엇이 내려올 것인지 상상도 하지 못했습니다. 우리는 다만 하라는 대로 했습니다. 전령들과 예식 전문가들이 나누어준 화려한 의식용 제복과 백금 반중력차들의 행렬만으로도 우리는 충분히 황홀했습니다.

전령들이 도착한 지 일주일 뒤, 황실의 우주선이 우리 숲 옆에 내려앉았습니다. 지금까지 우주진宇宙塵으로 얼룩진 더러운 밀수선들만 보아왔던 우리들에게 그 우주선은 얼마나 어마어마한 괴물이었는지요! 그것의 지름은 우리 숲의 절반은 될 것 같았고 우주선을 지탱하는 다리 하나만 해도 우리 행성의 원로원 건물을 가볍게 뭉갤 수 있을 것 같았습니다.

우주선은 거대한 원통형을 하고 있었습니다. 황금빛으로 번쩍거리는 표면에는 제국을 상징하는 세 동물들의 부조가 장식되어 있었습니다. 첫 번째 동물은 긴팔양금楊禽의 몸에 거미살쾡이의 머리를 한 괴물이었는데, 이것은 제국의 온유함과 힘을 상징했습니다. 두 번째 동물은 머리가 두 개 달린 화관花冠여우였는데, 이는 제국의 현명함을 상징했습니다. 세 번째 동물은 다섯 개의 긴 뿔이 달린 황금날개뱀이었는데, 이는 제국의 영원함을 상징했습니다. 이 세 동물은 서로와 교접하듯 엉긴 채로 사나운 눈을 내리뜨며 우리를 내려다보았습니다. 우리는 이 괴물들의 눈초리만으로도 공포에 질려 땅속 깊이 들어가고 싶을 정도였습니다.

괴물들 말고도 우주선은 온갖 화려한 문양으로 치장되어 있었습니다. 그 모든 것들에는 괴물들처럼 다양한 의미들이 숨겨져 있었습니다. 우주선의 모든 장식들은 하나의 외침이었으며 그것은 이렇게 말하고 있었습니다. "너희들 미천한 자들은 경배하라. 황제는 곧 신이며 더 이상 높은 곳은 없다."

우주선은 내려앉아 한동안 거대한 동물처럼 뜨거운 숨을 내쉬었습니다. 그 숨결에는 우리가 그때까지 한 번도 맡아보지 못했던 이상한 냄새가 섞여 있었습니다. 그것은 저 먼 세계의 황량한 하늘에서 벌어졌던 전투의 냄새였으며 이름 모를 다양한 빛의 별들이 우주선에 뿌렸던 빛의 냄새였습니다.

우주선은 마침내 숨쉬기를 멈추고 흑단처럼 검고 길다란 혀를 뽑아 바닥에 늘어뜨렸습니다. 잠시 뒤, 우렁찬 음악과 함께 수천 명의 예식 무도가들이 새처럼 사뿐사뿐한 걸음걸이로 혀를 타고 내려왔습니다. 그들은 붉은 융단을 강처럼 뽑아 혀 위에 기다란 길을 만들었습니다. 그들의 조치는 당연한 것이었으니 황제는 미천한 세계의 흙 한 톨도 밟아서는 안 되었기 때문이었습니다.

"알려진 온 우주의 지배자이며 모든 지성의 통일자인 황제 폐하 만세!"

우리는 예식 전문가들이 알려준 대로 목청껏 외쳤습니다.

이윽고, 붉은 융단의 저쪽 끝에 사람 모습을 한 두 개의 그림자가 나타났습니다. 한 명은 남자, 다른 하나는 여자였습니다. 융단은 수천 번 허물을 벗은 늙은 뱀처럼 유연하게 움직이며 그들을 우리가 일주일 동안 밤 새워 만들어놓은 제단 위로 올려다 놓았습니다.

황제는 더 이상 우리가 알고 있던 어린 농군이 아니었습니다. 그의 육체는 수많은 전투로 인해 늙은 주목처럼 단단하고 굵어져 있었습니다. 그의 긴 수염은 군데군데 빛이 바래 그의 오랜 연륜을 말해주고 있었습니다. 그의 육체에는 우주선만큼이나 화려한 장식이 그려진 제복이 입혀져 있었습니다. 우리는 그의 얼굴에 새겨진 굵은 주름과 매서운 눈초리에 존경심이나 자부심보다는 두려움을 느꼈습니다. 그가 정말 우리 세계의 일원이었던 것일까요? 우리는 믿을 수가 없었습니다. 그러기엔 그는 너무나 엄격했고 너무나 위대해 보였습니다.

아까, 나는 당신에게 두 명이 내려왔다고 말했습니다. 한 명은 황제, 다른 한 명은 황후였습니다. 황제의 모습을 찬미하는 의무에서 벗어난 우리들의 눈은 일제히 황후에게 쏠렸습니다. 아아, 우리는 세상에 그런 피조물이 존재할 수 있다고는 생각도 한 적이 없었습니다. 그녀는 이 세상뿐만 아니라 어느 세상에서도 신성모독으로 여겨질 정도로 황홀하게 아름다웠습니다. 그녀의 반짝이는 머리칼은 천사가 손수 짠 것 같았고 그녀의 눈은 세상의 모든 빛을 잡아먹는 전설 속의 거대한 별처럼 검었습니다. 그녀의 피부는 너무나 투명하여 뒤가 비쳐 보일 정도였습니다. 그녀의 손과 발은 은빛 깃털처럼 섬세했습니다. 그녀의 옷은 황제의 것과는 달리 희고 소박했지만 오히려 그런 간결성은 그녀의 아름다움을 더욱 강조할 뿐이었습니다. 도대체 그녀는 어디서 왔을까요? 아마도 황제가 치른 수많은 전쟁을 통해 얻은 전리품의 하나였겠지요. 세상 구석 어딘가에 은밀하게 숨겨진 신비스러운 왕국에서 태어난 근친상간의 열매였을 겁니다.

우리는 그녀가 우리나 우리의 별에 아무런 관심도 가지고 있지 않다고 생각했습니다. 그녀의 목소리는 비단결처럼 곱고 아름다웠으며 말투는 친절했지만 어떤 열의도 행복함도 느낄 수 없었습니다. 그녀는 단지 기계처럼 반응하고 있었을 뿐이었습니다.

예식은 해가 질 때까지 계속되었습니다. 우리들은 선물을 바쳤고 황제가 직접 하사한 제국의 열쇠를 받았습니다. 예식 전문가들이 선정한 행성의 관리들이 하나하나 황제의 발밑에 꿇어앉아 황제의 구두 끝에 입을 맞추었습니다. 그때까지는 모든 것이 계획대로 진행되었습니다.

일이 틀어지기 시작한 것은 관리들의 배알이 끝난 직후였습니다. 어떻게 근위대의 경계를 뚫었는지 초라한 옷차림을 한 키 작은 노파가 제단 위로 올라갔습니다. 예식 무도가들이 그녀를 가로막으려 했지만 그녀는 기름칠한 생선처럼 매끄럽게 그들 사이를 빠져나와 황제 앞에 섰습니다.

"에헴……."

그녀는 무례한 태도로 삐딱하게 서서 황제를 올려다보았습니다.

"드디어 자네가 돌아왔군. 그동안 많이 늙었어. 떠날 때는 갓 베어낸 물푸레나무 가지처럼 매끄럽고 날씬하더니 이제 나만큼이나 주름살이 많아졌는걸. 어디 한번 만져봐도 되나?"

그녀는 황제가 입을 떼기도 전에 더럽고 앙상한 손을 뻗어 황제의 수염을 잡아당겼습니다.

"노파여, 난 당신이 누구인지 모르오."

황제는 솟구치는 분노를 간신히 억누르며 대답했습니다.

노파는 침을 튀기며 킬킬 웃었습니다.

"나를 모른다고? 자네가? 나는 자네를 자네 어머니의 자궁에서 끄집어냈고 젖을 먹여 키웠어. 내가 없었다면 자넨 여기 있지도 못해! 왜 여기에 왔는데도 나를 찾아오지 않았나? 왜 늙은이가 직접 발품을 팔아야 해?"

"나는 당신을 모르오."

황제는 다시 말했습니다.

"나를 모른다고? 그렇다면 왜 여기로 왔지? 아, 여기 계신 아름다운 숙녀분은 누구신가? 그래, 자네도 결혼을 했군. 귀여운 부인, 이 늙은이에게 키스해주구려. 이 늙은이는 오랫동안 젊은이의 입술에 굶주려왔다오."

황후는 마법에 걸린 것처럼 멍한 표정으로 노파의 입술에 그녀의 입술을 들이댔습니다. 황제의 분노는 그 순간 터져버리고 말았습니다. 그는 하늘이라도 쪼갤 것 같은 매서운 목소리로 외쳤습니다.

"저 미친 늙은이를 끌어내라!"

예식 무도가들과 근위대 병사들이 노파를 에워쌌습니다. 그러나 노파는 발끝 하나 움직이지 않았습니다. 그녀의 손은 여전히 황후의 손 위에 겹쳐져 있었고 눈은 여전히 황제의 얼굴을 올려다보고 있었습니다. 그녀는 웃음 섞인 목소리로 말했습니다.

"자네가 나를 찾아오지 않아서 내가 자네를 찾아왔어. 자네가 나에게 제물을 바치지 않겠다면 내가 직접 내 몫을 찾아가겠어. 무엇을 가져갈까? 자네의 예쁜 아내는 어떨까? 나 같은 늙은이에게 젊음의 향취는 생명의 샘물과도 같지. 자네 아내를 데려갈까?"

그 순간, 황제는 번개처럼 재빠른 동작으로 허리에 찬 발열검을 뽑아 노파의 목을 내리쳤습니다. 잘린 목은 데굴데굴 굴러 계단 아래로 떨어졌지만 노파의 몸은 나뭇등걸처럼 꼿꼿하게 서 있었습니다. 황제는 거칠게 노파의 몸을 떠밀었습니다. 그러나 그것은 꼼짝도 하지 않았습니다. 대신 답변이라도 하듯이 부풀었습니다. 노파의 가느다란 몸을 감싸고 있던 옷은 순식간에 찢겨나갔습니다. 으르렁거리는 소리와 함께 나뭇가지와 뿌리가 몸에서 갈라져 나왔습니다. 뿌리는 우리가 만든 제단을 뚫고 땅속으로 내려갔고 나뭇가지는 발열검을 쥐고 있는 황제의 팔을 감았습니다.

우리는 비명을 질렀습니다. 우리는 그제야 노파가 누구인지 알 수 있었습니다. 노파는 숲이었습니다. 숲은 16년 동안이나 손수 키워왔던 그녀의 아들을 몸소 마중하러 왔던 것입니다.

예식 무도가들이 황제의 팔을 감고 있던 나뭇가지를 잘라냈습니다. 그들은 발열검과 열선총으로 노파의 남은 몸을 동강 냈습니다. 그러나 제단은 엉망이 되었고 황제와 황후의 옷에 덮인 먼지와 진흙도 여전히 그대로 남아 있었습니다.

그들이 다시 우주선으로 들어가려고 할 때, 제단 아래에 굴러떨어져 있던 노파의 머리가 다시 말을 했습니다.

"잊지 마. 나는 달이 세 번 지기 전에 그녀를 데려가겠어."

머리는 곧 근위대의 장화에 짓밟혀 푸른 수액에 젖은 섬유질 덩어리로 변해버렸지만 그 마지막 경고는 결코 지워질 수 없었습니다.

"폐하."

우리들 중 한 명이 용기를 내어 말했습니다.

"숲에게 결례를 범할 수는 없습니다. 숲은 우리의 뿌리일 뿐만 아니라 폐하의 뿌리이기도 합니다. 숲의 노여움을 산다면 온전하게 옥체를 유지하실 수 없습니다. 지금 당장이라도……."

황제는 역정을 냈습니다.

"왜 내가 그래야 하는가? 나는 알려진 모든 우주의 통치자다! 왜 하찮은 나뭇등걸 앞에 몸을 숙여 용서를 빌어야 하는가? 그까짓 것은 우주선의 열선포 하나만으로도 없애버릴 수 있다. 통치자는 누구에게도 고개를 숙일 수 없다. 제국은 누구보다 위에 있으며 나는 제국의 머리이기 때문이다."

그는 웅성거리고 있던 우리들을 향해 외쳤습니다.

"그 미친 노파는 나에게 경고했다. 하지만 나는 무시할 것이다. 그러나 어느 누구도 황후를 데려갈 수 없다. 내가 직접 그것을 증명해 보이겠다."

황제는 말을 마치고 황후를 팔로 감싸고 우주선 안으로 들어갔습니다.

황제는 우리 별을 떠나지 않았습니다. 도망친다는 말을 들을까봐 두려웠던 겁니다. 그는 자신의 힘을 증명해야만 했습니다. 우주선은 여전히 착륙했던 그 자리에 그대로 남아 있었습니다.

대신 일곱 개의 방어벽이 우주선을 에워쌌습니다. 어떤 벽은 무엇이거나 닿는 즉시 한 줌의 하얀 재로 만들어버릴 만큼 뜨거웠고 어떤 벽은 근처의 모든 공기마저도 얼려버릴 정도로 차가웠습니다. 어떤 벽에는 이 행성에 있는 모든 집에 불을 밝힐 만큼 강력한 전류가 흘렀고 어떤 벽에는 가까이 가는 사람들을 모두 광인으로 만드는 끔찍한 독기를 품고 있었습니다.

우주선 밖의 방어벽만이 전부는 아니었습니다. 우주선의 모든 벽들은 차단되고 변형되어 우주선 중심에 있는 황제의 밀실을 중심으로 365겹의 방어벽을 만들었습니다. 각각의 벽에는 단 하나의 문들만이 존재했으며 그 문을 열 수 있는 열쇠는 황제가 직접 가지고 있었습니다. 벽과 벽 사이에는 수면 거부 훈련을 받은 365명의 무장한 호위병들이 지키고 있어서, 어느 누구도 그들의 눈을 피해 안으로 들어올 수 없었습니다.

그럼에도 불구하고 황제는 안심하지 못했습니다. 그는 굶주린 야수처럼 발열검을 감싸 쥐고 대리석과 텅스텐으로 치장한 그의 밀실 안을 빙빙 돌았습니다. 그리고 그 걸음의 중심에는 황후의 백금 침대가 놓여 있었습니다.

하루가 지나고 이틀이 지났습니다. 그러나 호위병들도 보안 컴퓨터도 우주선 안으로 들어오려는 어떤 시도도 감지하지 못했습니다. 가끔가다 애꿎은 새들이 벽에 부딪혀 얼어 죽거나 타 죽을 뿐이었습니다. 하긴 누가 감히 그곳으로 들어올 수 있었겠습니까?

그러나, 황제의 긴장은 점점 쌓여만 갔습니다. 그 늙은이는 무슨 꿍꿍이속으로 그런 말을 했을까? 도대체 무슨 술책을 가지고 있었을까? 아, 그는 그가 자라났던 이 별과 숲을 정말 증오했습니다. 왜 그는 이곳으로 다시 돌아올 생각을 했을까요? 고향은 그에게 아무것도 주지 않았습니다. 제국은 그가 혼자서 이룩해낸 것이었습니다. 고향이 그에게 준 것은 빈곤과 증오뿐이었습니다.

그는 핏발이 선 눈으로 황후를 바라보았습니다. 그녀는 언제나와 마찬가지로 무표정했고 눈길은 냉담했습니다. 그는 갑자기 그녀가 무슨 생각을 하고 있는지 궁금했습니다. 그는 그녀와 함께 4년간을 살아왔지만 그녀에게서 얻은 것이라고는 가끔씩 그가 빼앗다시피 하는 짧은 쾌락이 전부였습니다. 그는 지금까지 전혀 모르는 여자와 함께 살아왔던 것입니다. 아름답고 고상한 장식품. 황후는 지금까지 장식품에 불과했습니다.

그는 황후가 그 추한 노파에게 키스했던 순간을 기억해냈습니다. 그 짧은 순간 그녀는 어느 정도 살아 있는 사람처럼 보였습니다. 그녀는 형식적이 아닌 진짜 미소를 머금기까지 했습니다. 그 냄새나는 더러운 흉물이 지금까지 그가 주지 못했던 것을 황후에게 주었던 겁니다!

방은 더웠고 공기는 탁했습니다. 황제는 그의 몸을 감싸고 있던 옷을 하나하나씩 벗어 던졌습니다. 그러나 갑갑함은 가시지 않았습니다. 그는 깨달았습니다. 그를 갑갑하게 만드는 것은 더위도, 탁한 공기도 아니었습니다. 그를 둘러싸고 있는 금속 덩어리와 장신구와 허례허식들이 진짜 범인들이었습니다. 그는 헐떡거리면서 침대에 걸터앉았습니다.

바삭바삭하고 가벼운 무언가가 그의 몸에 떨어졌습니다. 그는 땀에 젖은 손으로 그것을 집어 올렸습니다. 그것은 말라붙은 꽃잎이었습니다. 우리가 황제와 황후를 위해 숲에서 가져온 야생화의 일부였습니다. 황후는 그것으로 그들의 침대를 장식했던 것입니다.

그는 꽃잎을 코에 들이댔습니다. 이미 바짝 말라 있었지만 꽃잎은 아직도 싱싱했을 때의 향기를 간직하고 있었습니다. 그는 그것이 마치 갑갑함의 해독제라도 되는 것처럼 향기를 깊숙이 들이마셨습니다.

향기가 그의 폐 안으로 들어가면 들어갈수록 그의 마음은 편해졌습니다. 이제 더 이상 그 미친 노파의 경고는 그를 두렵게 하지 않았습니다. 두려움이 있다면 그가 이 모든 치장 속에서 평생을 보내야 한다는 것이었습니다. 이 모든 장신구들, 이 모든 장식품들, 이 모든 기계들, 예식들, 칭호들, 형식들 속에서.

"갑갑하지 않소?"

황제는 황후에게 물었습니다. 황후는 긍정도 부정도 아닌 미묘하고 섬세한 동작으로 말없이 그에게 답변했습니다. 황제는 그녀의 얼굴을 부여잡고 그녀의 눈을 들여다보았습니다. 그는 지금까지 단지 검은 보석에 불과하다고 여겼던 그녀의 눈 속에서 무언가를 읽었다고 느꼈습니다. 그러나 그것이 무엇인지는 여전히 알 수가 없었습니다.

"나갑시다. 바깥으로 나가면 숨이라도 쉴 수 있을 거요."

그는 한 손으로는 황후의 팔을 잡고 다른 한 손으로는 열쇠와 발열검을 부여잡았습니다. 그는 365겹의 벽을 하나하나 열고 우주선 밖으로 걸어나갔습니다. 가는 도중 무언가 알 수 없는 것들이 그를 만류하는 것 같았지만 그는 가볍게 발열검으로 물리쳤습니다.

일곱 겹의 방어벽도 더 이상 황제를 가두는 감옥이 되지 못했습니다. 황제와 황후는 두 명의 도망자처럼 발끝을 세우고 달리기 시작했습니다. 황후는 잠옷 차림에 맨발이었고 황제 역시 그만큼 가벼운 옷차림이었습니다. 그러나 그들 중 어느 누구도 나뭇가지나 땅바닥의 돌부리에 살갗을 긁히거나 하지는 않았습니다. 그들은 마치 작은 새처럼 자연스럽게 나무들 사이로 뛰어들었습니다.

완전한 해방감이 그의 몸을 가볍게 했습니다. 그는 미소를 지으며 황후를 바라보았습니다. 그녀는 웃고 있었습니다. 지금까지 보아왔던 모호하고 형식적인 미소가 아니었습니다. 나전 빛의 아름다운 이들이 드러나는 편안하고 화사한 웃음이었습니다. 그녀는 미풍처럼 조용히, 그러나 작은 새처럼 민첩하게 나무와 개울 사이를 누볐습니다. 그는 팔을 뻗어 그녀를 잡으려 했습니다. 그러나 그녀의 가느다란 팔과 다리는 수면 위의 그림자처럼 잡기가 힘들었습니다. 그의 손에 들어오는 것은 나뭇가지나 찢긴 이파리들뿐이었습니다.

황제는 황후를 따라 점점 숲 깊숙이 들어갔습니다. 황후의 잠옷은 거의 찢겨나가 형체를 알아볼 수 없을 정도가 되었습니다. 달빛을 반사하는 그녀의 파리한 피부를 보면서 그는 점점 그녀가 다치지나 않을까 걱정했습니다. 그러나 그런 걱정은 전혀 상관없는 것이었으니 이미 그녀는 숲의 일부분이나 다름없었기 때문입니다. 그녀의 땀과 타액은 이미 나무의 수액처럼 차갑고 향기로웠으며 머리칼은 숲 그 자체보다도 더 푸르렀습니다. 황제는 그녀의 눈이 점점 검은빛을 잃고 극히 희귀한 천연 에메랄드에서나 볼 수 있는 푸른 광선을 쏘고 있다는 사실을 알았습니다. 그리고 그녀의 팔과 다리는 더 이상 비유적으로 투명한 것 이상이었습니다. 황후는 달빛이 만드는 그림자와 함께 숲의 한가운데로 녹아들고 말았습니다.

황제는 그 자리에서 우뚝 멈추어 섰습니다. 머리가 어찔해졌습니다. 팔과 발은 긁힌 상처의 아픔을 호소했습니다. 그는 그제야 제정신을 차리고 주위를 둘러보았습니다. 그는 숲 한가운데 홀로 있었습니다. 열쇠도 발열검도 없었습니다. 알려진 우주의 통치자인 그가, 모든 지성의 통일자인 그가 찢긴 속옷 바람으로 무기도 호위병도 없이 숲 한가운데에 서 있었던 것입니다. 그는 웃으려고 했지만 웃음이 나오지 않았습니다. 이제 그는 그 노파가 무슨 짓을 했는지 알았습니다.

분노가 그의 온몸을 장악했습니다. 그는 그가 뛰어왔던 길을 되돌아갔습니다. 당장 수색대를 편성해서 숲을 뒤져야지. 아내를 찾고 이 망할 숲은 폭탄으로 날려버릴 테다. 그러나 무엇보다 잃어버린 발열검과 열쇠를 찾는 것이 급했습니다.

마침내, 그는 나뭇등걸 옆에 떨어진 발열검을 찾아냈습니다. 열쇠는 찾을 수 없었습니다. 할 수 없지. 그는 발열검을 움켜쥐고 우주선을 향해 달려갔습니다. 나뭇가지들이 만드는 그림자는 점점 가늘어져 갔고 이제 미치광이의 눈처럼 누레진 달빛은 거의 벌거벗은 채로 뛰어가는 미친 늙은이를 조롱하듯 비추었습니다.

중간쯤 되돌아갔을 때, 그는 사람들이 외치는 소리를 들었습니다. 모음을 두 음절마다 일그러뜨리는 천박한 고향 사투리가 아닌 세련되고 절도가 선 제국 표준어였습니다. 수색대가 그를 찾으러 온 것이었습니다. 그는 발열검을 쳐들고 외쳤습니다.

"어이!"

그러나 그의 목에서 나오는 소리는 더 이상 사람 목소리가 아니었습니다. 그는 다시 한 번 외치려고 했지만 혀가 굳어져 꺽꺽거리는 소음 이상은 내지 못했습니다. 그의 피부는 이미 늙은 나무의 껍질처럼 거친 갈색을 냈고 몸은 굳어가고 있었습니다. 그는 발열검을 전등처럼 쳐들고 수색대 앞으로 뛰어들었습니다. 따가운 통증이 그의 몸을 세 겹으로 자르며 지나갔습니다. 수색대 단원들 중 한 명이 그를 덮치려는 녹색 괴물을 향해 절단총을 발사한 것이었습니다. 알려진 모든 우주의 통치자이며 지성의 통일자인 그는 네 조각 난 섬유 덩어리가 되어 쓰러졌습니다.

지구인 아가씨. 이것이 아가씨가 알고 싶어하시던 황제의 죽음에 대한 이야기입니다. 역사책이 뭐라고 거짓말을 하건 믿지 마십시오. 나는 내 눈으로 황제의 동강 난 시체를 보았습니다. 우리 아버지께서는 황제가 죽인 365명의 호위병들을 일일이 화장하신 분입니다. 우리 행성의 모든 시인들이 이 이야기를 노래로 만들어 불렀고 그들 중 몇 명은 절대로 거짓말을 노래할 사람들이 아닙니다.

때때로 숲에 들어가면 이상한 노랫소리가 들려옵니다. 새소리와도 비슷하지만 훨씬 풍요롭고 꿈결 같은 노랫소리가 말입니다. 황제가 우리 행성에 돌아오기 전에 그런 소리를 숲에서 들은 사람은 아무도 없었습니다.

아직 내리닫이를 입은 어린아이였을 때, 나는 종종 그 노랫소리를 따라 숲 속 깊숙이 들어가곤 했습니다. 그러나 노랫소리의 주인을 발견한 적은 단 한 번도 없었습니다. 아마 그것은 꿈을 좇는 것만큼이나 허망한 탐색이었을지도 모르겠습니다. 그러나 어느 누가 확신할 수 있겠습니까? 진실을 아는 자는 오직 숲뿐인 것을.

아이들은 모두 떠난다

1

승아는 비명을 지르고 눈을 떴다. 엄마와 외할머니의 걱정스러운 얼굴이 천장에 달린 발광등의 빛을 가리고 있었다. 승아는 눈을 깜빡이며 고인 눈물을 닦아냈다.

"왜 그런 짓을 했니?"

엄마가 떨리는 목소리로 말했다.

"엄마에겐 너밖에 없는 거 모르니? 왜 그런 짓을 했어?"

"팔은 지금 어떠니?"

할머니가 끼어들었다.

승아는 고개를 조금 들어 그녀의 왼팔을 내려다보았다. 팔꿈치 아래 부분이 붕대로 감겨 있었다. 그와 함께 상처도 잠에서 깨어났는지 인두로 지지는 것 같은 날카로운 통증이 왼팔을 씹어댔다. 너무나 아파서 그녀는 고함을 질렀다. 할머니는 작지만 억센 왼손으로 그녀의 가슴을 누르고 오른손으로 분사주사기를 꺼내 그녀의 팔에 대고 찔렀다.

"조금만 참아! 곧 나을 거야!"

할머니가 외쳤다.

무디고 안개 같은 둔한 느낌이 천천히 통증을 짓눌렀다. 승아는 숨을 멈추었다. 할머니 손에 눌린 가슴이 망치로 두드리는 것처럼 쾅쾅 뛰었다. 할머니는 손등으로 승아의 볼을 쓸어내렸다.

"네가 무슨 짓을 하려고 했는지 기억나니, 승아야?"

할머니가 물었다.

승아는 잠시 생각해보다 고개를 끄덕였다.

"무얼 했지?"

"화장실에 들어가 할머니 메스로 팔을 그었어요."

"왜? 왜 그랬니?" 엄마가 외쳤다.

"몰라요." 승아는 고개를 저었다.

거짓말이었다. 하지만 그녀는 지금 너무 지쳐, 그 복잡한 감정을 설명할 힘이 없었다. 갑갑함과 현기증이 어울린 알 수 없는 느낌. 칼로 온몸을 그어버리게 몰고 가는 무언의 압력. 그 모든 것들을 설명하기엔 그녀의 어휘가 모자랐다. 그녀는 눈을 감고 고통으로 기절하기 직전에 보았던 것이 무엇인지 떠올리려고 해보았다. 형체는 거의 기억이 안 나지만 무언가 녹색이고 날개와 같았다. 그리고 그것은 시원스럽고 기분 좋은 향기를 풍기고 있었다.

2

정희는 어머니의 옷가지를 깔끔하게 가방에 챙겨 넣은 다음 자물쇠를 잠그고 일으켜 세웠다. 그녀는 짐을 챙기는 동안 어머니를 단 한 번도 쳐다보지 않았다. 만약 그랬다면 울어버렸을 것이다.

"왜 지구로 돌아오지 않니?"

어머니는 파이프를 분해해 담뱃재를 휴지통에 털면서 말했다.

"이 별은 아무래도 애들한테는 어울리지 않아. 공기에 뭔가 안 좋은 게 섞여 있어. 숲으로 달아난 아이들을 보렴. 그리고 아까 승아가 한 일을 봐. 10살짜리가 동맥을 잘라 자살하려고 하다니!"

"그냥 사고였을지도 몰라요. 그 애는 자기가 무슨 짓을 한 건지도 모르잖아요."

정희는 우물거렸다.

"내가 간 뒤에 정신과에 한번 데리고 가렴. 기왕이면 이 별 말고 좀 발전된 행성의 병원에 말이다. 아니면 우리 집에 보내는 게 어떻겠니? 교육이나 그런 면을 봐도 여기보다 지구가 나을 거다. 네가 정말로 승아가 잘되기를 원한다면……."

정희는 가방의 호버링 기능을 작동시켰다. 가방은 윙 소리를 내면서 바닥에서 떠올랐다.

"됐어요, 엄마. 나도 그 애 뒷바라지 정도는 할 수 있어요."

어머니는 코웃음을 쳤다.

"그래? 내 딸이 말이냐? 19살 때 집을 뛰쳐나와 분리주의자들과 어울려 다니다가 이 촌티 나는 행성에서 아비도 모르는 애를 낳아 키우고 있는 내 딸아이를 믿으라고? 어림없단다, 얘야. 적어도 그 애가 내가 아는 애라면 어림없어.”

“됐어요! 알아들었어요! 가세요!”

어머니는 말없이 담배 케이스 안에 파이프를 집어넣었다. 그녀도 자기 말이 지나쳤다는 것쯤은 깨달았겠지만 얌전히 고개 숙여 사과하기엔 자존심이 너무 강했다. 그녀는 인사말을 중얼거리며 가방을 들고 밖으로 나갔다.

어머니를 태운 택시가 길모퉁이로 사라지자 정희는 승아가 잠들어 있는 2층 침실로 올라갔다. 이미 학교에는 병 때문에 나갈 수 없다고 전화를 해두었다. 아마 병원에도 데리고 가보아야 하겠지. 어머니가 주장한 것처럼 멀리 떨어진 비싼 병원이 아니더라도.

그녀는 한동안 침대 곁에 앉아 딸의 파리한 얼굴을 내려다보았다. 승아는 잠들어 있는 동안에도 전혀 속내를 드러내 보이지 않았다. 그 애는 언제나 그랬다. 그녀가 아무리 딸에게 가까이 가려고 해도 아이는 늘 한 걸음 뒤로 물러섰다. 이런 상황은 언제나 정희에게 깊은 소외감을 심어주었다. 승아가 자라면 자랄수록 그들 사이의 간격은 점점 넓어질 것이다. 그리고 승아는 결국 고치를 찢고 나온 나비처럼 그녀의 곁을 떠나가버리리라.

3

숲은 두 겹의 달빛 속에 우울한 푸른빛을 발하며 누워 있었다. 번식기를 맞은 나무들은 가냘픈 목소리로 울어대며 새들을 불렀고, 덩굴들은 어제 내린 비를 머금고 천천히, 그러나 단단하게 나무들을 휘감았다. 모든 것들이 젖어 있었고 조용히 떨고 있었다.

까르륵거리는 웃음소리들과 함께 네 개의 작은 그림자들이 나무 사이를 지나갔다. 둘은 분명히 인간의 아이들이었지만 다른 둘은 정체를 알 수 없는 모호한 모습이었다. 가끔가다 그것들의 몸에서 초록색의 날카로운 빛이 툭툭 튀어나와 그들의 길을 밝혔다.

그들은 서로의 손을 잡고 조금씩, 조금씩 숲의 한가운데로 들어갔다. 안으로 들어갈수록 초록색 불꽃을 튕기는 생물들이 나무 사이에서 하나둘씩 새어 나와 그들의 무리에 끼어들었다. 마침내 그들은 20여 마리의 작은 군대가 되어 넷의 뒤를 따랐다.

"거기 서."

초록색 생물들 중 하나가 인간의 목소리로 조용히 말했다.

행렬은 깨어져 곧 두 아이들을 둘러싼 초록색 원이 만들어졌다. 아까 정지를 명한 생물이 그 원 안으로 들어왔다. 그것은 덩굴과 같은 푸른 팔을 뻗어 놀라울 정도로 잽싸게 아이들의 옷을 벗겼다. 아이들은 점점 달빛과 짙은 녹색의 대기에 노출되어가는 자신의 몸을 바라보며 영문도 모르고 웃어댔다. 초록색 생물은 그러는 아이들을 조심스럽게 어루만지며 속옷들을 찢어냈다.

이제 아이들은 완전히 발가벗겨진 채 초록색 생물들의 한가운데 서 있었다. 생물들의 시선에 어색해진 그들은 더 이상 웃지 않았다. 그들은 떨어진 옷들을 주섬주섬 주워 올리며 자신의 몸을 가리기 시작했다.

그들은 끝내 옷을 차려입지 못했다. 초록색 생물의 덩굴 팔이 둘을 힘 있게 휘어 감더니, 정교한 칼처럼 얇고 예리한 발톱으로 그들의 등을 찍었다. 날카로운 비명이 숲을 잠시 뒤흔들었지만, 곧 초록 생물들의 웃음소리에 묻혀버렸다.

4

간신히 시립 정신병원에 전화를 걸어 예약을 할 수 있었다. 아동부는 갑작스럽게 늘어난 어린 환자들 때문에 스케줄이 빽빽했다. 정희는 시청 직원이어서 연방 사무원 특권이 있기는 했지만, 그래도 3일 뒤에나 진찰이 가능했다.

정희는 다시 작업 화면으로 돌아가 시장이 직접 지시한 시민 모임의 계획서를 짰다. 벌써 32명이나 되는 아이들이 숲으로 달아나 돌아오지 않았다. 실종된 아이들의 부모들 중 일부는 그 일을 빌미로 다시 원주민들을 린치하기 시작했다. 점점 전염병처럼 번지는 이 집단 히스테리 증상을 어떻게든 진정시키고 폭력 행위를 막아야 했다.

간신히 계획서가 끝났을 때, 그녀는 법의학부에 근무하는 혜경이 건 전화를 받았다. 이미 도시 변두리에는 통제용 차단막이 작동하고 있었지만, 한 영리한 꼬마가 그 틈새를 찾아낸 모양이었다. 다행히도 지나가던 감시 로봇이 그 아이를 붙잡았다. 혜경은 보안부가 억류하고 있는 그 아이를 만나보기 위해 정희를 줄로 삼을 생각이었던 모양이지만, 이 상황에선 정희도 별 도리가 없었다. 그녀는 어설픈 변명을 늘어놓으며 전화를 끊었다.

"안정희 씨인가요?"

원주민 특유의 높다랗고 억양 없는 목소리가 파일에 머리를 묻고 있는 정희의 머리 위에서 울려 퍼졌다.

정희는 깜짝 놀라 고개를 들고 책상 앞에 서 있는 원주민의 무표정한 적갈색 얼굴을 쳐다보았다. 그녀는 12년이나 이 행성에 살아왔지만 아직도 원주민들의 얼굴을 구별할 수 없었다. 구별지침서에는 눈 아래의 반점을 참조하라고 나와 있지만, 대부분의 지구인들 눈에는 다 똑같아 보였다.

"무슨 일이시지요?"

정희가 물었다.

"건물 앞에 서 계신 친절하신 분이 여기로 오라고 하더군요. 전 녹뇌綠腦 추장입니다. 내일 모임에서 연설을 하기로 되어 있지요."

정희는 저도 모르게 벌떡 일어나 그녀에게 손을 내밀었다. 원주민은 손을 내밀어 손등 위에 난 더듬이로 정희의 손을 쓰다듬었다. 황송한 일이었다. 그녀 앞에 선 초라한 노인은 명목상으로나마 이 행성의 4분의 1을 지배하는 대추장이었다.

"추장님, 아마 그 로봇이 실수를 했나 봅니다."

정희는 허둥지둥 설명했다.

"그 바보는 원주민이라면 다 원주민 관리국으로 보내거든요. 시장님에게 추장님께서 오셨다고 말씀드리겠습니다. 지금쯤 아마……."

추장은 더듬이를 흔들며 그녀를 만류했다.

"아니, 됐어요. 제 비서가 그러는데 그분은 이 시간쯤엔 그 인공 풀밭에서 유희를 즐긴다고 하더군요. 그걸 보고 뭐라고 하지요? 막대기로 공을 구멍에 집어넣으면서 산책하는 거요."

"골프라고 합니다, 추장님."

"네, 하여간 그분의 즐거움을 깨뜨리고 싶지 않군요. 제 일도 그다지 중요한 일은 아니고요."

추장은 정희가 권한 의자에 조심스럽게 앉았다. 그녀의 무표정한 까만 세 개의 눈이 조용히 정희를 응시하고 있었다. 정희는 무안해져 얼굴이 새빨개졌다. 그녀가 눈이라도 깜박인다면 좋을 텐데.

"연설문은 아직 작성 중입니다."

추장은 조용한 어조로 말했다.

"우리 의회에서는 경찰국장의 모함에 대한 반박을 발표하라고 저에게 요구했습니다. 우리는 그 사람이 말한 것처럼 거짓말쟁이도 살인자도 아닙니다. 우리는 멸망해가는 종족이지만 이런 불명예를 품고 사라질 수는 없지요. 시장님도 허락하실까요?"

"추장님이 그렇게 말씀하시고 싶으시다면 시장님도 막을 수는 없습니다. 추장님이 더 높으신 분인걸요."

추장은 다행이라는 듯 얼굴의 긴장을 풀고 의자 등받이를 뒤로 젖혔다.

"우리도 이번 사태를 매우 슬프게 생각합니다. 저도 한 아이의 어머니인 적이 있었답니다. 그 아이들의 부모들이 얼마나 애태울지 왜 모르겠습니까? 안정희 씨도 아이를 길러보셨나요?"

"10살짜리 딸이 있습니다, 추장님."

"그 아이에게도 그런 일이 일어나지 않았으면 좋겠군요."

추장의 말은 형식적인 인사치레였지만, 정희는 가슴이 덜컥 내려앉는 것 같았다. 그녀는 이를 악물고 억지로 미소를 지으며 추장에게 모임 계획서와 시장이 직접 서명한 초대장을 내밀었다. 원주민들은 인사치레와 같은 보통 예의에는 무심했지만 서류들에는 이상할 정도로 집착했다. 마치 유언장을 작성하는 노인들 같다고, 정희는 생각했다.

추장은 서류들을 하나하나씩 꼼꼼하게 검토하더니 더듬이로 약식 인사를 하고 정희의 사무실을 떠났다. 재스민 향수 비슷한 원주민 특유의 체취가 남아 방 안을 맴돌았다. 정희는 창문을 열고 사무실 밖으로 나갔다.

정희와 혜경은 휴게실에서 다시 마주쳤다. 혜경은 예의상 인사를 건넸지만 그녀는 눈치채지 못했다. 목소리를 높여 다시 인사를 하려 했지만 그만 시청 부속 경찰부의 형사부장이 단거리 선수처럼 그들 사이를 달려가는 바람에 또 기회를 놓치고 말았다. 어쩐지 달리는 모습이 불안하다고 했는데, 결국 부장은 5미터도 못 가서 양탄자를 밟고 비틀거리다 넘어지고 말았다. 그들은 그쪽으로 달려가 부장이 떨어뜨린 파일들을 주워 건네주었다.

"이거, 고맙습니다."

부장은 헐떡이면서 인사를 했다.

"또 급한 일이 생겨서 그랬습니다. 그런데 아까 사무실에서 나간 원주민이 혹시 녹뇌 추장 아닙니까?"

"맞아요."

"알았다면 가서 두들겨 패주는 건데. 그 냄새나는 거짓말쟁이 야만인 암컷 같으니!"

"말이 험하시군요."

정희는 얼굴을 찡그렸다.

"험해야지 어쩝니까? 이 행성엔 대형 육식수가 없다고요? 말짱 거짓말이에요. 저번에 학교 계단에서 발작으로 죽은 아이 기억납니까? 어떤 짐승이 그 애 무덤을 파헤쳐 시체를 먹어치웠어요. 가보니 머리칼 몇 올과 가죽 조각들만이 남아 있습디다. 냄새를 맡아보니 솔잎 냄새가 진동했어요. 어떤 괴물인지는 몰라도 자기 냄새를 질펀하게 남기고 사라진 거요."

부장은 엉덩이를 문지르며 허둥지둥 자리를 떴다. 그가 모퉁이를 돌아가자 혜경은 다시 어색한 인사를 시도했다. 다행히도 이번에는 헛기침 따위로 그녀의 존재를 증명할 필요는 없었다.

"아까 귀찮게 해드려서 미안해요. 아이는 어때요?"

"모르겠어요. 하지만 차라리 잘된 것 같아요. 최소한 이제 집 안에만 있으니 그런 괴물들에게 잡아먹히지는 않겠지요."

"이 별엔 대형 육식수 같은 건 없어요."

혜경이 말했다.

"어떻게 아세요?"

그녀는 어깨를 으쓱했다.

"없으니까요. 우리들이 그렇게 무능하지는 않아요."

"하지만 부장은……."

"아, 저도 들었어요. 그 무덤에도 가보았고요. 하지만 짐승의 짓은 아니었어요. 어떤 괴물도 그런 짓은 하지 않아요. 아시겠어요? 무덤은 밖에서 안으로 파인 게 아니라 안에서 밖으로 터져 나왔더라고요. 그리고 어떤 동물도 그렇게 껍질만 정교하게 벗겨낼 수는 없어요. 아마 반 원주민 세력의 짓이겠지요. 폭탄 같은 것을 관에 넣었는지 어땠는지는 모르지만요."

"그럼 아이들은 왜 숲으로 달아나지요?"

혜경은 대답할 수 없었다. 정희는 그녀의 얼굴을 잠시 바라보다가 이미 차게 식은 차에 시선을 떨구었다. 정희는 적어도 자기가 그 불쌍한 아이의 부모들보다 낫다고 생각했다. 숲으로 달아난 뒤 돌아오지 않는 아이들의 부모들보다도 나았다. 어머니 말대로 이 별의 공기엔 애들에게 안 좋은 무엇인가가 있고 진찰을 받아보아야겠지만, 적어도 승아는 지금 그녀 옆에 있으니까. 그렇게 다쳤으니 엄마 몰래 빠져나갈 수도 없다.

정희는 그녀의 생각이 얼마나 무자비한 쪽으로 발전했는지 알아차리고 소스라치게 놀랐다. 나도 어머니처럼 되어버렸는가? 나도 지금 어머니처럼 승아를 내 품 안에 가두려고만 하고 있을까?

5

"오늘 어땠니? 집 안에만 있으니까 지루했지?"

엄마가 말했다.

승아는 고개를 저으며 으깬 사과를 삼켰다. 손가락에 설탕이 묻어 끈적해지자 아이는 건성으로 바지에 손을 문질렀다.

"팔은 어떠니?"

엄마가 다시 물었다.

"이제 안 아파."

"아직도 왜 그랬는지 기억이 안 나니?"

"응……."

엄마는 불안한 표정으로 승아를 바라보았다. 승아는 무감동하게 그녀의 눈을 잠시 노려보다가 다시 으깬 사과가 든 접시에 얼굴을 떨구었다. 또다시 숨이 막힐 것 같은 기분이 몸을 억눌렀지만 참았다. 다시 칼로 팔을 베는 짓 따위는 말아야지. 그건 잘못된 일이었다. 아프기만 했지 답답한 기분은 조금도 사라지지 않았다.

"승아야!"

엄마가 다급한 어조로 갑자기 물었다.

"응?"

"솔직히 말해보렴. 왜 애들이 숲으로 갔는지 아니?"

"아니."

"애들이 학교에서 그런 얘기 안 하니?"

"안 해."

엄마는 뭐라고 더 묻고 싶은 모양이었지만 더 이상 아무 말도 하지 않고 승아가 비운 빈 접시를 챙겼다. 승아가 TV를 보다 잠이 들자 그녀는 위층에서 담요와 베개를 가져왔다. 걱정할 필요 없다고 그녀는 자신에게 말했다. 아무 일도 아니었다. 호기심 많은 아이의 손장난이 빚은 사고에 불과했다. 그러나 그녀는 침실로 돌아가기 전에 집 안의 자물쇠를 모조리 잠그고 번호를 바꾸었다.

6

녹뇌 추장은 무표정한 세 개의 눈으로 소란스러운 군중들을 내려다보았다. 더듬이를 뽑지 않았지만, 그녀는 아직 그들의 일치된 분노와 불신감을 감지 못 할 정도로 늙지는 않았다. 그녀는 자신이 수의사였던 먼 전생의 기억을 떠올렸다. 지구인들은 마치 수의사에게 끌려온 동물들과 같았다. 수의사는 어떻게든 그들은 편하게 해주려고 하지만, 동물들은 공포와 불신으로 울부짖기만 할 뿐이다.

"친애하는 자매 형제 여러분……."

그녀는 부드러운 목소리로 연설을 시작했다. 휘파람 소리와 야유가 강당을 뒤덮었으나 그녀는 무시하고 연설문을 읽어 내려갔다. 그들의 정신을 직접 주무를 필요는 없었다. 청중들은 연단에 선 키 큰 생물의 리드미컬하고 조용한 목소리에, 마치 최면이라도 걸린 듯 곧 조용해졌다.

그녀는 한 눈으로 연설문을 읽으면서, 다른 두 눈으로 청중들을 관찰했다. 그들 중 40여 명은 아이들을 숲에 빼앗긴 부모들이었다. 가엾은 것들, 추장은 속으로 혀를 찼다. 그들은 마치 먹이를 빼앗긴 동물들처럼 딱한 얼굴을 하고 있었다. 그녀는 다시 눈 세 개를 모두 연설문으로 돌렸다.

"……여러분, 지금까지 우리 두 종족들이 이루어온 평화를 생각해주십시오. 그리고 몇몇 편견에 찬 사람들의 선동이 지금까지 공들여 가꾸어온 공존의 기틀을 어떻게 망쳐놓고 있는지 보아주십시오……."

연설에서 표현한 것처럼 잘 이어지지는 않았지만 그럭저럭 끌어온 이 평화도 곧 깨어질 것이다. 추장은 걱정이 되었다. 곧 지구인들은 모든 사실을 알아차리고 그들을 학살하려 할 것이다. 숲이 얼마나 그들을 보호해줄 수 있을지 그녀는 알 수 없었다. 지구인들이 모든 것을 포기할 때까지 얼마나 걸릴지도 알 수 없었다. 한숨이 나왔다. 왜 하필이면 지구인들 중에서도 가장 흥분하기 쉬운 무리들이 이 별을 차지했을까?

추장은 연설을 마무리 짓고 연단에서 내려왔다. 몇몇 사람들이 두 손을 쳐서 소리를 냈지만 곧 그 소리는 사그러들었다. 그 정도면 일시적인 미봉책으로는 충분했다.

"정말 잘하셨어요, 추장님."

그녀와 함께 온 원주민 관리국의 몸집 작은 여자가 연단에서 내려오는 그녀를 부축해주며 말했다.

"이 정도로 충분히 해명이 되었으면 좋겠군요."

추장은 냉담한 목소리로 말했다.

"될 거예요. 정말 멋진 연설이었어요. 이제 경찰국장이 어떤 거짓말을 하더라도 아무도 믿지 않을 거예요."

추장은 그 여자의 선의로 가득 찬 태도에 조금 죄의식을 느꼈다. 그녀의 딸이 그저께 손목을 메스로 그어댔다고 누군가 알려주었다. 그 아이는 조금 반응이 일렀던 모양이다.

갑자기 강당 뒤쪽이 시끄러워졌다. 경찰 제복을 입은 남자 한 명이 물결처럼 일어나는 사람들을 밀치며 앞으로 뛰어나왔다. 그 남자는 연단 위에 올라가더니 들고 있던 봉투에서 작은 비닐봉지를 들어 올렸다.

"여러분, 저는 시경 부속 경찰국의 양경천입니다! 아까 저 추장이란 여자가 뭐라고 말했는지 몰라도 믿지 마십시오! 45분 전에 우리 수색 경찰이 숲에서 이것들을 발견했습니다! 뭔지 아십니까? 바로 우리 아이들의 피부조직입니다! 여기 가장자리를 보십시오! 이건 짐승의 짓이 아닙니다! 누군가 칼로 도려낸 겁니다!"

강당은 아수라장이 되어버렸다.

7

정희는 간신히 추장을 에어카 안으로 밀어 넣을 수 있었다. 차 밖에서는 흥분한 폭도들이 조각난 포석들을 차에 집어던지고 있었다. 엔진이 켜지자 차는 매달리는 사람들을 흔들어 떨쳐내고 하늘로 날아올랐다.

"당신도 우리가 그 아이들을 죽였다고 생각하나요?"

에어카가 시내를 벗어나자, 한동안 말이 없던 추장이 정희에게 물었다.

"아뇨."

정희는 고개를 저었다.

"왜요?"

"그러실 분들이 아니니까요. 그럴 이유도 없고, 일부러 일을 벌여서 소동을 만들 만큼 어리석지도 않을 테니까요. 언제나 조용한 죽음을 바란다고 하셨잖아요."

"희망 사항이지요, 안정희 씨. 하지만 귀찮고 기분 나빠도 해야 할 일이 있는 법이랍니다."

잠시 침묵이 흘렀다.

"그 사람들이 옳은가요? 정말 그 아이들이 그렇게 죽었나요?"

정희는 간신히 물었다.

추장은 고개를 저었다.

"그렇지 않아요, 안정희 씨. 이 행성은 무의미한 살생을 하기에는 너무나 생명력이 모자랍니다. 모든 것이 낡고 시들었지요. 죽어야 할 것들은 늙은 우리들이지, 젊고 생기발랄한 당신들이 아닙니다. 당신들의 생명력 때문에 우리는 당신들이 이 행성을 점령하는 것을 허락했습니다. 기억나지 않습니까?"

정희는 얼굴을 찌푸렸다.

"왜 언제나 그렇게 비관적이신지 알 수 없어요. 불임증 때문이라면 우리 생물학자들이 도와줄 수 있을 텐데요."

"죽음은 자연스러운 현상이지요. 삶을 인위적으로 연장할 필요가 없습니다. 늙은 사람들은 젊은 사람들을 위해 자리를 비켜주어야 합니다. 퇴장할 때를 놓친다면 그건 늙은이의 추태입니다. 우리 아이들을 위해……."

정희가 말을 잘랐다.

"그렇다면 여러분은 우리를 입양하신 셈이군요."

추장은 얼굴을 뒤로 젖혔다. 눈 아래의 반점들이 늘어나더니 곧 얼굴 절반을 누렇게 변색시켰다. 지침서의 저자는 그것을 원주민들의 '웃음 비슷한 표현'이라고 정의했다.

"아닙니다, 아니에요, 안정희 씨. 여러분은 이 행성에 적응할 수 없어요. 지구인들은 지구에 맞게 태어났어요. 우리 뒤를 잇는 아이들은 이 별에서 나와야지요. 우리는 당신들을 입양한 것이 아니라 당신네 아이들을 입양한 것입니다."

추장은 어리둥절해하는 정희의 얼굴에 그녀의 손목을 댔다.

"당신은 이 미천한 늙은이에게 정말 친절하게 대해주셨지요. 그러니 보답으로 간단한 충고를 해드리지요. 아이들은 부모들의 소유물이 아니랍니다. 아무리 애지중지하게 대해주어도 곧 품 안을 떠나고 말지요. 그건 아주 자연스러운 일이에요. 이 세상 모든 일들 중 가장 자연스러운 일이지요. 그러니 그 애들이 가도록 내버려두세요. 아시겠어요? 자, 전 여기서 내리겠습니다. 그러니 당신은 지금 당장 집으로 돌아가세요. 빨리 가면 아주 늦지 않을지도 모릅니다. 그러니 서두르세요!"

정희는 알 수 없는 강압에 이끌려 생각 없이 고개를 끄덕였다. 추장은 안심한 듯 고개를 돌리고 문을 열었다. 차는 아직 지상에서 4미터나 위에 떠 있었지만 그녀는 날개를 펴고 아래로 뛰어내렸다.

8

승아는 천천히 입고 있는 잠옷을 찢었다. 찢긴 잠옷을 이와 손톱으로 다시 잘게 조각내며, 아이는 집 안을 방황했다. 밖으로 나가는 출구는 모두 잠겨 있었다. 모두 엄마의 그 자상한 배려의 결과이다!

숨이 막힐 것 같았다. 창문도 모조리 잠겨 있었다. 시간은 다가

오는데 그녀는 꼼짝도 할 수 없었다. 곧 엄마가 돌아온다. 그녀에게 이 모든 것을 어떻게 설명한단 말인가. 어떻게든 이 집에서 나가야 했다. 어떻게든 차단막과 로봇들을 피해 숲으로 달아나야 했다. 이제 아이는 모든 것을 알고 있었다. 손목을 벤 것은 아주 바보 같은 짓이 아니었다. 다만 너무 일렀을 뿐이다. 그리고 더 이상 기다리다가는 너무 늦을지도 모른다.

점점 답답함이 심해져 갔다. 그녀는 부엌으로 달려가 서랍을 뒤졌다. 부엌칼들이 든 서랍도 모두 자물쇠로 잠겨 있었다. 집 안의 날카로운 물건들은 모두 그녀 손 밖에 숨어 있었다.

승아는 시계를 보았다. 표준시로 5시 반이었다. 곧 엄마가 퇴근해 집으로 돌아올 것이다. 가엾은 엄마. 승아는 잠시 울적해졌지만 그런 기분은 곧 사라져버렸다. 어떻게든 해결책을 찾아야 한다. 도와줄 '친구'들이 없으니 그녀 스스로 모든 일을 처리해야 했다.

끊임없이 집 안을 누비던 그녀의 눈이 부엌 탁자에 놓인 믹서기에 멈추었다. 그녀는 믹서기를 집어들고 바닥에 떨어뜨렸다. 믹서는 두 조각으로 쪼개지며 회전 날이 든 부속을 토해냈다. 그녀는 손톱으로 나사를 돌려 회전 날을 떼어냈다.

바깥에서 둔하게 떨리는 묵직한 소리가 들려왔다. 에어카였다. 엄마가 벌써 돌아온 모양이다. 그녀는 회전날을 잡고 2층 화장실로 올라갔다. 창문은 잠겨 있지만 환풍기는 떼어낼 수 있었다. 환풍기를 떼어내자 지름 15센티 정도의 둥근 구멍이 드러났다. 그 정도면 충분했다.

창밖을 내다보니 역시 엄마였다. 열쇠로 열고 막 안으로 들어오려고 하고 있었다. 서두르지 않으면 다 들통 나고 만다. 승아는 옷을 모두 집어던지고 잠시 거울을 들여다보았다. 이제 이 모든 것들과도 작별이다. 그녀는 숨을 들이켜고 믹서기 회전 날로 그녀의 목을 찔렀다.

9

이미 군중들은 폭도로 변해 있었다. 사람들이 고함을 질러대며 변두리 쪽으로 몰려갔지만 경찰들은 저지하지 못했다. 오히려 그들 중 상당수는 제복을 벗어던지고 군중들 속에 끼어들었다.

혜경은 어떻게든 경찰국 관리들과 연락을 취하려고 했지만 모두 실패하고 말았다. 하급 관리들은 그녀가 원주민이라는 단어만 꺼내도 욕을 퍼부었다. 그녀는 직접 설명하기 위해 샘플 병을 주머니에 넣고 경찰국으로 자전거를 몰았다. 유감스럽게도 건물 안은 텅 비어 있다시피 했다. 그녀는 텅 빈 관리실의 모니터를 돌려 시 전체를 훑어보았다. 사람들은 거대한 아메바처럼 보호구역으로 몰려가고 있었다. 그들은 이미 문명인이라고 할 수 없었다. 도살장에서 마침내 자신의 운명을 알아차린 가축들 같다고, 그녀는 생각했다. 다른 점이 있다면 지금 그 가축들이 되려 다른 종족들을 학살하려고 한다는 점이다.

경찰 배지들이 보내는 신호들이 모니터 곳곳에 노랑 점들을 만들었다. 그녀는 대충 고급 관리들이 가장 많아 보이는 곳을 골라잡고 자전거에 올라탔다.

이미 어두컴컴해진 중심가는 거의 텅 비어 있었지만 변두리에 접어들자 사람들과 자동차로 길은 꽉꽉 막히기 시작했다. 그녀는 자전거를 팽개치고 군중들 속으로 뛰어들었다. 잠시 뒤 아는 얼굴이 하나 나왔다. 그녀는 그에게 손을 흔들었다.

“사람들을 어떻게든 막아요! 이건 원주민들의 짓이 아니에요!”

혜경이 외쳤다.

“뭐야? 잘 안 들려!”

부장이 외쳤다.

“원주민 짓이 아니라구요! 그 누구의 짓도 아니에요! 저 사람들을 제발 못 나가게 말려요! 큰일 내기 전에!”

“할 수 있으면 벌써 했다! 하지만 지금은 어쩔 수가 없어! 통제가 불가능해!”

혜경은 그에게서 스피커를 뽑아서 입에 들이댔다. 혜경은 그들에게 그녀가 밝혀낸 모든 것들을 알려주고 싶었다. 피부 안쪽에 묻어 있던 액체가 어떤 종류의 소화액도 아닌 바로 양수라는 사실을, 칼로 잘라내기 훨씬 전부터 피부조직이 이상을 보이고 있었으며, 칼로 잘랐을 때 조직들은 거의 죽어가고 있었다는 사실을, 그리고 피부를 잘라낸 칼은 어떤 원주민도 힘주어 똑바로 잡을 수 없는, 지구인들만이 쓰는 종류였다는 사실을.

그러나 부장의 어설픈 스피커는 그녀의 목소리를 군중들에게 전하기에는 너무나도 빈약하고 하찮았다. 증폭된 혜경의 목소리는 그들의 요란한 아우성 속에 묻혀버리고 말았다. 그들은 그들을 막는 로봇들을 깔아뭉개고 차단탑의 전선들을 끊었다. 픽픽 터지는 소리가 나면서 도시를 반구형으로 감싸고 있던 차단막의 일부가 엷어지기 시작했다. 사람들은 환성을 지르며 도시 밖으로 빠져나가기 시작했다. 남은 사람들은 두 번째 차단탑을 향해 돌진했다.

그리고 그들은 그것을 보고 말았다.

그것은 넓은 날개를 펴고 도시 안쪽에서 그들을 향해 날아오고 있었다. 얼핏 보기에는 초록색 새와 비슷해 보였지만, 가까이 왔을 때 보니 새와는 전혀 거리가 멀었다. 그것은 그들이 지금까지 본 어떤 생물들과도 달랐다. 그것은 살아 있는 생물이라기보다는 녹색의 유령이었다. 그것의 육체는 하나의 고정된 형태를 가지고 있다기보다는 물결처럼, 구름처럼, 대기와 달빛에 적응하며 매끄럽게 변화하는 하나의 불꽃이었다.

그것은 잠시 신기한 듯 그들의 머리 위를 선회하며 너무나 인간의 것과 유사해서 오히려 부자연스러워 보이는 두 눈으로 그들을 관찰하다가 총알처럼 차단막의 구멍을 통해 도시 밖으로 날아가 버렸다. 중력의 법칙이나 유체역학 따위는 그 생물에 아무런 영향을 끼치지 않는 모양이었다. 순식간에 그것은 숲의 어둠 속으로 사라져 버렸다. 그것이 남긴 것은 자극성의 솔잎 냄새와 녹색의 잔영뿐이었다.

그것은 시작이었다. 곧 하늘은 사방에서 쏟아져 나온 초록색 생물들로 가득 찼다. 그들은 박쥐처럼 끽끽거리며 차단막의 구멍을 통해 밖으로 몰려나갔다. 바보처럼 입을 딱 벌리고 그들을 바라보고 있는 우리들의 존재는 신경도 쓰이지 않는 모양이었다.

갑작스럽게 생긴 침묵 사이로 비명들이 새어 나왔다. 사람들은 모두 집으로 뛰기 시작했다. 그제야 그들은 그들이 무엇을 잊고 있었는지 깨달았다. 그들의 아이들, 칼로 몸을 긋고 어떻게든 숲으로 달아나려고 했던 그들의 아이들을. 하지만 그들은 밖에서 문을 잠그고 아이들을 가두어두었는데! 자물쇠 번호를 바꾸고 로봇들에게 감시까지 시켰는데!

혜경의 발걸음은 자동적으로 정희의 집으로 향했다. 어떤 이유에서인지는 몰라도 부장과 서너 명의 다른 사람들도 그녀의 뒤를 따랐다.

그들은 열린 현관문을 통해 안으로 뛰어들었다. 그들은 계단을 서너 칸씩 건너뛰며 비명이 나는 2층 화장실로 올라갔다. 그 목소리는 이미 비명에서 울음소리로 변해 있었다. 혜경은 조용히 화장실 문을 열었다.

어두컴컴한 화장실 안에서 키가 작고 깡마른 여자가 무언가를 끌어안고 정신없이 울고 있었다. 혜경은 정희의 이름을 부르며 그녀의 어깨를 만졌지만 그녀는 거칠게 혜경을 뿌리치고 그 허연 물체를 고쳐 안았다.

그녀가 안고 있는 것은 어두운 불빛 아래에서는 마치 팔다리가 달린 자루처럼 보였으나, 가까이서 보니 10살 정도로 보이는 여자아이의 벌거벗은 피부였다. 턱 바로 아래에서 아랫배까지 긴 칼자국이 나 있었다. 버려진 매미 허물처럼 속은 텅 비어 있었다.

혜경은 발에 끈적거리는 느낌이 들어 아래를 내려다보았다. 그녀의 구두는 꼬마의 허물에서 흘러나온 녹색의 끈끈한 점액으로 지저분했다. 그녀는 손가락으로 그 액체를 찍어 코에다 대고 냄새를 맡아보았다. 시원스럽고 강한 식물성의 향기가 코를 찔렀다.

지금까지 그녀가 뒤를 좇던 바로 그 솔잎 냄새였다.

후기

이 책은 2000년에 출판되었던 단편집 『면세구역』의 개정판이다. 몇몇 노골적인 실수들을 바로잡았고, 저번에는 통과되지 못했던 의견들을 관철시켰으며, 불필요한 문장들을 뺐다(가장 눈에 뜨이는 것은 「아이들은 모두 떠난다」의 마지막 문장이다). 문체를 고치거나 당시의 순진무구함을 은폐하려는 짓 따위는 될 수 있는 한 하지 않으려 했다. 지금의 최종 결과물은 첫 번째 책보다 '원본'에 더 가깝다.

10여 년의 세월이 흐르는 동안 이 책의 몇몇 단편들은 시대물이 되었다. 아무런 정보 없이 읽는 독자들은 「스핑크스 아래서」에서 그려진 인터넷 환경 묘사를 농담이라고 볼 것이다. 「면세구역」에 그려진 1990년 신촌의 골목길은, 그 글을 쓴 나도 따라가지 못한다. 도대체 웬디스는 어디였고 시네마극장은 어디였는가? 「사라지는 사람들」에 다소 모호하게 그려진 '과거'가 당시에는 '근미래'였음을 눈치채는 독자들이 있으려나?

미래를 배경으로 한 단편들 중 몇 편은 더 이상 내가 자유롭게 사용하지 못하는 소재와 스타일을 담고 있다. 특별한 일이 없는 한, 셜록 홈스 번역본의 왓슨 박사처럼 '뭐뭐 했네'라고 말하는 남성 화자들을 다시 불러올 일은 없을 것이다. 페를렌 행성의 외계 종족을 다시 등장시킬 가능성도 낮다. 후자는 많이 아쉽다. 나는 여전히 이런 구식 SF 스타일의 외계인들을 좋아한다. 하지만 그들을 주인공으로 글을 쓰는 건 다른 일이다.

면세구역

1판 1쇄 2013년 9월 10일
2쇄 2025년 11월 15일

지 은 이 듀나

발 행 인 주정관
발 행 처 북스토리
주 소 서울시 영등포구 양산로91 리드원센터 1303호
전 화 02-332-5281
팩 스 02-332-5283
출판등록 1999년 8월 18일 (제22-1610호)
홈페이지 www.ebookstory.co.kr
이 메 일 bookstory@naver.com

ISBN 979-11-5564-003-6 03810